講談社文庫

鏡面堂の殺人

～Theory of Relativity～

周木 律

講談社

一九〇六年、オーストリア・ハンガリー二重帝国で生まれた数学者、クルト・ゲーデル。のちにアメリカ合衆国に移住し、プリンストン高等研究所の教授となった彼は、同じ研究所の教授であった相対論《Theory of Relativity》の創始者であるアルバート・アインシュタインと、特に親密に交流していた。

彼の主な業績は、決定不能命題が存在することを示した不完全性定理の証明である。しかし、それ以外にも、一般相対性理論におけるアインシュタイン方程式について、時空特異点が存在しない解を発見し、これによりアインシュタインが困惑したというエピソードも伝えられている。

目次 CONTENTS

Theory of Relativity

本文イラスト　日田慶治
本文図版　周木 律
本文デザイン　坂野公一（welle design）

鏡面堂の殺人

～Theory of Relativity～

*

歩いていた。

燕《つばめ》が直線を引く、羊雲が浮かぶ青い空の下を。

毛虫が這《は》う、色鮮やかに咲くサツキの葉の横を。

保育園へ行く道すがらの、見慣れた景色の中を。

私は――。

歩いていた。

アスファルトから立ち上る湿っぽい熱の内側を。

不意に鼻を突く、青臭さの上を。

路地と、生け垣と、鎧壁《よろいかべ》と、植木鉢と、雑草と、真新しい初夏の真っただ中を。

額が汗ばむ。

息が弾む。

すぐそこに転がる石ころを蹴《け》り飛ばすと、巨大なトラックが、もうもうとガスを吐《は》きながら、唸《うな》り声とともに通り過ぎた。

信号が、青に変わった。

けほん、けほんと咳き込みながら、私は、ふと、私の手を引く人を見上げた。

背《せ》の高い男の人だ。

私は――。

私は、この人を知っている。

私の、たったひとりの家族だ。

私を守ってくれる人だ。

私が、大好きな人――だから、そっと指を握る。

私に、男の人は、愛おしげな目を細めた。

私も、笑う。

男の人は、穏《おだ》やかな声色とともに微笑《ほほえ》んだ。

「もうすぐだよ」

――うん、知ってる。長い坂道を駆け下りたら、もうそこは保育園だもの。

はしゃぐ私の頭を、男の人が撫《な》でた。

すべてを優しく包み込む、大きく、温かい手。

でも、せっかくのお帽子がずれちゃった。黄色い保育園の帽子を元どおり、丁寧に直しながら、私は尋《たず》ねた。

「ねえ、お兄ちゃん」

「なんだい」

「お願いがあるの」

「どんなお願いかな？」

「ずっと、あたしと一緒にいてくれる？」

「……ああ。もちろんだとも」

明るい光輪を背に、シルエットの兄は頷《うなず》いた。

「本当に？　いつまでも？」

「本当さ。誓うよ。お兄ちゃんはいつまでも、君と一緒にいる」

「絶対？」

「ああ、絶対だ。嘘《うそ》じゃないよ。お兄ちゃんが君に嘘を吐《つ》いたこと、あったかい？」

「……ない」

「いい子だ」

兄が、またそっと私の頭を撫でた。

兄と一緒にいられるのなら、何も怖くはない。

兄の中指を、また握りしめる。

兄を失《な》くしてしまわないように。

兄に、いつまでも守ってもらえるように。

兄は、だけれども不意に——優しい表情のままで、言った。

「でも……ごめんね。ここまでなんだ」

「えっ？」

顔を上げる。

保育園が——ない。

道もない。町も、車も、何もかもが——ない。

今まで見ていた当たり前のものたちすべての姿が消え去り、その代わり、おそろしい色をした雲だけが、空に垂れ込めていた。

寒々しい風が、うなじから胸元を撫でていく。

粟立《あわだ》つ腕を、思わず抱く。

ふと——。

淡い香りが、鼻を突く。

優しい甘さの中に、底知れない切なさを含むこの香りを、私は知っている。これは——。

ヒガンバナ。

一本の茎の上に、内に潜む醜悪な赤をさらけ出しまき散らしているような、あの悪魔のような花だ。けれど——。

待てよ、と私はすぐ気づく。

ヒガンバナは、ほとんど香りのない花だ。

なのに私は、どうして、この香りがヒガンバナだと解《わか》ったのだろう?


気がつくと、目の前に川が、流れていた。

それは、川幅の小さな、小さく穏やかな川――。

――だったはずのもの。なぜなら、その幅は見る間に広がり、いつしか、清涼な水を滔々《とうとう》と湛《たた》え、天の川がきらめく空を映した大河と化していた。

その、川向こう。

彼岸に、彼がいた。

「お兄ちゃん?」

私は、叫ぶ。

兄は、力なく微笑んだ。

「君は……」

「どうしたの? お兄ちゃん」

「君は……」

「何? お兄ちゃん、聞こえないよ」

「君は……」

「ねえ、お兄ちゃん、どうして？　どうしてお兄ちゃんは、そっちにいるの？」

「君は」

兄は、はっきりと言った。

「君は、ひとりで生きるんだ」

私は——。

「だめ、そっちに行っては……」

川に、足を踏み入れる。

深い。そして、あまりにも冷たい。

ふくらはぎを刺す死の戦慄《せんりつ》。深い絶望のように沈む泥の奥。私はそれ以上進むのをためらった。けれど——。

見る間に、兄は遠くなっているのだ。

勇気を振り絞り、私は深い眼窩《がんか》と歯のない口を開いているような川の奥へと、進んでいく。

水面が、腿《もも》から、腰、そして胸元まで達する。

それでも、足を止めてはいけない。なぜなら——足を止めれば、もう、兄には会えなくなるのだから。

大好きな兄に、頭を撫でてはもらえないのだ。

——けれど。

「くるな」

兄が、怖い顔で言った。

「それ以上は、きてはいけない。ここは……君のくるべきところじゃあ、ない」

「でも、あたしは……お兄ちゃんと一緒にいたい」

「だめだ」

「なんで？」

私は、問い詰める。

「あたし、もうお兄ちゃんに会えないの？　お兄ちゃんはもう、あたしを守ってくれないの？」

「…………」

「お兄ちゃんと一緒にいられるなら、あたし……どうなったって構わない」

「……だめだ」

兄の顔に、影が掛かる。

黒い人型がおぼろげに、光の中に消えていく。

首まで絶望に漬かる私は、流れ落ちる涙の粒を手の甲で拭《ぬぐ》いながら、それでも喉《のど》を嗄《か》らして叫んだ。
「ねえ、お兄ちゃん。お兄ちゃんはもう、あたしのことを見てくれないの?」
私の問いかけに、兄は――。
――大丈夫だよ。
光の中で、言った。
――俺はいつでも、君を見守っている。
――たとえ血のつながりがなくても、君は……。
――俺の、たったひとりの妹なのだから。
――だから……。
「お兄ちゃんっ」
――大丈夫だよ……百合子《ゆりこ》。

第Ⅰ章　鏡の館Ⅰ

1

「……っ」

目が覚めた。

胡乱《うろん》な頭の奥に、映画館の最後列から見ているような小さなスクリーンが、浮かんでいる。

映るのは――。

日の光。

カーテンの間から差し込む、春の朝日だ。

わずかな埃《ほこり》が、まるでダイヤモンドダストのように、光の直線の中をキラキラと楽しそうに泳いでいる。くっきりとしていて眩《まぶ》しくて、それでいて、暖かい光の中を――。

時計に目をやると、時刻は目覚ましのアラームが鳴る直前、七時前を示していた。

を切った。

怠《だる》い身体に鞭打《むちう》ち、緩慢に起き上がると、もうアラームが鳴らないよう、スイッチを切った。

それから、ゆっくりとした動作で寝室を出ると、彼女は鏡の前に立ち、髪に櫛《くし》を入れ、簡単に身支度を整えた。それから台所に立ち、やかんに水を入れて湯を沸かすと、そそくさと朝食の支度《したく》を始めた。

いつもと同じ動作。

いつもと同じ手順。

手際のいい彼女は、てきぱきと要領よく朝食を作っていく。

キャベツの葉を二枚剝《は》ぐと、水で洗い、千切りにする。レタスの葉も二枚千切り、トマトをひとつ、櫛型に切って、ガラスの器にきれいに盛り付ける。

それから、フライパンを熱すると、油を引いて、ベーコンを三枚平行に並べる。ジュウ、という魅力的な音とともに、肉の焦《こ》げるいい香りが立ってきたら、さっと卵を落とす。ベーコン二枚と一枚に対して、それぞれひとつずつの卵——。

——卵といえば目玉焼きだよ。半熟でもいいが、固いほうが俺は好きだな。

——それで、そこに醬油《しょうゆ》を垂らして食べる。

——朝ご飯といえば、これに限るな。

水分が弾《はじ》ける前に、フライパンに蓋《ふた》をして弱火にすると、火が通るまでの時間を利用して、今度はパンを焼く。六つ切りの食パンを二枚、トースターに入れると、タイマーは四分。しっかりと焦げ目が付くまで焼き上げる。

――耳が焦げてカリカリになるのがいいな。

――バターはあまり塗らなくていいよ。食感が柔らかくなるからな。……こう考えると俺、卵もそうだが、歯ごたえがあるのが好きなのかもしれないな。

フライパンの蓋を開けると、目玉焼きはハードボイルドに焼き上がっていた。

手早く皿に盛り付ける。

ひとつはベーコン二枚の、もうひとつは一枚の目玉焼きだ。もちろん、彩《いろど》りのサラダも横に添える。

それを、食卓へ。

ダイニングのテーブルに、フォークとともに向かいあわせで並べる。食パンも一枚ずつ。バターと、目玉焼きには必須《ひっす》の醤油も忘れない。

そして最後に、コーヒーだ。

インスタントコーヒーを、大匙《おおさじ》に二杯。大きめのマグカップに入れて沸いた湯を注ぐと、ふわりと香りが立った。

――ああ、コーヒーはインスタントでいい。ドリップするのは手間だからな。

――君が淹《い》れてくれるなら、どんなコーヒーでもいいんだ。コーヒーだけじゃないぞ。君が作った朝ご飯なら、どんなものでも、俺は美味《おい》しく食べられる……。

最後にマグカップを二つ、食卓に置くと、彼女はその片側に座り、手をあわせた。

「いただきます」

それは、いつもの朝だった。

二十年以上繰り返してきた、彼女たちの朝だ。もちろん、彼女が幼《おさな》いころ、朝食を作るのは彼の役目だった。彼が忙しいときには、朝顔をあわせられないこともあった。彼女が旅行に出ているときには、毎朝必ず旅先に掛かってくる電話が、その代わりだった。鬱陶《うっとう》しいと思いつつも、それこそがたったひとりの家族との絆《きずな》であることが解っていたから、だから彼女は——そんな毎日を、きっと心のどこかでは愛おしいと思っていたのだ。けれど——。

フォークを取り、サラダを口に運ぶ。

バターも付けずにパンを齧《かじ》ると、そのままコーヒーで流し込む。

目玉焼きは——本当は、彼女は半熟が好きだった——フォークで割ると、固まった黄身がぽろぽろと崩れ落ちた。

そのひとかけらが、口の中でボソボソと、情けなく潰《つぶ》れていく。

いつもの朝。

そう、これはいつもと同じ朝だ。

一ヵ月前と、一年前と、十年前と同じ朝。生気の溢《あふ》れる光の中で、彼女の人生においてずっと繰り返されてきたはずの、何ひとつ変わらない朝だ。それなのに――。

目の前の朝食が、一向に減らない。

減るのは、彼女の皿ばかりだ。

どうして？

疑問を抱きつつも、彼女は貪《むさぼ》るように朝食を胃の中に収めていく。

味など、何も感じない。

いつもと同じように作ったご飯のはずなのに、どうしてこんなに味気ないのだろう。

いや、理由なんか、すでに解っているのだ。食事の味はいつでも、何を食べるかではなく、誰と食べるかで決まるのだって――。

朝食を、彼女はものの十分で平らげた。

けれど目の前にある皿は、十分前のままだ。

だから、彼女は――。

「……どうして？」

もう一度、声に出して自問した。

その声は、当然のごとくに、誰の返事も待たずにそのまま暖かな光の中へと消えていく。

そう、それは朝の光。

これから世界が動き出そうとしている証《あかし》ともいうべき、生命の息吹。

けれど――彼女は動かない。

動けない。

眩《まばゆ》いばかりの生気に満ちた光の中、彼女だけが、ただひたすら身体をすくませたまま、絶望でいっぱいに淀《よど》んだ暗がりの中から、いつまでも一歩を前に踏み出せずにいたのだ。

――ぽたり。

不意に、白いテーブルクロスに水滴が落ちる。

あれ？

なんだろう、これは――と思う間もなく、ぽたり、ぽたり。二つ、三つとそれは増えていく。

気がつくと、灰色ににじむいくつもの水滴がクロスを埋め尽くしている。

視界が大きく歪《ゆが》む。

苦しくて、そして――悲しい。

思わず瞼《まぶた》を閉じると、目の中いっぱいに溜《た》まっていた涙が、ぽろぽろと零《こぼ》れ、玉になって頬《ほお》を伝う。その熱が漸《ようや》く、彼女に、決して認めたくない真実を突きつけた。

もう、彼はいないのだと。

彼女――宮司《ぐうじ》百合子の、最愛の兄は――

目の前にいるべき兄――宮司司《つかさ》は――ここにはもういないのだと。この世のどこを探しても、もう、見つけることはできないのだということを。

「……うう」

嗚咽《おえつ》が、溢れ出す。

だが、そんな彼女を慰め、守り、愛してくれた人は、もういない。

行き場を失った涙が、抑えがたい感情とともにとめどなく湧《わ》き出してくる。百合子は、耐えがたい苦しみの中、ほんの数十分前に見ていた夢を、今さら、思い出していた。

――本当さ。誓うよ。お兄ちゃんはいつまでも、君と一緒にいる。

――でも、ごめんね。ここまでなんだ。

――ねえ、お兄ちゃん。どうして？　どうしてお兄ちゃんは、そっちにいるの？

――くるな。

――あたし、もうお兄ちゃんに会えないの？　お兄ちゃんはもう、あたしを守ってくれないの？

——大丈夫だよ。

——俺はいつでも、君を見守っている。

——だから……。

「お兄ちゃん？」

ふと顔を、上げた。

だが、誰もいなかった。

「……うわあああん」

大きく顔を歪ませながら、百合子は——誰もいない部屋でひとり、いつまでも泣き続けた。


そんな朝を、百合子はもう幾度、繰り返しただろうか——。

——あの日。

警察病院の霊安室に呼び出され、物言わぬ司と対面した、あの日からずっと、百合子は喪失感に苛《さいな》まれ続けていた。

あれから随分と時間が経《た》った。いつの間に、冬から春へと季節も変わっていた。

でも——それでも。

今もなお、ありありと思い出すのだ。

すでに血の通わぬ、真っ白な手。

穏やかだが、問いかけに応えない顔。

おそろしく冷たくて、硬い身体。

もはや、開かぬ瞼。

司が横たわるベッドの前でひとしきり泣き伏した後、警察の人たちの手助けで、漸く起き上がり、自宅へと送り届けてもらった百合子の前には、慌《あわ》ただしい日が待っていた。

役所での手続き。

葬儀の手配。

参列者への配慮。

通夜。そして葬式。

百合子にこのときの記憶はほとんど残っていなかった。あまりの目まぐるしさに、息をするのも忘れるほどだったからだ。

だが――ただひとつ。

百合子の脳裏に、今も忘れられない記憶が焼きついている。

それは、火葬場から出たときのこと。

骨壺《こつつぼ》を胸に抱き――偉丈夫だった司のそれとしては、びっくりするくらい軽かった

——硬いアスファルトなのにずぶずぶと沈むような足取りで外に出ると、百合子の頬を、不意に、暖かな風が撫でたのだ。

だから、顔を上げた。

「……お兄ちゃん？」

もちろん、誰もいない。

視線の先には、細い枝の先にいくつもの蕾《つぼみ》を膨《ふく》らませた梅が、まるで手を振るように揺れているだけだった。

そして——家に帰った瞬間。

残酷な時間が、始まった。

誰もいない家。

気配もなく、呼び掛けに応えてくれる者もない。誰かが見ていてくれることもなければ、誰も頼れる者はいない。

百合子は、初めて呆然《ぼうぜん》とした。

漸く理解したのだ。これが、当たり前のものの喪失であるということを。失って初めて、その存在があまりに大きかったのだということを。

数日、ベッドで一日中を泣いて過ごした。

それから数日、家の中をあちこち、あてもなくふらふらとさまよった。

兄の存在感、兄の温《ぬく》もり、もしかすると、兄はまだそこにいるのではないか？　そんな錯覚を求めていた。錯覚でもいい、現れてくれるならそれでいいと思ったのだ。だが、家のどこにいたって、兄の姿はなく、兄の声が聞こえることなどなく、錯覚ですら現れなかった。

百合子は、自分に言い聞かせた。解っている。そんなことなど当然、とっくに解ってはいるのだ。けれども――。

それでも、百合子は探した。兄の欠片《かけら》を。兄の痕跡《こんせき》を。兄はもしかすると、まだどこかにいるのかもしれない。私を見捨てることなど、絶対にない。そう言って、そう態度で示してくれた兄だったんだもの。絶対にまだ、私のことを見てくれているはずだ――。

――でも、そうして一ヵ月が経ったとき。

誰もいない虚《うつ》ろな空間を見つめながら、今さら、漸く、百合子は理解したのだった。

司は、もういないのだと。

私は、孤独なのだと。

だから――。

「……ああああ」

声にならない声が口から漏れた。

その突き上げるように襲いかかってくる激しい悲嘆を慰めてくれる人は、もちろん、もう、どこにもいなかった。


ふた月が過ぎた。

年度は変わり、四月になっていた。

太陽の光も、風の温度も、街の匂《にお》いも、すべてがあのときとは変わっていた。つまり——。

新しい季節の始まり。

新しい出会いと新しい生活、新しい人生の始まりだ。

けれど百合子は、いまだ、あの日の淵《ふち》に沈んでいる。

外に出ることは、ほとんどなかった。

一週間に一度、生きるために必要な最小限の食べ物を買いに出るだけ。もっとも、それとてもはや不要なのではないかと思えるほどに食欲はなく、このふた月で百合子ははげっそりと痩《や》せていた。

マンションの家賃、光熱費は、毎月坦々と司の口座から引かれていた。司が死んでから、百合子は簞笥《たんす》に二冊の通帳が大事にしまわれているのを見つけていた。ひとつは司名義、もう片方は百合子名義。どちらも百合子が見たことがないもので、どちらもほとんど手つかずのまま残高は八桁《けた》を数えていた。後者の残高は一切の引き落としがないまま毎月きっちり十万円ずつ増えていて、たぶん司が、百合子の将来のために蓄《たくわ》え続けていたものなのだろうと思われた。

Y警察署の毛利《もうり》署長は――司が死んでからも、百合子の身を案じ、葬儀の手配などさまざまな手助けをしてくれた恩人だ――こう言った。

「宮司警視監は、今回の事件で、職務に起因する死亡、すなわち殉職者として認められました。少なくない退職金と遺族年金が出るでしょう。あなたが当面の生活を心配することはありません。きちんと生きていくことができますし、学校だって、辞める必要はないんですよ」

優しく慰め労《いたわ》るような、毛利署長の言葉。

でも――百合子はこう思ってしまった。

確かに、毎日の生活に困らない。確かに、生きていくことはできる。けれど、ただ、それだけじゃないか、と。

こんな人生、もう意味なんかないんだ、と。だから――。

大学院に行くこともできず、前向きに生きる気力も湧かず、人との出会いすら絶ったまま、百合子は――ただ兄のことを思いながら、目を泣き腫《は》らして過ごすよりほかに、なす術がなかった。

もちろん、心配してくれる人たちはたくさんいた。毛利署長だけではない。司に世話になったのだという同僚の方々、彼らは必要な書類や役所への届出を何も知らない百合子に教えてくれた。教授や先輩、同級生たちも、百合子の不在を快《こころよ》く了解し、いつでも構わないから戻っておいで、それまでは席をきちんと空けておくからね、と優しい言葉を掛けてくれた。本当に多くの人々が、百合子のことを何かと気に掛けてくれているのだと心から感謝をしている。けれど——。

百合子はそのどれにも、作り笑顔でしか答えられずにいた。

なぜなら、その優しさはどれも、家族のものではなかったからだ。

唯一の家族——司のものではなかったからだ。

つまり、ただひたすら、百合子は孤独だったのだ。だから——。

今日も一日中、百合子は、ベッドの上で胎児のように丸くなっていた。

手に握るのは、一本のネクタイ。

司の遺品である、銀のネクタイだ。百合子が高校生のとき、プレゼントしたもの。

それを司は、毎日つけて出勤し、無残《むざん》に擦り切れてもなお、まるで宝物か何かのように大切にし続けてくれたのだ。

けれど、このネクタイももう、主を失った。

百合子と同じように、目的も失った。

日が傾き、夜になっても、百合子は同じ姿勢のままで、それを握りしめ、そこにほんのわずかに残る兄の匂いと、百合子自身の涙の痕跡とともに、目を閉じたのだった。

だが――。

そんな百合子が望むと望まざるとにかかわらず、きっと、運命はなおも動いていたのだろう。

目的もなく、無意味な毎日を繰り返していた百合子のもとに、そのある晴れた春の日の午後、一本の電話が掛かってきた。

もはや、誰もが連絡を憚《はばか》り、暫《しばら》くは鳴ることもなかった携帯電話だ。

ディスプレイには、「非通知通話」の五文字。

一体――誰だ？

「……はい」

涙にかすれた声で出た百合子に、電話の主は、いつもと変わらぬ様子で言った。

『百合子ちゃんね？』

「あ、あなたは……」

『お久しぶり。元気にしていたかしら』

百合子は、一瞬言葉を失う。

その声を、百合子はあまりにもよく知っていたからだ。

だからかは解らないが、電話の主は、百合子が問おうとしていたことを、まるで心を読み取るかのように、落ち着いた声色で答えた。

『そう。私は、善知鳥神《うとうかみ》よ』


善知鳥、神――。

その名が誰のものか、そして、その名を持つ女がいかなる者であるか。

百合子はもちろん知っていた。いや、知らないはずがなかった。

美貌《びぼう》の数学者にして、超越者。

多くの事件を裏で操る、首謀者。

自らを名実ともに「神」と名乗りながら、すべてにおいて謎《なぞ》多き、女だ。

そもそもの始まりは、眼球堂における殺人事件だった。神と百合子が実際に会ったのは、双孔堂《そうこうどう》の殺人事件の後だった。それから五覚堂《ごかくどう》の殺人事件で再会し、伽藍堂《がらんどう》の殺人事件では、それまで意図の読めなかった彼女が裏で事件を操る理由の一部を知った。そして――。

教会堂で、最愛の兄の命と引き換えにして、百合子は知ってしまったのだ。

神の意図と、神が自分の四つ歳上《としうえ》の実姉であるという事実を。

すなわち、自分が、本当は宮司百合子ではなく、善知鳥水仙《すいせん》であるということを。

そして百合子は、本当は司の妹ではなかったのだということを。

けれども――。

「違う、そんなはずないっ」

百合子は思わず、受話器に叫んだ。

「私はあなたの妹じゃない。水仙なんて知らない。私は宮司百合子。宮司司の妹、私は……あなたなんか知らないっ」

『そう。そのとおりよ』

百合子の激昂《げきこう》に、しかし神は、淡々と答えた。

『あなたが思うことこそが、いつもあなたの一面の真実になる。その真実を否定することはしない。する必要がないもの。でもね、あなたに真実があるように、私にも真実がある。そして私が知る真実は、私たちの事実でもある。その事実は、決して覆せないのよ。たとえ、自分の真実を持ち、真実の上に眠るあなたにも』

「違う、絶対に違うっ」

『何が違うの？』

「全部よ、だって、あなたのせいだもの、あなたのせいで、私はもうお兄ちゃんとは会えなくなった。私は認めない。そんなのなんか……」

『嘘だ。……そう言いたいの？』

「……っ」

心の内を見透かす、神。

戸惑い、言い淀む百合子に、神はなおも突きつける。

『百合子ちゃんはこう思っているのね？　自分は何も悪くない。何もしていない私が、お兄さんを奪われる理由はない。だから、すべては嘘、すべては善知鳥神のせい、そして、十和田只人《とわだただひと》のせいなのだと』

「…………」

――十和田、只人。

この、憧《あこが》れの――憧れだった人の名を、もちろん百合子も忘れてはいない。

長く放浪の旅を続けていた、才気溢れる数学者。眼球堂、双孔堂、そして五覚堂、三つの事件に関わり、解決へと導いた。司と同い歳《おないどし》の、今年四十過ぎの男。

けれど彼は、伽藍堂でその立場を逆転させた。教会堂では、百合子を決して生きては帰れない館へと導きさえした。百合子だけではなく、司も――司だけが片道切符を渡されて。

すべては、十和田のせいでもある。だから――。

そんな神の言葉は、事実だ。

それは解っている。実際、司を殺したのが十和田であると婉曲《えんきょく》には言うこともできるのかもしれないのだから。けれど――。

百合子は、だからといって今すぐそう考えることは、できなかった。敵だと思っていた神が、いつの間にか此岸《しがん》にいるのと同じように、味方だと思っていた十和田が、いつの間にか彼岸にいる。それはたぶん、神のせいでも、十和田のせいでも、誰のせいでもない。誰かの意図ではなく、そうなるべくしてそうなってしまったことなのだ。

そう、まさしくそうだ。だから、強《し》いて言えばこれは――。

『運命……残念だけれど、これは運命なのよ。そこからは、何人《なんぴと》たりとも逃れることはできない。たとえそれが、神であったとしてもね』

そう――運命だ。

運命が、まるで大海の高波が小舟を弄《もてあそ》ぶがごとくに、私を、神を、そして十和田を翻弄《ほんろう》しているのだ。

無意識に顔を顰《しか》めた百合子に、電話線を経由した、どこか遠い地の果てから、まるで神託を告げるがごとくに、神は続けた。

『百合子ちゃん。私たちが生きているのは、現在じゃない。なぜなら私たちは、今を生きると同時に、常に過去にも生きているから』

「過去にも、生きている……?」

『そうよ。例えばあなたが過去のことを思い出しているとき、あなたは過去にある。それは言い換えれば、あなたは現在にありながらにして、過去に生きているということでもある。記憶は単なる記録じゃない。それを介して自らを過去へと運んでゆく装置なのよ。だから、あなたが過去の記憶を呼び覚ますとき、それはあなたの周囲にありありと再現されていくのよ。大切な思い出となって……』

「それは……過去を失っていないということですか」

『違うわ。でも、そうよ』

受話器の向こうで、頷く気配。

一拍の間を置いて、神はなおも、仔羊《こひつじ》たる百合子を諭《さと》すように言葉を紡いでいく。

『あなたは今、現在にいて、過去にいる。過去はもちろんもう取り戻せない。けれど、あなたが記憶している限り、それらはすべて、今のあなたとともにある。そう、現在も、過去も……百合子ちゃん、あなたの記憶とともにあなたの傍《そば》にあり続けているのよ。けれど……』

小さな——それでいて、はっとさせるような息継ぎをはさんで、神は続けた。

『未来永劫《えいごう》、存在し得るとは、限らない』

「未来……いずれどうなるかは、解らないってことですか」

『将来、いつ、どこで、誰に、何が起こるかは、誰にも解らない。もちろん、そうなるべくして定めることはできる。私はそうやって生きてきたし、その行き着く先にある目的はいつでも変わらないと思っている。まさしく……リーマン予想への挑戦のように』

「リーマン予想……」

呟《つぶや》くと、百合子は身を強張《こわば》らせた。

リーマン予想、それは、数学における最難問のひとつであり、かつ、神がかって発した言葉で言えば、まさに「数学者の夢」だ。

予想の概略は、こうだ。

$\zeta(x)=\Sigma 1/n^{x}$

この形で定義されるζ《ゼータ》関数がゼロになるとき、xの実部は必ず二分の一になる。

――こんなにもシンプルな内容にもかかわらず、しかし、その結論が意味するところは、極めて重大なものとなっている。なぜならば、この予想と、数学の基礎をなす素数とが密接な関係を持つことが解っているからだ。

言い換えれば、リーマン予想の証明を手に入れることは、まさしく数学の根底にある秘密を我がものとすることと同値なのだ。それどころか、リーマン予想における核にあるゼータ関数の零点分布が原子核のエネルギー間隔と同調《リンク》している事実を踏まえると、数学だけでなく、まさしく世界の神秘を手中に収めることと同じでもあるのだ。

とはいえ、リーマン予想の証明は至難を極めるものであり、おそらくは肯定的に解決されるだろうと囁《ささや》かれつつも、しかし、その完遂ができた者はいまだ誰もいないのだ——少なくとも公式には。だから——。

百合子は、思う。

きっと神は、こう言いたいのだ。リーマン予想は厳然としてそこにある。その真実を示すために戦うべきことも、はっきりしている。ただ——それがいかなる戦いになるのか、あるいは、その戦いに勝てるのかどうかが、解らない。

神は、『……でもね』と続ける。

『かくも不透明、不確実かつ不完全で、何ひとつ信頼のできない未来だけれど、それでもひとつだけ、確実に言えることがある。百合子ちゃん、あなたには、それが何か解るかしら？』

まるで百合子を試すような、神の問いかけ。

百合子は——三秒思案してから、思うところを素直に答えた。

「未来は……選べます」

『選べる。どうして？』

「だって、それは……私のものだから」

未来は、選べる。それは、私のものだから。

その台詞《せりふ》は、はたして本当に自分が自発的にそう考えて、口にしたものだろうか？

それとも、もっと大きな何かにそう言わされたものだろうか？

――そのどちらかすら曖昧《あいまい》なまま、それでも次の言葉に耳を澄ます百合子に、神は――。

『……そうね。そのとおりよ』

思わせぶりな沈黙の後に、言葉を続けた。

『未来は、不透明、不確実かつ不完全なもの。言い換えれば、あらゆる選択肢を孕《はら》んだ、無限の可能性なのよ。その可能性のうち何を選ぶのかはもちろん、あなたの自由であって、そして私の自由でもある。すなわち、現在に生きる私たちが、同時に過去とともに存在しているように、未来もまた、常に私たちとともにあるの。それこそが世界の帰結。定められた運命というもの。そう……だから原点は、私たちのすべてを宿命として定めようとしているのかもしれないのだけれど』

――原点。

その単語が何の――いや、誰の言い換えなのか、百合子は知っている。

原点。それすなわち、藤衛《ふじまもる》のことだ。

齢《よわい》九十を過ぎた老人にして、天皇とまで称される日本数学界の重鎮、しかも二十三年前の孤島における大量殺人事件の主犯でもある男だ。死刑判決を受け、十三階段を待つ死刑囚として収監されるも、昨年、再審請求により無罪判決を受け釈放、そのまどこかに行方を晦《くら》ました。

神、いわく――。

藤衛はすでに、秘密裏にリーマン予想《Hypothesis》を肯定的に証明し、リーマンの定理《Theorem》としている。

世界の秘密たるリーマン予想の証明を得て、神となった。

だからこそ彼は、リーマン予想を証明しようとしている人間を――すなわち、彼の神としての唯一無二の特権を奪おうと妨害する者を、排除しようとしているのだ、と。

その妨害者こそが、善知鳥神であり、宮司百合子なのだ――と。

しかしなぜ、百合子たちが排除の対象たる妨害者だとされたのだろう?

その理由は、おそらく、二つある。

ひとつは、善知鳥神の類《たぐ》い稀《まれ》なる数学の才が、現に、藤衛が独占している秘密に肉薄していることだ。リーマン予想を解決するという現実的な危機感が、藤衛をして神たちを亡き者にしようとしているのだ。

しかし——もうひとつ、根本的な理由がある。

それは、血だ。

神も、百合子も、藤衛の血を分けた実の娘なのだ。藤はだから、二人を抹殺しようとしているのだ。神は世界に二人も要らぬ、と。だから——。

『……原点は宿命を定め、その周囲に私たちを巻き取り、ゼロに戻そうとしている。でもね、百合子ちゃん。それでもなお、すべては私たちのものなのよ。明日がどうなるかも、どんなふうにドミノが倒れるかも、そして、どんなふうに生きるのかも、どんなふうに死ぬかも……私たちがすべて、自分たちの思うがままに決められる』

「思うがままに、決められる。……自由だということですか」

『そう、自由……それこそが、私たちの運命なのよ』

「…………」

『百合子ちゃん。以前私があなたに「オイラーの公式」を示したことを、覚えている？』

「オイラーの、公式……」

もちろん——覚えている。

一昨年の秋、双孔堂の殺人事件の後、百合子は、初めて会った神から、その公式を示されたのだ。

——$e^{i\pi}+1=0$

数学の基本公式にして、近代数学の扉を開いた、偉大なる公式だ。

頷く百合子に、神は続ける。

『エレガントなこの公式には、数学世界の根源にある元素である要素がいくつか現れる。ネイピア数e、円周率π、虚数単位i、そして、和の単位元1と積の単位元0《ゼロ》よ。これらは、実は、あるものに置き換えることができる。解る?』

「あるもの……? あっ」

百合子は、はっと気がついた。

「これは……私たちだ」

『そう。例えば、ネイピア数eは私。例えば、円周率πはあなた、百合子ちゃん。例えば、虚数単位iは十和田さん。そして、単位元1は……』

「……お兄ちゃん」

『ええ。そのとおり、宮司司さんね』

電話の向こうで、神はたぶん——にこり、と微笑んだ。

『そして最後の要素、ゼロが残る。これこそが原点、もちろんあの男よ。あの男は、私たちをオイラーの公式に載せて、自らに巻き取ろうとしている。言うなれば、これは宿命的なもの。決して変わることがない数学公式が示す必然。逆《さか》らおうとしても逆らうことのできない、数学の必然なの』

「必然……私たちは、決して逃れることができないということ……？」

『そうよ。でも……そうじゃない』

「……？」

『逃れることができない、その先にある原点ですら、結局は、公式の一部にしかすぎないのよ』

「公式の……一部」

神は、魂を揺さぶるような声色で、続けた。

『世界はいつも、二つの意思が戦い続けている。意のままにせんと欲する意思と、意のままにはされまいと抗《あらが》う意思よ。これらの意思が、いつも人と人、神と人、神と神、あるいはそれぞれの心の内で戦っている。私たちがそこから逃れることは決してできない。それが、宿命というもの。でも、私たちがこの戦いに勝利することはできる。それが……運命というものなの』

「な、何を言っているのか解りません……」

神の言葉の圧力に、百合子はたじろぐと、喘《あえ》いだような声で言った。

「私は、そんな……宿命も、運命も、どうだっていいんです。だって……」

私はただ——お兄ちゃんと一緒に、いつまでも平和に暮らしたかっただけ——。

喘ぐような声で訴える百合子に、神はしかし、百合子の心が落ち着くまでの数十秒——じっと待つと、それから、優しい声色で言った。

『百合子ちゃんは気づいている？　宮司司さんが、あなたに大きなものを遺《のこ》したことを』

「大きな……もの？」

『そうよ。それはとても偉大で、かつ、あなたに寄り添いながら、常にあなたを守っている。司さんは、自分の命と引き換えに、それをあなたに遺した。あなたは、そのことを心から誇るべきよ』

「お兄ちゃんが……守ってくれている」

百合子はそれを、無意識に、ぎゅっと握りしめた。

この二ヵ月というもの、どこへ行くにも傍に置いていた、司のネクタイを——。

そんな百合子の心を射抜くような口調で、神は続けた。

『そうよ。あなたは常にそれと一緒にある。だから……だからこそ、百合子ちゃん。あなたは、行くべきだわ』

「行く……？」

『そう。行くの。あの場所に』

「それは……どこ、ですか」

おずおずと問う百合子に、神は、真剣な声色で言った。

『Y森林公園の奥よ』

「森林……そこに、何があるんですか」

『知りたい？』

神は、くすりと笑った。

『それはね、光よ』

「……光？」

『そう。二重の鏡に閉ざされた眩いばかりの光がある。あなたが解き明かすべき光が』

「…………」

――解き明かすべき、光。

その言葉に、言いようのない妙な魅力を感じながらも、それでもなお、百合子はあえて抗った。

「……嫌です」

『なぜ？』

「私には、そんな場所に行く理由がない。必然性がありません」

『必然性、ですって？』

　神がまた、ふふ、と笑った。

『……必然性は、ある。なぜなら、あの場所には光とともに、狂おしいほどの闇《やみ》もあるから。そして……だからこそ、あなたがあの場所に行く理由も、ある』

「理由……」

　無意識に唾《つば》を飲み込むと、百合子は訊《き》いた。

「どんな理由があるっていうんですか」

『理由？　それは、くれば解るわ。だって……』

「だって？」

　神は、意味深な長い空白をはさんでから言った。

『……それが、運命なのだもの』


　静かに受話器を置くと、また、いつもの朝が百合子の周囲に戻ってくる。

　生気に満ち溢れた春の日差しの中、ただただ沈鬱《ちんうつ》と喪失感でいっぱいの朝——。

　昨日と変わってはいない。

　明日変わるわけでもないだろう。

　百合子自身だって、ほんの十分前の百合子と何ひとつ変化してはいないのだ。この二ヵ月というもの、悲しみに暮れ絶望の海で溺《おぼ》れ続けていたように、今だって、これからも、喘ぎ続けながら生きていることには変わりがないのだ。

でも――それでも。

その台詞は、百合子の耳の奥に焼きついている。

――それが、運命なのだもの。

だから、百合子は――。

いつまでも心の中で繰り返し唱え続けていた。

電話を切る直前、神が口にした、その場所を。


そして――それから、一週間。

ふと気がついたときには、すでに百合子は、森を歩いている自分を自覚していた。

あの後の一週間。自分が何をしていたのかは、よく覚えてはいない。

覚えているのは、神の電話を切ってすぐ、布団を頭から被《かぶ》り眠ったことだけだ。何も考えず、何もせず、ただひたすら安穏と安寧《あんねい》に満ちた眠りの世界に戻りたかったのだ。

あるいはそれは、もしかすると「死んでしまいたい」という百合子の心の奥底にある願望の表れだったのかもしれない。

だが結局、いつまでも眠り続けることはできなかった。

そもそも寝続けることなど、人間には不可能なことでもあったのだ。日が沈み、夜になり、また朝になる。地球の自転は規則正しい天体の見かけ上の巡りを生み、それが再び、百合子に確かな覚醒《かくせい》を呼び覚ました。

そして再び、思い出したのだ。

神の言葉を。すなわち——。

——それが、運命なのだもの。

こんなふうに、まるで夢遊病者のごとくに、深い森の中を歩いているのも、あるいは、その言葉に導かれたから——なのかもしれなかった。

2

※図1「平面図・立面図」参照

低い山裾《やますそ》から海岸までつながるY森林公園は、都心からのアクセスもよく、家族連れがピクニックやキャンプなどをしにやってくることで知られた場所だ。

広大な敷地《しきち》を持ち、東の海に面した側はキャンプやアスレチックなどのレジャーに

図１　平面図・立面図

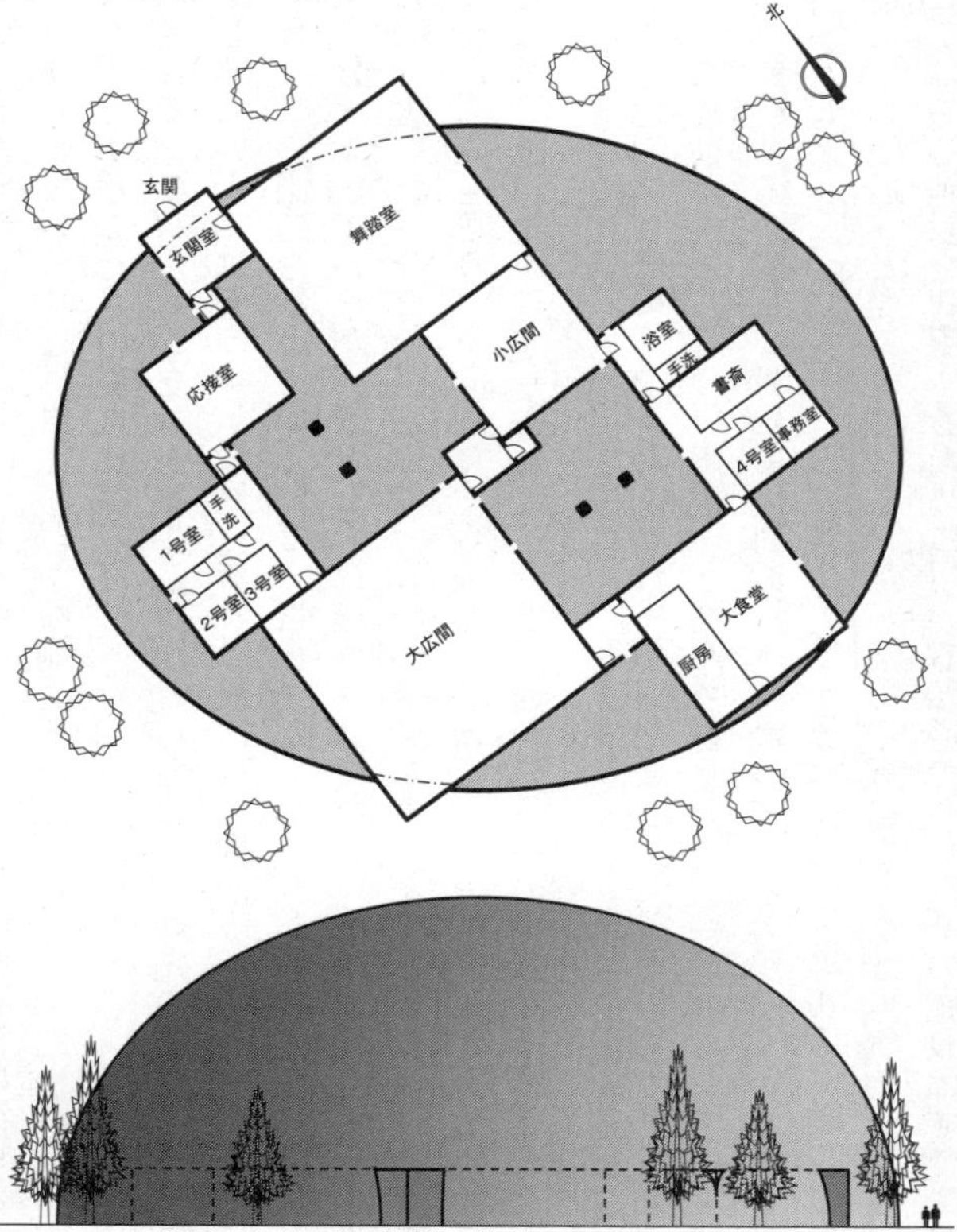

特化してて施設が整備されている。一方、西の山側は、一部を県有林に指定された手つかずの森が残っているなど、自然が豊かな側面を見せていた。

もっとも、だからこそ人の姿もまばらだ。

整備はされているが、人が立ち入ることはほとんどない。春先の新緑は美しいが、それを楽しみたい人々はもう少し海側を流れる渓流へと向かうからだ。

だから今、この山道を歩いているのは、百合子ただひとりだった。

もう三十分は歩いているが、誰ともすれ違うことはない。前後に延びる道以外は、深い森の緑で遮《さえぎ》られ、今自分がどこにいるのか推測することもできない。頭上まで生い茂った緑が太陽を遮り、方向感覚すら失わせるのだ。人の気配などもちろんなく、聞こえるのは、風が葉をこすりあわせる音と、何かの生物の不気味な鳴き声くらいのものだ。

不穏な深緑色のアーチの下を、わずかな木漏れ日とともにくぐりながら、百合子はそれでも、ただひたすら、道の行く手へと進んでいく。

右へ左へ蛇行《だこう》する小径は、はたして目的地へ向かっているのかどうかも怪しい。苔《こけ》生《む》した石があちこちに転がり、足元も覚束《おぼつか》なくなる。やがて足元には舗装もなくなり、獣道に近い山道へと変わっていく。だが、ある意味でそれは当然のことだ。なぜなら、ここはある施設を利用するために用いる私道であり、その施設はすでに廃墟《はいきょ》となっていて、かつ道は途中、何重にも鉄条網で立ち入りを禁じられていたからだ。それらの障壁を乗り越え廃墟へ向かおうとするのは、せいぜい廃墟マニアくらいのものだろう。もっともここは、そんな廃墟マニアにもまだ知られていない穴場中の穴場なのだが――。

したがって、誰かに出会うとすれば、それはきっと、この世ならざる者に違いない。

もし出会ってしまったら、私はどうしたらいいのだろう？　――そんな背筋の凍《こご》える妄想を、百合子は大きく頭を左右に振って追い出すと、なおも足を一歩一歩、前へと進めていく。

サク、サク、と足の下で乾いた土が鳴る。

ザワ、ザワ、と木々がざわめく。

ケン、ケン、とどこかで雉《きじ》が啼《な》く。

まさか、このまま道は冥界《めいかい》へと続いているのじゃなかろうか――畏怖《いふ》とともに、そんな妄想の続きを百合子が始めたころ、山道は唐突に、その終わりを告げた。

森の間から、不意に、巨大な建造物が姿を現したのだ。

それは――。

さながら巨大なドームだった。

高さは三十メートルはあり、幅はそれよりはるかに大きい。表面はのっぺりとした灰色で統一されていて、丸く湾曲している。見上げると、この巨大なドームの稜線《りょうせん》が、ゆるやかだが滑《なめ》らかで、かつ溜息が出るほど美しい曲線を描いて青空を切り取っているのが見える。

だが、見えているのはこのドームの一部だ。まだ全体像は摑《つか》めない。けれど、どこまでが見えていて、どこまでが隠されているのか——そのことが、百合子には解らない。何しろこのドームは、大きすぎる。のみならず、どこかこの世ならざる雰囲気を持つ曲線が遠近法に逆らい、まるで百合子を包み込もうとさえしてくるのだ。

それにしても——。

こんな巨大な建物が、どうしてここに？

当然の疑問を覚えつつ、百合子は、忽然《こつぜん》と現れた謎のドームに、少しずつ近づいていく。

五メートルほどの距離までくると、足元の感触が硬く変化する。

苔や雑草に覆《おお》われていて解りづらいが、おそらく、ドームの周囲はコンクリートで厳重に固められているのだろう。ドームの脇《わき》に木が生《は》えていないのもそのためだ。とはいえ、コンクリート自体はぼろぼろに朽ち、劣化している。それだけの年月を、確かに経《へ》ているのだ。この建物は本当に、私が生まれるよりもずっと前に建てられたのだな――そう心の中で呟きつつ、ちょうど八歩分、前に進むと、百合子はドームの壁面のすぐ傍に立った。

灰色の壁面に手を当てる。

ザラリ、という粗《あら》い感触が掌《てのひら》に伝わる。

だが、その表面は触れるそばからぼろぼろと崩れ落ちる。長年風雨に曝《さら》され、壁面にこびりついた砂や埃。百合子が、その積もり積もった建物の垢《あか》を掌で何度も擦《こす》り取ると、やがて、建物の本当の壁面が、その奥に見えた。

それは――鏡だった。

擦りガラスを通し見るようにくすんではいるものの、確かに、百合子自身の顔をぼんやりと映している。劣化によって傷だらけとなり、凸凹も生まれ、ところどころ罅《ひび》さえ入ってはいるものの、間違いなく、作られた当初は銀色の鏡面であったのだろう。

もっとも、鏡面は平板ではなく、少し手前側に膨らむように湾曲している。いつも見ている自分の顔よりも少し細長く感じるのは、そのせいだろう。

それにしても――。

百合子は再び、ドームを見上げた。

だとすると、もしかしてこのドームの外壁はすべて、鏡面でできているのだろうか？

ふと——想像する。

緑の深い森の中を進んでいくと、突如として現れる、巨大な鏡面のドーム。

手つかずの自然の中に生まれた、限りなく人工的な物体。

言うなれば、これは——無秩序の中に作られた完璧《かんぺき》なる秩序、だろうか。

今でこそ汚れ、朽ちてはいるが、かつて、それはさぞ美しい光景だったに違いない。少なくともその威容——異様というべきか——が、今もなお、この巨大なスケールで残っているくらいなのだから——。

百合子は、だから思わず、独《ひと》り言《ごと》を呟いた。

「間違いない。あの男の設計《たてもの》だ」

あの男——。

そう、時に常識はずれのスケールを用い、時に数学的な秩序にしたがい、時に無意味とも思える試みを衒《てら》いもなく実行する。この建築物は、その端々《はしばし》に、あの男が関わっていることを、これでもかと示唆《しさ》している。

錯覚からか、それとも毒気に当てられたからか。不意に眩暈《めまい》を起こした百合子は、よろめき、苦しげに俯《うつむ》いた。それでも数秒後には、すぐに自分を取り戻すと、大きくひとつ、深呼吸をする。

そして、自分に言い聞かせた。

――気圧《けお》されるな、百合子。気圧されれば、そのまま飲み込まれる――。

やがて百合子は、口を真一文字に固く結ぶと、静かに背負った小さなリュックサックから図面を取り出した。

それは、あらかじめもらっていた、この建物の図面のコピーだ。

空を見て、影を見て、それから図面と照らしあわせて、自分が今、建物の西側にいると大まかな当たりを付けると、百合子はそのまま、建物を右手に見ながら歩き出していく。

図面によれば、この先にすぐ、玄関があるはずだが――。

訝る心を忍ばせた足音に乗せてコンクリートの地面を進むと、はたして、すぐにその入り口が現れた。

曲面のドームから突き出た直方体。直線的な造形の壁面は鏡ではなく、打ちっぱなしのコンクリートだ。

鏡面を突き破る人工物は、何かの暗喩《メタファ》か、それとも、かの設計者に潜在する狂気の表れか――無理やりはみ出たような壁面の中央には、小さなドアが、ぽつんと存在していた。

周囲の灰色に浮かぶ、黒く塗られた鉄のドア。

そっとノブを摑むと、それは何十年も放置されていたとは思えないほど滑らかに回った。

鍵《かぎ》は――掛かっていない。

百合子は、あるいはいまだ誰かに操られているように、静かにドアを引き開けると、そのまま、ためらうことなく建物の中に足を踏み入れた。


バタン――。

背後で鉄のドアが大きな音を立てて閉まると、周囲は暗がりに包まれた。

十秒は続いた反響が収まると、百合子は、背負ったリュックを開けてごそごそと中をまさぐり、懐中電灯を取り出した。

建物の中はわずかな光があり、完全な暗闇ではない。だが、確かな光がほしかったのだ。

カチリ――スイッチを入れる。

ポッ、とすぐに足元に白い光の輪ができた。

その輪を四方八方に飛ばし、接触不良がないことを確かめると、百合子は、改めてその光で、建物の中がどうなっているかを照らし出す。

まず——そこは、部屋だった。

図面によれば、玄関を入ってすぐの「玄関室」になる、二十畳ほどの正方形の部屋だ。四方を高さ三・五メートルほどの壁——無機質なコンクリート打ちっぱなしだ——に囲まれている。右の壁面には、窓の代わりだろうか、壁の上端から床まで突き抜けた幅二十センチほどのスリットが見えた。ガラスは嵌《は》められておらず、覗《のぞ》き見ると、その奥には暗い空間と、土の地面が見えた。

土——すなわち、壁の向こうの世界は、あくまでも「外」。一方、こちら側の「内」の地面は土ではなく、整然とした市松模様が床一面に広がっていた。

市松模様、すなわち一辺が五十センチほどの規則正しい白黒の格子。よく見れば、白い部分は磨《みが》かれた大理石でできている。黒い部分は——鏡だ。経年劣化によりくすんではいるが、確かに、百合子の投げる懐中電灯の光を反射している。

ここにも鏡面か——巨大なチェス盤から脅されているような悪寒を覚えた百合子は、逃げるようにして上に視線を移した。

しかし、そこには何もなかった。

すなわち、虚空——天井がないのだ。

天井は、玄関を入ってすぐの場所にこそ少しだけあるものの、そこから先は完全に吹き抜けており、そのまま黒い闇へとつながっていたのだ。

この虚空がどこまで続くのかは解らないが、上を見れば、かなり高い場所にところどころ、明るい空が見えた。おそらく、ドームの内側が完全な中空になっているのだろう。そしてあの切り取られた空は、ドームの天井が朽ち、ぽっかりと抜け落ちた部分に違いない。

そして、この玄関室が、ドームからはみ出た部分だけが天井でふさがれていることからすると、コンクリート部分の建物は完全に密閉されているということなのだろう。加えて、この図面が正しいとするならば、建物へ出入りするには——もちろんドームに空いた穴は別として——この玄関口を使うしかないということにもなる。

つまり——。

この館は、人を閉じ込める造りになっているのだ。

「……はは」

いかにもあの建築家の考えそうな悪趣味な構造——忌々《いまいま》しい感情を乾いた笑いに変えつつ、百合子は、壁に懐中電灯の光を翳《かざ》した。

二つ、ドアが見えた。

正面にひとつ、左側面にひとつ。

数瞬の末、百合子は正面のドアを開けると、この不気味な建築物の最奥に向け、さらに踏み込んでいく——。

この建物は、複雑な形をしている。

図面によれば——もちろん、この図面が細部にわたって完全に正しいなどという保証はないのだけれど——正方形の部屋がいくつもランダムに連なった形をしている。

大まかに見れば、この部屋の連なりは「∞」の形をしていることが解る。部屋の大きさや形には、もしかしたらなんらかの法則性があるのかもしれない。例えば、設計者が信奉していた数学にまつわる意味が持たせられていたり、または形状そのものになんらかの目的があったり——ともあれ、少なくともこの建物を移動しようとするときは、いつも「∞」の形を意識していれば、迷うことはないと思われた。

正面のドアを開けると、その向こうは狭い小部屋——とはいえ狭いなりに、きちんと正方形をしている——があった。

壁の高さは玄関室と同じ約三・五メートル。その上は吹き抜けドームが見えている。

小部屋を通り過ぎると、玄関室よりも少し広い部屋に出た。

図面によれば、ここは応接室のようだ。

再び懐中電灯の光を四方に投げる。壁は先刻と同じコンクリート打ちっぱなしに、同じスリットの窓がひとつ、高さも同じく相変わらず三・五メートルで、床は市松模様だった。玄関室と何も変わらない。ただの勘だが、百合子は、おそらくこの建物はすべて、このようなコンクリート打ちっぱなしと市松模様のデザインで統一されているのだろうと思った。

したがって、応接室とはいっても、他の部屋と大して変わるものではなかった。もしかすると、かつてはさまざまな家具や調度品が置かれていたのかもしれない。だが今では、多少の残骸《ざんがい》が転がっているのが、確かにここが応接室だったのだという面影《おもかげ》をほのかに残しているのみだ。

例えば、小さな台があった。幅も小さく高さもなく、引き出しも付いていない。机にも椅子《いす》にもならない大きさで、それ単体では何のためのものかも解らないが、その近くに転がる割れた花瓶《かびん》から、はたとこれがソファセットの脇机なのだと気づいた。きっと、撤去の際にこれだけが忘れられ、そのまま用途不明品として放置されているのだろう。

あるいは、スワンの置物だ。表面がざらついた不透明のガラスでできていて、膝《ひざ》くらいの高さまである。なかなか立派な代物だが、肝心のスワンの嘴《くちばし》が、大きく無残に欠けていた。たぶん、そのために価値がなくなり、ここに打ち捨てられたのだろう――そんなことを思いつつ、ふと興味本位で上から覗くと、スワンの羽の間には狭い空間があるのが見えた。

その奥には、一見しただけでは解らない構造があった。単一電池が四つ入るケースとスイッチ、さらには電球を嵌めるソケットがある。一見するとただの置物のようにしか見えないが、このスワンはどうやら、ランプであったようだ。

さらに視線を壁に移すと、巨大な額が、左側の壁に立て掛けられているのが見えた。一辺が一・五メートルはある重厚な木の額で、金箔《きんぱく》が貼られた浮き彫り細工で縁取りされている。かつてはさぞ高価な絵を入れて飾られていたのに違いないが、今は絵もなく、まるで呆《ほう》けたように、何もない口を虚ろに開けているのみだ。

応接室の残骸は、それらだけだった。

次に、図面では1号室から3号室と書かれた部屋に出た。ここは部屋がいくつかの小部屋に区切られており、それら小部屋にだけは天井があった。吹き抜けにしないのは、居室である小部屋にプライベートな空間を作るためかもしれない。もっとも、当の天井も仕切りも木板で作られていたため、湿気《しっけ》でぼろぼろに腐り、今ではほとんど用をなさなくなっていたのだが——。

さらに進むと、ひときわ広い部屋に出た。

大広間——図面上にそう書かれた部屋は、その名のとおり開放的な空間だった。すなわち、正方形の一辺が二十メートル近くある、巨大な一室だ。取り囲む三・五メートルの壁すら低く感じられるほどである。

もっとも、大きいから何かがあるというわけでもなく、ただひたすら市松模様の床が、奥の壁面まで広がっているだけだった。

扉は二ヵ所、窓は三ヵ所、これまで同様スリット状のものが見える。ある種の心理的な効果だろうか、吹き抜けが大きい分だけ、高いドームから、より一層不気味さが垂れ落ちていた。

ふと――百合子は思う。

この建物は、何かに似ている。

例えば――床に見える市松模様の白い大理石。

あるいは、スリットの窓。

――そうだ、これは、堂だ。

白い大理石は、眼球堂のあの白一色で巨大な凹《へこ》みを思わせる。一方、スリットは五覚堂の礼拝堂で見たものとほとんど同じだ。

つまり、眼球堂的であり、かつ五覚堂的であり、言わばそれらの原型《ルーツ》とも思えるような構成が、ここにはある。

だから百合子は、思い知らされた。ここは紛《まぎ》れもなく「あの男の堂」なのだということを――。

――ゆっくりと、百合子はスリットのひとつに向けて歩を進めた。

何かに呼び寄せられるようにして、自分でもなぜそうしているのかさえ解らないいま、百合子はそっと、スリットの隙間《すきま》からその向こうを覗いた。

そこは、図面では「∞」の字の建屋に囲まれた、中庭にあたる場所だ。さっき玄関室から見たのと同じように、暗い空間と、土の地面が見えた。

だが二つ、さっきとは異なる点もあった。

ひとつは、柱だ。五、六十センチほどの幅を持つ四角いコンクリート柱が、壁と同じ高さまで聳《そび》えている。

しかも、二本だ。とはいえ、その二本とも何かを支えているわけではない。柱が単に柱体としてのみ屹立《きつりつ》しているだけなのだ。まるで一定の距離を保《たも》ちながら語っているようなそれらが、はたしてこの堂においてどんな役割や意味を持つものなのか——あるいは持たないのか——は、もちろん、百合子にはまだ解らないままだった。

そして、もうひとつ。

地面が、うっすらと緑色に覆われていた。

苔か、あるいは雑草か、いずれにせよ無秩序な植物の類いである。

ふと上を見ると、ドームの天井の抜け落ちた部分から、ほんのわずか、日光が差し込んでいた。弱々しい光——それでもこの生命たちは、この光を糧《かて》にして、健気に、ひっそりと、しかし力強く、彼ら自身の命をつないでいるのである。

中庭に、出られるだろうか。

無意識にそう思い、しかしすぐそれが無理だと悟った。何しろスリットの幅は高々二十センチ程度だ。三・五メートルの壁を乗り越える術もないのでは、中庭に出ることは難しい。

小さな溜息を吐くと、百合子は気を取り直し、なおも先に存在する未知の部屋へと、進んでいった。

大広間から、小部屋をひとつ経由して、大食堂へと出る。

そこも、まったく何もない場所だった。

大食堂というくらいなのだから、長テーブルくらいあってもよさそうなものだが、そこにあるのはガランとした殺風景な空間のみだ。厨房《ちゅうぼう》との境目は、コンクリートではなく木板の壁で、また厨房には天井もあり、どちらも居室にあったものと同じく、あちこちが腐っていた。ここの床だけが市松模様ではなくタイル張りで、かなり古そうなステンレスの流し台が、壁の片隅《かたすみ》にぽつんと一台、寂《さび》しくたたずむのみだった。

さらに扉を開けて進むと、この建物の設計者の書斎と4号室、そして事務室があるとされる部屋を通り抜けた。書斎のドアは無残に壊されており、本来ドアノブがあるべき場所に、大きな穴が開いているのが見えた。

そのとき——。

何かが気になり、百合子はふと、懐中電灯を天井に向けた。

光の束《たば》が、数十メートル上空で天井に当たる。

ぼんやりとした光、だが百合子は、すぐにある違和感に気づく。

よく見ると、光が当たる一部分が、時折硬質な反射光となって戻ってきているのだ。

「……ん？」

あの質感は、コンクリートのものではない。

そう、あれは――。

「……鏡か」

百合子は、思わず呟いた。

そう、内側もなのだ。ドームの外側だけでなく、内壁も一面が、鏡張りになっているのである。

確かに劣化はしている。それでも外側に比べれば、風雨に曝されず、まだ鏡としての役割もはたしているのだ。

かくして外と内《なか》、すべてを鏡面によって反射する、巨大なドーム。

その異様さに、半ば唖然《あぜん》としてドームを内側から見上げる百合子は――。

ガシャン。

「あっ」

思わず、懐中電灯を取り落としてしまった。

慌てて、市松模様の床を転がる懐中電灯を拾おうとすると、今度は、ポケットから小銭入れが落ち、弾みで小銭をばら撒《ま》いてしまう。

チャリチャリと小気味いい音とともに四方八方へ転がっていく何枚もの硬貨を慌てて拾い、小銭入れとともにポケットに放り込むと、百合子は突然、言いようのない情けなさに襲われた。

「……何やってるんだ、私」

ドジも大概にしないと、笑われる。

こんな姿、誰かが見たらなんと言うだろう？

――だから俺は、君のことが心配なんだよ。

ふと思い出される、兄の声――。

「……こんなのじゃ、だめだ」

小銭をすべて拾い終えると、自己嫌悪に苛まれつつも、百合子は口を真一文字に結び、顔を上げた。

そして――心の中で呟いた。

私は、何かに導かれてここにきた。

それは、決して他律的なものじゃない。

私自身が、自発的に、ここにこようと思ったのだ。

私と、私の内に流れる血の運命を知るために。

百合子は、腹の底に今一度力を込めると、懐中電灯をしっかりと握り直し、さらに先へと進んでいった。

——浴室のある部屋から、小広間へ。

小広間は、大広間と対をなす、同様にいくつかのスリットの窓を持ちつつも、やや小さい部屋だ。

しかし百合子は、小広間の市松模様の床を大股で横切ると、そのまま大広間とつながる小部屋へと歩を進めた。

そこは、ただの小部屋だった。

がらん、と何もない八畳ほどのスペース。窓もなく、ドアが三枚あるのみで、ひとつは大広間、ひとつは小広間につながるものだ。試しに最後のドアを開けてみたが、ただの納戸だった。

なんとなく拍子《ひょうし》抜けした気分のまま、再び小広間に戻ると、百合子は、そこから舞踏室を——舞踏室とは言いつつも、見た目は大広間となんの違いもなかった——抜けて、再び玄関室へと戻ってきた。

「これで、すべてか……」

懐中電灯の光で、見覚えのある部屋をもう一度、ゆっくりと隅々まで照らしながら、百合子は——思う。

これが、この建物のすべてだ。

巨大で、内外に鏡面がきらめく、少し偏平な球形のドーム。

その内側は密閉されており、一律約三・五メートルの高さのコンクリートの壁により、いくつものスペースに区切られている。

床は、どこもかしこも大理石と鏡面の市松模様だ。天井はなく、上を見ればドームまで見通すことができる。

まさしく「奇妙」という言葉が相応《ふさわ》しい、おかしな建築。

打ち捨てられてからもう四半世紀以上経つとはいえ、それでもなおこの場所はやはり、強烈なまでに「あの建築家」の匂いを放っているのだ。

一度、懐中電灯のスイッチを切ると、ドームが持つ生の仄暗《ほのぐら》さの中にあえて身を置きつつ、百合子は、なおも思った。

私は、あの人にこう言われた。

——あなたは、行くべきだわ。

——それが、運命なのだもの。

そう、運命だ。私はその言葉に、私自身の閉塞《へいそく》した——まるで閉ざされたドームの中から人生を前へと開いていく扉を見たような気がした。だからこそ私は、今まさにこの場所へとやってきたのだ。けれども——。

「……だから、何？」

思わず、非難めいた言葉が口を衝《つ》いて出る。

運命だから、ここにきた。

あの建築家の原点でもあり、残滓《ざんし》でもあるこの場所にきた。だが——。

だからなんだというのか？

それが、私の何を切り開くというのか？

こんな場所にきたからといって、すぐに何かが変わるなんてことはあり得ない——そう、解りきっていたはずなのに。

「………………」

半ば苛立《いらだ》ちにも似た思いを抱きつつ、百合子は無言で、無意識に歩を前へと進める。

ここにくるのが運命だ。その言葉の意味を深く考えながら、それでいて何も変わらない自分自身を打ち捨ててしまいたい、そんな自暴自棄に襲われながら、百合子は——おそらくは運命に導かれつつ、気がつくと、ある部屋にいた。

「……ここは？」

はっ、と我に返る。

懐中電灯を点《つ》け、周囲に光を投げる。

が、壁は四方とも、何十メートルも向こうにある。つまり、とても広い部屋であるらしい。どこも似たような部屋ばかりがあるこの館だが、ここまでの広さを持つ部屋はあそこしかない。つまり――。

「大広間よ」

背後で、声がした。

心臓を素手で摑まれたような戦慄。

振り向き、光を投げると、そこには――。

「……こんにちは。百合子ちゃん」

彼女が、いた。

ちょうど、二メートルの距離。

彼女は、微動だにしないまま、微笑みとともに、じっと百合子を見つめている。

黒いワンピース。そこから覗く伸びやかな四肢。

東洋人的でもあり、西洋人的でもあり、あるいはそのどちらとも似ていて異なる雰囲気。完全な左右対称を保つくっきりとした輪郭《りんかく》を持つ顔つきと、艶《あで》やかで長い黒髪。しかし何よりも印象的なのは、その整った顔の中央で二つ、瞬《まばた》きもせずに射抜く、どこまでも深い瞳《ひとみ》――。

――ふと。

黒髪が、風もないのにふわりと揺れた。

まったく「重さ」というものを感じさせないそれは、まるでそれ自身がひとつの生き物ででもあるかのように美しく形を変えながら、滑らかかつ優雅に、彼女の周りで踊る。

そんな彼女と対峙《たいじ》して、百合子は――。

迷っていた。

一体、彼女のことを、何と呼ぶべきだろう？

善知鳥さん。神さん。それとも――。

けれど、そのどれもが、まったくそぐわない気がして、百合子は結局――。

「…………」

小さく喘ぐような息をするだけで、沈黙を貫《つらぬ》く。

そんな百合子の困惑する様子に、むしろ楽しんでいるかのように目を細めると、彼女は――神は、静かに口を開いた。

「百合子ちゃん。あなたは、私たちがどうして存在しているか、その理由を考えたことはある?」

「私たちが……存在……理由……」

唐突な問いかけ。

言い淀む百合子に、神は一方的に話を続ける。

「私たちが生きるこの世界には、多くの不思議が存在しているわ。不思議とは、信じがたいことであり、理解のできないことであり、常識と反することであり、解らないことであり、つまりそれを語る者によって意味合いが異なるもの……」

「さまざまな定義の仕方がある、ってことですか」

「そうよ。それぞれの者にそれぞれの知が及ばない領域があり、そこをそれぞれが不思議と呼ぶのだから、それぞれで定義が異なるのは、むしろ当然のこと」

確かに、そうだ。

自動ドアやエスカレータの原理を知る者にとって、それは単なる機械の働きにしかすぎない。だが、知らない者にとって、それはまるで魔法だ。不思議かそうでないかは、ひとえにその人間が知をどれだけ持っているかによって決まる。

神は、続けた。

「つまり、不思議とは、解明されていないもののこと。それを解き明かすために……

私たちは生きているのよ」

ふっ——と瞬間、神との間隔が一メートル、縮まった。

手を伸ばせば届きそうなその距離で、神はなおも言葉を継いだ。

「例えば、火。プロメテウスが人類に与えたと伝えられるそれは、なぜあれほど美しく燃えて、すべてを灰と化してしまうのか。あるいは、金属。時には刃となって生き物を殺し、時には盾となって刃を防ぎ、磨かれることによって魅力的な価値となり、液体となって蠱惑的《こわくてき》な毒ともなる、その実相とは何なのか。あるいは、光とは何なのか。重力とは何なのか。さらには、命とは何か、この世界とはなんのために存在するのか」

「…………」

「すべての不思議に、私たちは歴史を消費して解を与えてきた。けれど、そのためには百万年の時を必要とした。それでさえ、化学によって火の正体が解ったのは五百年前のこと。物理学によって金属の正体が解ったのも二百年前のこと。光の正体が解ったのだって、高々百年前のことよ」

「それは、相対論……ですか」

「そうね。アルバート・アインシュタインが、光の性質から、時と空間を同一の尺度によって解釈することによって、巨視的《マクロ》な宇宙のあり方を記述する術があることを見つけ出した。まさに、大いなる知よ。でも、それでもまだ不思議はいくつもある。微視的《ミクロ》な宇宙観は？　二つをつなげる方法は？　そもそも宇宙の始まりは？」

「…………」

「これらの不思議は、解明されなければ不思議であり、解明されれば知となる。その知に向かい、今もなお私たちは解を与えようと試みている。もっとも、この因果《いんが》関係は逆ね。私たちが解を与えるのじゃない。解が、私たちを生かしているの。言い換えれば、不思議を知に変えることこそが、私たちの生きる理由、存在理由そのものだといえる。私も……もちろん、あなたもよ。百合子ちゃん」

神が、口角をわずかに上げた。

その、神々しいまでの微笑みに負けじと、百合子は問いを投げる。

「つまり……数学も、その解明すべきひとつであると？」

「そのとおりよ」

小さく頷く神の、滑らかな黒髪が、まるで液体のように、静かに肩口から零れ落ちた。

「そして、すべての根幹をなす数学の不思議を解いてこそ、世界の不思議も私たちの知となる」

「リーマン予想のことですね」

「………」

神は——答えない。

表情を変えないまま、むしろ、そんなことはあまりにも当たり前だと言いたげな沈黙に、百合子もまた、同調《シンクロ》したかのように口を閉ざす。

そして——。

数分か、数ナノ秒か、それとも数億年か。

一体、どれだけの時間が経っただろう。

神と百合子。神と水仙。姉と妹——対峙する二人は、時の流れをまったく無視しながら、お互いの思いを沈黙で交《か》わしつつ、しかし、一瞬のきらめきとともに、膠着《こうちゃく》を切り裂き現実へと舞い戻る。

「ここは、どこなんですか？」

百合子が、問うた。

答えは知っていた。けれど、その答えは表面上のものでしかない。

だからこそその真髄を問うた百合子に、神は——。

「ここは、沼四郎《ぬましろう》がその建築家としての職業人生において、最初に手がけた建造物。すなわち……」

我が妹に、彼女を試すような数瞬を置いてから、おもむろに答えた。

「……『鏡面堂』よ」

3

鏡面堂。

そう——鏡面堂だ。

私は、知っているのだ。

ここが鏡面堂という建築物であることを。

そしてこれが、自らの最後の設計である眼球堂とともに山中で絶命した建築家、沼四郎の手による最初の作品であることも——。

無意識に息を止め、じっと神の瞳を見つめながら、百合子は、今朝の出来事を思い出していた。


X県の東部に位置するY市。

首都圏からも近く、夏の終わりに市東のY湖で開催される花火大会は、首都近郊で行われるものの中でもひときわ規模が大きいことで有名だが、それ以外には取り立てて特徴があるわけではない町である。都市もあれば農村もある。海もあれば山もある。よく言えばバラエティに富んではいるが、悪く言えば、大多数の日本人にとって──当のY市の住民にとってさえも──ごく平凡で目立たないありふれた町であって、さらに悪しざまに言えば、「あってもなくても別に構わない」町であった、と言えるかもしれない。

だが──百合子にとって、このY市は特別な場所だった。

なぜなら百合子は、すでにこのY市で起きた二つの事件と、深い因縁《いんねん》を持っていたからだ。

ひとつは一昨年の、双孔堂の殺人事件。Y湖畔に建つ双孔堂で起きた事件において、百合子は初めて、隠されていた過去と結びついた。

そして昨年の、教会堂の殺人事件──。

Y川の上流に位置する教会堂において、百合子は虜《とりこ》にされ、そして──最愛の兄を失ったのだ。

まさしく、百合子にとっては、自らの運命と「結びつき」を持った「忌《い》まわしき」町──それが、Y市という町だったのだ。

そんなY市の全域に加え、周辺の郡部を一括して管轄しているのが、Y警察署であった。

そして、先の二つの事件を通じ、百合子は、この警察署のトップと、知己になっていた。

それが、署長である毛利だった。

「ああ、よくいらしてくれました。百合子さん」

朝一番、アポイントもなくY署を訪問した百合子を、毛利署長は、嫌な顔ひとつせず、快く署長室へと通してくれた。

「どうぞ、そちらに掛けて」

「あ、はい。ありがとうございます」

「コーヒーはお好きですか？　実は私、最近は自分でコーヒーを淹れているんです。部下からは私がやりますと言われてしまうんですが、自分で淹れるコーヒーが一番美味しいんですよ。何より、きれいな琥珀《こはく》色のしずくが落ちているのを見ていると、心が落ち着くんです」

朗《ほが》らかに話をする毛利署長に、百合子はおずおずと問うた。

「あの……ご迷惑でしたか」

「何がです？」

「いきなり押しかけてしまって。毛利さんも、お忙しいのですよね？」

「忙しいと言えば忙しいですね。あれやこれやと雑事があります。しかし、百合子さんがお越しになるのならば話は別です。あの宮司警視監の妹君がこられるのですから、あらゆる用事をさておいても、ご対応を申し上げなければ」

そう言うと、毛利署長は優しく微笑んだ。

「あなたのお兄さんには、随分とお世話になったのです。だから、あなたの力になりたい。……私だけでなく、この署の部下たちはみんな、そう思っているんです」

司が死んだ後、そう言って放心状態の百合子に手を差し伸べた毛利署長。彼自身も、司が死んだのと同じ事件で部下を大勢亡くし、百合子同様つらい思いをしていたはずだ。それでも、自分のことは後回しにしても、あれこれと手を差し伸べてくれた温情を、百合子はひとときも忘れたことはない。

「百合子さん。あれから元気にされていますか」

「……はい」

本当は、違う。

深く沈んだまま、浮かび上がる術さえ解らないままだ。

それでも無理やり作り笑いを浮かべた百合子に、毛利署長は「それは、何よりです」と頷いた。

「でも、あまりご無理はなさらないように。しっかり、ご飯を食べてくださいね」

「………」

見透かされている。

気恥ずかしさを覚える百合子に、毛利署長は、自分で淹れたのだというコーヒーを勧めた。

懐《なつ》かしい味だ——胃袋を温めつつ、暫くの間、ありふれた雑談に興じていた百合子と毛利署長だったが、ふと——。

思い出したように、毛利署長がぽつりと言った。

「百合子さん。あなたはきっと、何か私に、聞きたいことがあるのでしょう?」

「…………」

百合子は、無言になった。

そのとおりだ——私は、ここにただコーヒーを飲みにきたのでも、雑談をしにきたのでもない。

大事なことを、聞きにきたのだ。

だから百合子は、そっとカップをテーブルに置くと、居住まいを正し、本題を切り出した。

「はい。お伺いしたいことが……いえ、お願いしたいことがあります」

「なんでしょう。百合子さんのお願いでしたら、かなりの無理は通しますよ」

「ありがとうございます。実は……」

一拍、息を整えてから、百合子は言った。

「教えていただきたいことがあるんです。海のほうにあるY森林公園、あの森の奥は、一体どうなっているんですか」

「Y森林公園……」

毛利署長が、ふと目を伏せた。

その眼差《まなざ》しに、百合子はなおも問う。

「私、ある人物から言われたんです。Y森林公園の奥に行けと。もちろん、深い森の中に何かがあるなんてにわかには思えません。でも、この町に詳しい毛利さんなら……きっと何かをご存じのはずです」

「……………」

毛利署長の眉《まゆ》が、不意に、険《けわ》しさを帯びる。

その顕著な表情の変化に、百合子は察した。

間違いなく、彼は——何かを、知っている。

だから、身を乗り出した。

「やっぱり、何かがあるんですね？　毛利さん、教えてください、あそこに何があるのかを」

「…………」

目を伏せたまま、毛利署長は、思案するように人差し指をトン、トンと膝の上でゆつくりと二度叩《たた》いた後、漸く、小さな吐息混じりに言った。

「……少々、お待ちいただけますか」

それから、おもむろに立ち上がると、署長室を静かに出ていった。

ピン、と張りつめたような十分間——。

やがて、毛利署長は、神妙な顔つきのまま、薄い紙のファイルを手に戻ってきた。

「残念ながら、ほとんどの資料はもう廃棄されています。残っていたのは、これだけなのです」

再び、百合子の目の前に腰かけた毛利署長は、そのファイルを百合子に差し出した。

「これは……？」

「二十六年前の事件記録です」

「二十六年前……」

「ええ。これは昭和五十年、すなわち一九七五年十二月の初めに起きた事件です。ただ、事件の公訴時効が十五年で、すでに保存期間を十年以上過ぎていますから、ほとんどの資料は捨てられてしまっていて、これだけが残されているのみなのですが」

「…………」

ごくり、と唾を飲み込みつつ、無題の表紙を捲《めく》る。

そこに書かれていたのは――。

「……これは」

そこには、平面図と立面図が上下に描かれていた。

平面図からは、楕円《だえん》形の内側に正方形の部屋がいくつも連なっていることが、また立面図からは、この建物がドーム状となっていることが見て取れる。

「随分と……変わった建物ですね」

「ええ。幅は百メートル弱、高さも三十メートル以上ある、巨大なものです」

「これが、Y森林公園の奥にあるんですか」

「ええ」

首を重々しく縦に振りつつ、毛利署長は続けた。

「Y森林公園の奥は県有林が生い茂っています。ほとんど手つかずの原生林で、誰も立ち寄らない広大な森ですが、その一画に、ほんの一ヘクタールだけ私有地が存在しています。そこに建つのが、この巨大な建物なのです」

「…………」

無言のまま、さらにページを捲る。

そこに書かれていたのは、手書きによる何人もの人名だった。名前の脇には細かい字で何かそれぞれの者の属性らしきものも書かれている。

しかし悪筆であることと、この紙自体がコピーを繰り返したものなのだろうか、ノイズが酷《ひど》くて読むことはできなかった。

ただ、かろうじて人名だけが読み取れた。

「久須川剛太郎《くすがわごうたろう》……松浦貴代子《まつうらきよこ》……竹中郁夫《たけなかいくお》……村岡幸秀《むらおかゆきひで》……あとは、ええと、三文字のお名前も二人あるようですけれど、潰れて読めません。この方々は？」

「当時、この建築物にいた参考人です」

「参考人……つまり、事件には、彼らが巻き込まれた」

「ええ。まさしく、殺人事件の参考人です」

目の前で、両手を組むと、毛利署長はあえてそうしているのだろう、淡々と言葉を継いだ。

「あれは、一晩にして二人の人間が死亡するという、痛ましい事件でした。ある人物が、ある人物を殺害する。その犯人もまた、自ら死を選んでしまうという、被疑者死亡の事件です。もっとも、捜査上ではさまざまな疑問がありました。はたしてその死の構図が正しいものなのかどうか、不可解な点が多々あったのです。ところが……捜査を深く掘り下げる前に、この事件は不完全なまま送致し、完結せざるを得ませんでした」

「なぜですか？」

「捜査途中で上から横槍《よこやり》が入ったんです」

「上から……X県警本部ですか？」

「いえ、もっと上。警察庁からです」

「警察庁から……」

警察組織は、現場の警察署の上に、都道府県単位でまとめる警視庁や警察本部があり、さらにその上に事実上統括する警察庁がある。

警察庁からの直接指示となれば、現場の警察署で捜査する担当者レベルではまず、逆らうことなどできない。

「もっとも、警察庁にもさらに上からの圧力が掛かっていたという話ではありましたが……」

「さらに上？」

「外交筋ですよ。噂《うわさ》では、ソヴィエト連邦からの要請があったとか、どうとか」

「…………」

「もっとも、わざわざこんな辺境の事件に大国が動く理由など見当たりませんから、ただのデマだったのだろうとは思います。大方、あの建物を後々有効活用できるだろうと踏んだ国会議員あたりが、妙な風聞が立つのをおそれて処理を急がせたのだろうとは思います。とはいえ……」

とはいえ――その先に、言葉が続かない。

それは、毛利署長が、この事件の終わり方について、いまだに釈然としない想《おも》いを抱いているからだろうと、百合子は察した。

ただ、いずれにせよ問題なのは、その建物が結局はどうなったのか、ということだ。

だから――。

「この建物、今はどうなっているんですか？」

問う百合子に、毛利署長は、少しほっとしたように目を瞬きながら「まだありますよ。あの場所に」と頷いた。

「ただ、管理者がいないまま二十年以上も荒れるに任せ、今では廃墟となっています。森の奥にあり近づく者もありませんから、危険性はないのですが……」

「所有者は？」

「所有者、ですか？　それは」

つまずいたような、唐突な間。

ちらり、と一度百合子の表情を窺《うかが》ってから、毛利署長は、おもむろに言った。

「あなたもご存じでしょう。今は亡き……沼四郎です」

「ぬ……沼。まさか、それは」

「ええ。百合子さん。あなたがよくご存じの、あの建築家です」

「…………」

百合子は、絶句した。

沼四郎――。

それは、異端にして狂気の建築家の名前だ。

若くして世に出ると、常軌を逸《いっ》しているとも評される異形《いぎょう》の建築群を設計。酷評とともにありつつも、数学をモチーフとした奇妙だが不可思議な印象を与える建築群は、やがて高い評価へとつながり、いくつかの権威ある賞を受けるにしたがい、世界的建築家として知られるようになった。

その一方で、攻撃的ともいえる激しい言動で知られもしていた。特に、彼が創始した、建築学こそがあらゆる学問の頂点に立つのだというアーキテクチュアリズムは、他の学問領域を決して認めようとはしないその排他的な思想により、全方位からの批判に曝されつつも、一方では狂信的ともいえる追従者《フォロワー》を数多く生み出し、まさしく「ワンアンドオンリー」な沼建築を後押しする原動力となったのである。

もっとも――。

沼四郎自身は、三年前の秋、彼が終《つい》の棲家《すみか》として作り上げた館で命を落とした。

その館の名こそが、「眼球堂」であった。

以降、沼四郎が設計した建築物で、立て続けに事件が起きた。「双孔堂」「五覚堂」

「伽藍堂」そして「教会堂」――これら一連の建築群において行われた惨劇には、百合子や、彼女の兄も関係することとなり、また、命を落とす原因ともなったのである。

そんな、沼四郎の館が――ここにもあるのか。

愕然《がくぜん》とする百合子の耳元に、ふと、神のあの言葉がまた、蘇《よみがえ》った。

――それが、運命なのだもの。

嘘――嘘だ。

戦慄し、身震いをする百合子。

これが、私の運命だというのか。

確かに、神はこう言った。オイラーの公式は、百合子を含む人々を、ゼロ――すなわち藤衛という存在に巻き取ろうとしていると。もっとも、そこに沼四郎はいない。沼はeでもπでも1でも0でもないのだ。

だとすれば、あるいはその公式そのものが、沼四郎という男の存在を表しているのではないか。

もしかすると、沼四郎自身が、私たちを悲劇と結びつける、因縁そのものなのではないか。

そして、その前提に立てば、沼四郎が作り上げた、数々の建築物こそが――。

因縁に満ちた、「堂」。

「……大丈夫ですか？」

毛利署長が、突然黙り込んだ百合子を心配そうに気遣《きづか》った。

「顔が真っ青です。もしかして、気分でも悪いのですか？」

「あ……ええ」

百合子は慌てて、伏せていた顔を上げると、無理やり口角を上げてみせた。

「大丈夫です。その、ちょっと疲れているだけだと思います」

「そうですか。それならいいのですが……」

「それより……毛利さんはこの事件に、随分とお詳しいんですね」

資料が残っていないという割には、毛利署長はよく知っている。それこそ、資料にすら残らないであろう事柄も含めて。

百合子の疑問を感じ取ったのだろうか。毛利署長は一転、苦笑いを浮かべて言った。

「詳しい……そうですね。私はこの事件のことを、確かによく知っている。でも、そのことには理由があるのです」

「理由？」

「ええ。当時、この事件には私も携わっていたんですよ。この事件は、漸く念願の刑事課に配属された私が、初めて携わったもの……忘れたくとも、忘れようがないのですよ」

「そうだったんですか」

「ええ。だからこそ……不可解なんです」

「不可解？」

逡巡《しゅんじゅん》するような一秒をはさんで、毛利署長はぽつりと零すように言った。

「……教会堂で、私は二人も部下を失った。彼らだけじゃない、我が署の恩人とも言うべき宮司さん……あなたのお兄さんまで失った。私は……もちろんこんなことを所轄のトップが言ってはいけないのですが、本当に意気消沈してしまったんです。そんなふうに打ちひしがれていた今日、あなたはここにやってきた。そして、思い出させてくれた。この管内には、もうひとつの『堂』があったことを……同じく沼四郎が建てた、呪《のろ》われた館があったことを。……そう、百合子さんは、森の奥にあるこの廃墟が、かつて何と呼ばれていたか知っていますか？」

「……何と呼ばれていたんですか」

「『堂』ですよ。あそこはかつて、『鏡面堂』と呼ばれていたのです」

「鏡面堂……」

「ええ。鏡面堂という『堂』が私の初めて携わった事件の舞台だった。それから四半世紀の時を経て、今度は教会堂という『堂』で部下を失ったこと……これははたして、たまたまでしょうか？　いえ、鏡面堂の事件そのものが、また今頃蒸《む》し返されたたことも、しかも、あなたがその話を持ってきたことも……私には、偶然だとは思えないのです。警察官ともあろう者が合理的な判断をしていない、という愚は重々承知しています。けれども私はこう考えてしまう……もしかすると、これこそ何かの因縁というものではないか？　そんなふうに思えてならないのです」

「…………」

百合子は何も答えることができないまま、目の前にある冷めたコーヒーの残りを、誤魔化すように、一気に呷《あお》るしかなかった——。

やがて、百合子が丁重に礼を述べ、Y署を去ろうとすると、毛利署長は、心から心配そうに言った。

「行くつもりなのですね。鏡面堂に」

「はい」

「危険だからやめたほうがいい……そう言っても、行くのでしょうね。宮司警視監の妹さんである、あなたなのですから」

「……はい」

「であれば、止めはしません。図面のコピーは、役に立つでしょう。そのまま、ぜひお持ちになってください」

「ありがとうございます」

では、失礼します——と一礼し、踵《きびす》を返そうとした百合子を、毛利署長は呼び止めた。

「ああ……百合子さん」

「なんですか？」

「くれぐれも……無理をなさらぬように。あなたの周りには、あなたを助け、守ってくれる人が常にいます。ひとりですべてを背負い込もうとはせず、いつでも頼ってください」

にこり、と笑顔を見せた毛利署長に、百合子は——。

「本当に……ありがとうございます」

心からの感謝を込めて、もう一度、頭を下げたのだった。

そして——。

Y森林公園の奥へと歩を進めた百合子は確かに、その場所で見つけたのだった。

沼四郎が手がけた、鏡だらけの異形の館——「鏡面堂」を。

この異様な堂は、あのとき神が告げた言葉のとおり、二十六年前の因縁をそのまま抱《かか》え込みながら、巨大な軀体《くたい》を森に埋めるようにして、ひっそりと存在していたのである。

──無言の百合子に、ふと思い出したように、神は問うた。

「……怖い？」

神の声色に、百合子は思わずはっとする。

──怖い、だって？

怖くないと言えば、もちろん嘘になる。得体の知れないこんな場所で、神と対峙しているのだ。たとえそれが血を分けた姉だとしても、警戒しないわけがないのだ。けれど──。

百合子は、言った。

「いいえ。ただ、私は……知りたいだけです」

「知りたい？」

「はい。鏡面堂とは何なのか。私は今、一体何をすればいいのかを」

「……ふふ」

神が、口元をわずかに綻《ほころ》ばせる。

無垢《むく》でありながら、妖艶《ようえん》な印象をも併せ持つ、二律背反の笑み。

ややあってから、神は、なおも続けた。

「過去には決して戻ることはできない。けれど、振り返ることはできる。未来は、決して覗き見ることはできない。けれど、進むことはできる。同じように現在は、決して止まることはできない。けれど……」

「……けれど？」

「選ぶことは、できる」

はたして、いつの間に手にしていたのだろう？

神が、百合子の目の前に、そっと何かを差し出した。

「……これは？」

「どうぞ」

受け取れ、ということだろうか。

神の冷たい手から、百合子は何かを渡された。

それは——。

「これは……ノート？」

そう、全面に革が張られた、分厚いノートだった。

かなり古く、かつ、あまり大きいものではなく、表紙にもタイトルが書かれてはいない。すなわち、これは——。

「日記、ですか」

「そうね。正確には、手記よ」

「手記……誰のですか？」

「ある人間のものよ。事件に立ち会った」

「事件……」

何の事件のことだろうか？

いや、あえて訊くほど野暮じゃあない。それは間違いなく、二十六年前に起きたという事件のことに相違ない。

焦げ茶色の革。細かく罅割れが覆ったノートの表紙をじっと見つめながら、百合子は問うた。

「何が、書いてあるんですか」

「顚末《てんまつ》よ」

「何のですか」

「ここで起こった事件の」

「書いたのは……誰ですか」

「さあ……誰かしらね？」

はぐらかすようにそう言うと、神はくるりと背を向けた。

その先に、いつの間に置いたのだろう、木製椅子が三脚、向かいあわせに置かれている。

仄暗い光。

深いドームの底に沈む、大広間。

ちょうど正三角形を成すように置かれた、意味ありげな椅子。

そのひとつに、音も立てずに腰かけると、神は、背筋を伸ばし、首を小さく傾《かし》げながら、百合子をじっと見つめた。

――さあ、座りなさい。そして、読むのよ。

無言の促《うなが》しに、操られたようにふらふらと、神の右隣の椅子に腰かけると、百合子は、手記を膝の上に載せ、懐中電灯で照らしながら、その表紙を開く。

ザラリ、とした紙の感触。メリメリと革の表紙が苦しげな呻《うめ》き声をあげる。

漸く露《あらわ》になった第一ページ。その飴色《あめいろ》に色が変わり始めた紙に記された文章の冒頭には、万年筆で、群青《ぐんじょう》色のインクを使って、やや右上がりに歪んだ癖《くせ》のある字体で、こう記されていた。すなわち――。

＊

西暦一九七五年十二月。

この手記を、後世のためしたためる。

わたしの真心を、西に残しつつ――。

惑星の回転のようにゆっくりと、厚い板の大きな丸テーブルが回転している。テーブルには風景がならんでいる。山に森、町に村、川に湖。これらすべての中央に、小さな陶器人形のように、ちっぽけで壊れやすい君がすわっていて、いっしょに回転している。

たえず動いていることは承知しているが、君は感覚によってその動きを知覚することはない。テーブルはドーム型ホールのまんなかにある。ドーム型ホールもおなじく、その石の床、丸天井、石壁といっしょに回転している。惑星のようにゆっくりと。

——『鏡のなかの鏡——迷宮』より

第Ⅱ章　手記Ⅰ

1

＊

真理とは何か。

思い返してみれば、わたしは人生において、随分とこの謎にこだわってきたように思う。

唐突な昔話になるが、小さい時分、それこそ三、四歳のころ、わたしは家族に「なぜの君《きみ》」というあだ名をつけられていた。

その理由は、身の回りにあるあらゆることに対して四六時中「なぜ？」「どうして？」と両親に問いかけ、随分と困らせたからだという。率直に言うと、わたし自身、そんな幼いころのことなどほとんど覚えてはいないのだが、具体的なエピソードとしては唯一、こんなことがあったのをおぼろげに記憶している。

確か、雨の日のことだった。

わたしは、縁側からしとしとと空から降り注ぐ水滴を見て、母にこう問うたのだ。

「ねえ、お空には、蛇口がついているの？」

横で掃除をしていた母は、もちろん「違うわよ」と答えた。しかし、だからこそ、わたしはさらにこんな問いを投げたのだ。

「じゃあなぜ、お水が落ちてくるの？」

「それはね……」

母がなんと答えたかまでは覚えていないが、顰めた表情はよく記憶に残っているから、きっと、答えには少々苦慮したのだろう。

もちろん、わたしが今現在持っている降雨とその発生機序に関する知識がこのとき母から教えられたものかどうかを検証することは、もう叶《かな》わない。母に当時の出来事を問い質《ただ》そうにも、残念ながら、この文章を書いている現時点で、母はすでに鬼籍の人であるからだ。

とはいえ、この些《さ》末《まつ》な記憶をこうして文章に書いてみただけでも、わたしの幼少期の性質がどのようなものであったかは、よく解るだろうとは思う。

すなわち雨という現象は、日本に住む者である限り、誰でも物心つくころには見るものであるのは間違いがないだろう。しかし、その現象に対して「なぜ空から水が落ちてくるのか」という謎について思いを馳《は》せるということがあるかといえば、多くの場合はそこまで考えはしないだろう。事実、わたしの知る限り、そうした疑問を幼少期に抱いたことのある者はわたししかいなかった。十人程度のサンプルを確かめただけだから、もしかするとよく探せば他にもいるのかもしれないが、仮にいたとしても、そうした疑問を抱いたことのあるようなわたしを含む集団が少数派の側に属していることだけは間違いないだろうと思う。

もっとも、多数派の側がそうした疑問を抱かないのは、ある意味では当たり前のことである。

なぜなら降雨現象とは経験により裏打ちされた「常識」と呼べるものであるからだ。人間というものは、一旦《いったん》こうした常識と認識したものについては、よくよく考えてみれば奇妙さを含む現象であると疑うべきものであるとしても、常識である以上、それは疑いようのないものと判断する。というよりも、疑う必要がないと考えるというべきかもしれないが、ともかくそこに疑問を差しはさむ必要をなくしてしまうのだ。金銭の定義を知るよりも、金銭そのものを欲したがるように、人間とは、原因よりも結果に重きを置く生物である。降雨の原因究明も、生物的には「無駄なこと」でありこの身体を今打ちつけ不愉快さをもたらす雨粒をどう避けるか、ということに腐心する、それが多数派なのである。

こうして長々と前置きを述べているのは、要するにわたしは、このような「無駄なこと」を「無駄でないこと」と考え、理由や原因を知りたがるような、多数派にとってはやや面倒な性格を、生まれながらにして持っていたということである。だからこそ家族はわたしのことを「なぜの君」という愛称――今にして思い返せばやや蔑称《べっしょう》じみてもいる気がする――で呼んだわけだ。

さて、わたしが生まれたのは、割合に格式があり、かつ資産を持つ裕福な家でもあった。しかし、あの時代の御多分に漏れることはなく、わたしが十歳前後の酷い動乱の果てに、幾度もの引っ越しを余儀なくされ、両親もこのときに財産をかなり手放したという。その後、漸く落ち着いて、関西に終の棲家――両親にとってのだが――を得るころには、一般的な中流の家柄になっていた。わたしの記憶も、このころ――小学校に上がったくらいだが――にはさすがにめっきり明晰《めいせき》になっているが、きっと、身辺が十分に落ち着いたのも関係しているのであろう。

その後、平凡な小学生時代を経て公立の中学校へと進んだわたしは、もはや「なぜの君」などと家族に呼ばれることはなくなっていたものの――やはり、そう半ば揶揄《やゆ》されるような呼ばれ方は嫌だったのだ――心の中では決して物事の因果関係に関する探究心を失ったわけではなく、むしろその矛先をある学問に移して、持ち前の性質を発揮し始めていた。

その学問こそが、数学であった。

今にして振り返れば、数学こそがわたしの原点であり、だからこそ終生のライフワークと呼べるものになったのだと明確に言うことができる。数学への憧憬《しょうけい》なくしてわたしの人生は語り得ない。今、なぜわたしがこの場所にいて、この文章を書いているのか、その理由もまた、数学なくしては語ることさえできない。つまるところ、探究心を核として、わたし自身がすべて数学により成立しているといっても過言ではなく、わたしにとって数学とは、それほどの存在なのである。もっとも、だからこそ、わたしの運命がかくも暗転したのだと、言えなくもないのだが――。

話を戻そう。

中学生だったわたしが最初に数学に魅せられたのは、平方完成という手法を目の当たりにしたときだった。

平方完成とは、二次方程式の解の公式を導くときに使われる代数の基礎的技法である。解の公式は、確かに便利なものだが、覚えるのに苦慮するもの――少なくとも中学生の頭では――でもある。それがために数学が嫌になる同級生がいる中、わたしはふと、こう思ったのだ――なぜ公式はこのような形をしているのだろう？

その「なぜ」に、当時の担任だった数学教師は、実に明快に答えてくれた。その教師は、黒板にまず$ax^2+bx+c=0$という二次方程式の基本形をさらさらと書くと、それを少しずつ変形し、最終的にはxイコールの形を持つ例の公式へと導いていったのである。

平方完成とは、まさにこの変形の肝となる技法であった。

実に美しい技法だった。だからこそわたしは感心したのだ。数学とは、かくもエレガントなものなのか、と。

おそらくだが、このときわたしは初めて決意したのだと思う。このエレガントな世界にこそ、わたし自身が持つ「なぜ」のすべてを解き明かす鍵があるに違いない、と。

——それからというもの、わたしの青春時代は、常に数学とともにあった。

勉強はほとんど、数学以外はしなかった。いや、数学でさえ勉強したという意識はなく——生来、勉強という作業は嫌いである——息をするように、ごく自然に数学に親しんでいた、というべきかもしれない。学校では数学の教科書を開き、自分で問題を解く。家に帰ってもすぐさま部屋にこもり、その続きをやる。中学の数学に飽き足らず、高校の参考書を買ってきては、いくつもいくつも問題を解いた。傍から見れば勉強熱心だから、親は特に何も言わなかったけれど、期末に渡される通知表は数学だけが5、あとは1か2ばかりだったから、あれほど勉強しているのにどうして数学だけしか成績がよくないのだろうか、と、親はさぞ困惑したに違いない。

その後、一応は進学校に属する普通高校に進むと、わたしの数学熱はより高まり、友人も作らず、課外活動にも所属しないまま——今にして思えば、数学以外にも興味を向け、もう少し社交性は身に着けておくべきだったのだろうと思うが——ただただ問題集だけに取り組む毎日を送るようになった。

K大にもぐり込み、数学科の講義をこっそり聴講するようになったのも、このころだ。

中学の数学、高校の数学をひととおり学び、それなりに熟達し、「これが数学だ」と思い込んでいたわたしは、ある教授がそこで行っていた講義を聞いて、心から仰天した。そこでは計算などほとんど行わず、極めて概念的なものを議論の核として扱っていたからである。

概念的という言葉は、哲学的と置き換えてもいいかもしれない。なぜ1＋1＝2となるのか。なぜ足し算は足し算で掛け算は掛け算なのか。ひいては数学とは何なのか——まさしく「常識」だと思っていたことを深く掘り下げ議論するという、究極の「なぜ」を問うていたのである。

あるいは、それは薬にも毒にもならない議論であるのかもしれない。だがわたしはこのとき大きなショックを受け、明確に志すようになったのだ。わたしの進路は、ここ以外にはない。わたしは絶対ここにきて、より高度な数学を学ぶのだ——と。当時のわたしは、そんな夢を現実のものとすべく、強く決意を抱いたのである。

ところが、ここにきてわたしの学力がその夢を邪魔することになった。

K大は、多くの教科で高得点を上げなければ入学資格が与えられない難関大学である。一方のわたしは、数学こそいつも満点を取っていたものの、それ以外の教科は押しなべてその十分の一も取れていないという体たらくであったのだ。

そんな状況を打破すべく、二年にわたる猛勉強をしたのだが、結局、わたしがK大の門をくぐることは叶わなかった。最終的には、数学に高い配点があり、数学だけしか能のないわたしでも受け入れてくれる、関東にある私立のW大学へと進むことになったのである。

余談だが、当時のわたしはこのことを大いに恨んだ。聞くところによれば、西洋諸国では飛びぬけた才のある者を飛び級させ、大学や大学院にも進ませる制度があるという。もしこの制度が本邦にもあるならば、おそらくわたしは数学のみの考課を経てすぐさまK大に入学することができたに違いない。こんな遠い関東にくる必要も、なかったのだ——。散々文句を垂れたものだが、しかしその後、わたしはこの結果が妥当なものであったとはっきり悟ることとなった。なぜなら、数学の才があると自負していたわたしなどはるかに凌駕《りょうが》する天才が、K大には掃いて捨てるほど在籍していたからだ。そんな天才たちがいる中にわたしが入ったところで場違いなだけだ。世の中とは、結果的にはなるほど、合理的にできているものなのである。

もっとも、第一志望ではなかったとはいえ、W大学での学生生活は楽しいものであった。

必修とされる数学以外の講義は大変だったが、高校よりもずっと数学に打ち込める環境が整っていた。講義のレベルも高く、ありとあらゆる書籍を所蔵した図書館は、わたしにとってまさに「知の館」であった。憎きK大へも、少々遠くはあったが、なんだかんだと聴講に行く機会はあったし、そもそもW大のレベルも学部生のわたしには十分に高かった。結局、学生の真価は、どの大学に籍を置くかではなく、何をどれだけ学ぼうとしているのかだと——負け惜しみではなく——つくづく感じたのであった。

大学院へはそのまま、つまずくことなくすんなりと進学できた。K大の大学院に再挑戦するという選択もあったが、すでにW大で師事していた先生のもとでまだまだ学びたいという思いもあったから、今度は自分自身の選択として——わたしも大人になったものだ——W大に引き続き籍を置いたのだ。

実はこのころ、わたしは、自分の専門は数論であるという強い自意識を持つようになっていた。

車と言っても乗用車、トラック、バスから大八車までさまざまな種類があるのと同じように、数学と一口に言っても、その専門領域は多岐にわたっており、それらがそれぞれまったく別物だと言っていいほど、質が異なっている。

大学院に進み、いよいよ自らが進むべき専門領域を考えたとき、わたしはやはり、数学の中でも数論の分野がもっとも美しいのではないかと考えた。

数論とは、その名のとおり数の論理である。主には整数を出発地点として、数に隠された体系を探るという、まさに数学の基礎にある分野である。

だが、基礎にあるがゆえに、数論は他の数学的分野以上に応用が利かず、実生活の役には立たないものでもある。それでもわたしが数論を志したのは、かつて大ガウスが述べた言葉「数学は科学の女王、数論は数学の女王」のとおり、数論が数学の中でももっとも輝かしく、かつもっとも謎めいた不思議を提示してくれる分野であったからだろうと思う。

この数論分野にある数々の謎の中でも、とりわけ不思議な謎が、リーマン予想と呼ばれるものであった。

詳細は述べないが、百年以上もの間難攻不落を誇るこの謎を解くことで「なぜ数は数なのか」という理由を知ることができる。かつて「なぜの君」と呼ばれたわたしであればこそ、この謎を解くことこそが、あるいはライフワークとなり得るのではないか——そう思えたのである。

こうして数年後、年齢もすでに二十代も後半に差し掛かったころ、博士課程を無事に終えたわたしは、研究室の助教として机をひとつ与えられると、数論、特にリーマン予想解決に向けて研究する一端《いっぱし》の数学者として、活動を開始したのであった。

もっとも、数学者の研究とは極めて孤独なものである。工学系のように実験をすることもなく、ひたすら、紙と鉛筆だけを手に思考を続けていくのだから。

日がな一日を思索に費やす。もちろん、助教としての仕事——主に研究室の雑用だ——も、ありはしたが、それとて二十四時間のうちほんの数時間だ。それ以外の時間をすべて使い、わたしは、リーマン予想に真剣に取り組んだのである。

こんな研究生活が五年は続いた。実は、助教としての報酬は雀《すずめ》の涙——数学徒は今も昔も基本的に貧乏なものである——であって、実家からの仕送りをもらってなんとか続けているという体たらくではあったが、年に二、三本の割合で論文が書けたし、わたしの名前を冠するような小定理もいくつか発見できた。そう考えてみると、振り返ってみるまでもなく、この五年間は、わたしの人生でももっとも幸せな期間であったのだろうと、半ば懐かしく思い返される。

かくして、心から実に幸せだといえる研究生活に浸ってきたわたしだったが、ある出来事を境に、突然、そんな生活にピリオドを打つことになった。

子供ができたのだ。

恥ずかしながら告白すれば、研究一筋――と言いながらも、実のところわたしは、同じ研究室の後輩の女性と懇《ねんご》ろになっていたのである。

結婚というものを考えるには、圧倒的に経験も時間もなかったが、いざ子供ができてしまえば四の五の言えない。

悩む暇さえないまま、わたしはこのとき、その女性との結婚を決め、同時に、研究生活にピリオドを打つことを決意したのだった。

数学者をやめた理由は、単純に、金が要るからだ。

ただでさえ実家頼りの者が、大黒柱になどなれるわけがない。研究を取るか、妻と子供を取るか。この完全なる二者択一において、わたしは後者を取っただけのことである。

恩師には随分と惜しまれた。だが、頭を下げてW大学を去ると、わたしはすぐに、建築物管理の資格を取った。建物の管理人ならば、人付きあいの苦手なわたしでもこなせるし、何よりも住み込みができるから家賃もかからない。これから妻と子を養おうという身にはちょうどよかったのだ。こうしてわたしは、三十路《みそじ》を過ぎて初めて、住み込みの管理人として生計を立て始めることとなったのだ。

もちろん、生活は激変した。

数学中心の生活から、数学のことなどまったく考えない生活に変わったのだから、これは当然のことである。

数学がない生活がどうなるものか。抜け殻のようになってしまうのではないか。今にして告白すれば、当初のわたしは不安で仕方がなかった。それまで自らの拠《よ》りどころとしていたものを取っ払ってしまうのだ。ともすればわたしは自立すらできなくなるのではないかとさえ危惧《きぐ》した。

だが、そんな心配は、始まってしまえばすぐに杞憂《きゆう》だと解った。

結論から言えば、結婚生活はわたしにとって、この上なく幸せなものだったからだ。確かに、もはやわたしには、数学も、数論も、いまだ未解決のままで残されているリーマン予想の謎を追い掛けることも叶わない。だが、同居して解ったことは、妻と子供という存在が、わたしにとってはもしかすると、リーマン予想と同等、いや、それ以上の謎なのだということであったのだ。

その謎とともにあれば、わたしの中にいまだ住み続ける「なぜの君」は満足する――そのことが解り、わたしは、心から安堵《あんど》したのだった。

この手記には不要のものでもあるので、結婚生活の詳細については割愛するが、いずれにせよ、あれから十年以上の月日が経過し、わたしたちは現在へと至っている。

世の中は不景気に見舞われ、人々もややパニックめいた行動を起こしているようだが、一方のわたしといえば、この十年あまりの間、それなりのトラブルにも見舞われつつも、同じ仕事を続け、決して裕福とは言えないまでも、結果的には平穏で安定した生活を送ることができていたのだから、幸せであったと思う。

妻とも円満で——昔も今も、わたしのわがままにとことん付きあわせることになり、かなり苦労も掛けたのだが——小さかった子供もいつの間にか大きくなり、もう高校生だ。

この子が、少し変わったところもあるものの、活動的で強い正義感を持っているのは、きっとわたしではなく、妻に似たからだろう。わたしに似なくてよかった、とまでは思わないが、結果的にたくましく成長を遂げた子供を見るたび、この子が活躍するだろう未来に思いを馳せると同時に、道理でわたしの髪にも白いものが混じるようになるわけだと、しみじみ感じ入るようになった。こんなふうに思うのも、もしかしたら、わたしがいつの間にか壮年に差し掛かっているからかもしれない。老境で人は、過去をややもすれば自虐的に顧み、若者に思いを託しがちになるものなのだ。

いずれにせよ、こんなふうに、わたしの人生はこのまま静かに、けれど平和にデクレシェンドしていくのだろうな——と、このころのわたしは、やや諦念《ていねん》にも似た感情とともにうっすらと思い描いていたのである。

しかし——そんなある日のことだった。

わたしはある人から突然、こんな誘いを受けた。

「……そういえば君は、建物の保守管理に詳しいそうだね。どうだろう、ある館での仕事があるのだけれど、行ってみないかね？　場所は辺鄙《へんぴ》で人気もない森の中だが、条件は破格だよ。君の息子も大きくなって、大学へ進まなければなるまい。これからはますますお金もかかることだろう。決して悪くない話だと思うのだがね」

驚いた。

しかし是も否もなかった、というのが、当時のわたしの正直なところだった。どんなに平和だとはいえ、先立つものが要る時期だったからである。

もちろんお受けします、と即答すると、次の日にはわたしは当時の職場に頭を下げていた。お世話になった方々には申し訳なく感じたし、何より十年以上働いた職場である。後ろ髪も引かれたのだが、そんな思いを断ち切るように急いで荷造りをすると、その足でわたしは、次の職場となるあの館へと向かっていたのだった。妻と子を同行させず、俗にいう単身赴任を選んだのは、その館が少々変わっていて、かつ森の中にあり、家族が住むには適さないと思われたからだ。正直寂しく思うところもあったが、自分の気持ちと金銭的事情を天秤《てんびん》にかけ、結局は二度目の独り身《ひとりみ》を選んだのである。

ともあれわたしは、こうした紆余曲折《うよきょくせつ》の果て、晴れて十月から、この館に勤務することになったのだ。

巨大で奇妙な「鏡面堂」という館に。

鏡面堂という建物について、先に若干の説明を加えておきたい。

もちろん、この文章を読もうなどと思う酔狂な者が、よもやその設計者を知らないということはないと思うが、それでも説明は必要だ。

鏡面堂とは、沼四郎という建築家の手になる建築物である。

X県Y市にある森林公園の奥が手つかずの森になっているのだが、その一部を手に入れた沼が、自ら森を切り開き、かつ惜しみなく私財を投じて建築した私邸である。

こう書くと、まるで沼が山奥にロッジでも建てたようなイメージを持つかもしれないが、実際には、この鏡面堂とは、邸宅というには大きすぎるもので、ロッジというよりも体育館に近い、実に巨大な建物であった。

それを一目見たときの印象も、正直なんと表現するのが適切かが解らなかったのだが、あえてわたしが当時感じた率直な言葉で語るならば、未来的であり、エレガントであり、かつ絶望を感じさせるものであった。

最近は、世界各地でやや奇矯《ききょう》な建物を作るのが流行《はや》っていると聞く。先般大阪《おおさか》で開かれた万国博覧会でも、それは珍奇な形状のパビリオンがいくつも作られた。鏡面堂は、あれらよりもずっと奇妙だが、ずっと美しく、かつ、威厳《いげん》に満ちていたのだ。

鏡面堂の主はもちろん、先述した沼四郎である。

建築のことはあまり詳しくはないが、最近とみに頭角を現す気鋭の建築家であるそうだ。確かに、この鏡面堂を見てしまえば、沼が尋常ではない才能の持ち主であることがよく解る。直線や実用性に対するこだわりを捨て、ひたすら自らの思想を直感的かつ数学的な形にしようとする。こういうのを、表現主義というのだろうか。建築と彫刻を分けるものは機能性の有無だ、と誰かが言っていたような覚えがあるのだが、鏡面堂はこの主張に対する最大の反例であるように思えた。まさしく鏡面堂は機能性のない建築であって、かつ利用される彫刻でもあったのだ。

先ほども述べたように、鏡面堂はもちろん、沼が自ら設計し建てた建物である。しかし、わたしがまず思ったのは——実に俗っぽいと思うのだが——この建物を作るのに一体どれだけのお金が掛かったのだろうということだ。

直接聞いたことはないが、間接的に伝え聞く限りでは、十億の単位で建築費用が掛かっているそうだ。その費用を、沼は自らの設計報酬や書籍印税、あるいは特許収入《ねんしゅつ》——施工技術に関するいくつかの権利を持っているらしい——を充てることで捻出しったらしい。まったく、わたしのような凡人には理解しがたいことだ。何しろ、まったく道楽としか思えないような建物に、惜しみなく私財を投入するのだから。いかに資産を多く所有しているとはいえ、こうした思い切りを平然とできてしまうのは、きっと、沼四郎が生来持っている豪放磊落《ごうほうらいらく》さがなせるものなのだと思う。あるいは——無謀さゆえかもしれないが。

いずれにせよ、こうしてわたしは、まったくの幸運——いや、本当はそうではなかったのだと、後から感じたのだが——を縁として、この鏡面堂の保守管理を住み込みで行うという大切な仕事を任されることになったのである。

とはいえ、鏡面堂の主である沼四郎がこの館にいることはほとんどなく、せいぜい週一回、様子を見にくる程度のものであったから、わたしの仕事は、その誰もいない巨大な館を、いつ誰がきてもよいように、粛々《しゆくしゆく》と保守し、管理するという反復作業を、毎日静かに、続けることであった。

寂しさはもちろん禁じ得ない。家族のことを思わない日もなかった。けれど——ひとりはそれなりに気楽で、かつ、やはりわたしの性にあっていたのだろう。ほどなくしてわたしはその生活に慣れ、まさしく鏡面堂に溶け込むようにして、仕事と向きあっていったのである。

——かくして、住み込みの仕事がひと月半ほどした、十二月の初旬のこと。

それまでわたしと沼四郎以外には誰も訪れることのなかった鏡面堂に、初めて、多くの人々がやってきたのだった。

犯罪の足音は、いつも忍び足でやってくるものである。

誰が言ったのかは忘れたが、あの事件を振り返るたび、わたしはつくづくこの言葉は正しかったのだと思い知らされる。

なぜかと言えば、彼らが鏡面堂に訪れたときには、誰の目から見たって、これからあの凄惨《せいさん》な事件が起ころうとしているのだという気配は、微塵《みじん》もなかったに違いないからだ。

＊

少なくともわたしが管理人として住み込み始めてから、鏡面堂に来客があったのは初めてのことだった。

鏡面堂はもともと、人がくることを歓迎した作りにはなっていないように見えた。人が住もうとする、あるいは宿泊しようとするには、都市部からは遠いし、実際に中に入ると、快適性がかなり無視されていることが解る。それでも、個別の居室が五つもあったり、大食堂や浴室、大広間に舞踏室まであったりするなど、やはり、一定の来客には備えた——あるいは、確実に誰かがくるだろうことを予期した——ものではあった。

わたしが赴任してからのひと月半、来客が訪れることはなく、それどころか、先述のとおり家主である沼四郎でさえも週一度程度しか顔を見せにこないのだから、もはやこの建物は実用のためのものというよりも、展示場、いわゆるモデルハウスのような役割をするものだと、わたし自身も薄々と思い始めていたのだが、だからこそ、十二月に入ってから突然現れた人々を、わたしは少々驚いたような顔で出迎えてしまったと思う。

彼らがやってきたのは、その日の午後のことだった。

来客者は、計五人あった。その日の午前中に家主である沼四郎が「これから来客があり、明日まで滞在する予定であるから、わたしとともに歓待するように」と申しつけ鏡面堂にやってきたので――おかげでわたしも唐突な訪問に動揺するような失態を見せずにすんだのだが――わたしたちも含めると、鏡面堂には最終的にその日、七人の人物が滞在したことになる。

先にこの物語の結末を述べておくと、この後、これら七人のうち二人の命が失われることになった。尋常ではない建物である。招かれた面々も、多かれ少なかれ「何かがあるのではないか」と感じていたに違いないだろうが、それでも、命を失うまでの出来事になるとは、当の彼ら自身思っていなかったに違いない。

わたしの話には寄り道ばかりが多い印象を抱かれるかもしれないが、これら寄り道も、事件を正しく記述するには必要なことなので、どうかご容赦願いたい。ともあれ――昼を過ぎて暫くしてから、彼らは五月雨《さみだれ》式にやってきたのだ。到着が示しあわせることなくばらばらであったのは、おそらく、彼らには個別に招待状が出されていて、ほかに誰がくるかは示されておらず、かつ集合時間も明確ではなかったためだろう。彼らの来館の経緯は、詳しく書けばそれぞれの人柄が表れた面白いやり取りがあるのだが、きりがないので以下、どの順番で、誰がやってきて、その誰がどのような人物であったか、というごく簡潔な事実のみを説明するに留《とど》めておく。

最初にやってきたのは、竹中郁夫と名乗る男だった。

わたしよりも少し若く、四十歳前後だろうかと思われる彼は、小柄だが、随分と愛《あい》嬌《きょう》のある、人のよさそうな顔つきの男だった。

「君はこの館の執事なのか？　え？　違う？　管理人だって？　……ははは、それなら同じことだ。どっちにしたって沼さんにいいように使われているんだろう。大した差はないさ」

かように、初対面のわたしに対しても、まるで旧知の友に接するように、やけにくだけて話しかけた。馴《な》れ馴《な》れしいといったほうが適切かもしれないが。

部屋割りがまだ決まっていないため、一旦大広間へと案内していくその短い道中にも、竹中は機関銃のごとく、絶え間なくわたしに話しかけた。

「僕はね、沼さんとは建築家仲間なんだ。同じ大学の出身で、彼のほうが随分歳下の後輩、僕のほうが先輩ってわけだ。もっとも、社会的評価では彼には水を空けられているような気もするがね。言い訳をしておくが、だからといって僕の能力が低いわけじゃあないんだ。そもそも彼は意匠、僕は構造と施工が専門で、畑が違うのだからね。それに、そもそも沼さんがあまりにも特殊な人なのだってことだけは、忘れちゃあいけない」

「……はい」

胡乱に相槌《あいづち》を打つわたしに、竹中は「それより、君」と、なおも問うてきた。

「ここではどういう食事が出されるのかね？」

「解りません。わたしは料理を作りませんので」

「君じゃなければ、誰が作るんだ」

「料理人の方がおられるかと思います。たぶん、これからこられる予定かと……」

「ああ、なるほど、沼さんが自分で認めた料理人を連れてくるってことか。こだわりのある彼らしいな。しかし、だったら君、ちょっと頼みがあるんだ。実は僕には若干、嫌いな食べ物があってね」

「苦手なものがおありなんですね。具体的には、どんなものでしょう？」

「野菜と乳製品。それと肉全般だ。基本的にそれらは、僕の口と胃がまったく受けつけない。仮に無理やり飲み込んだとしても、数秒後には吐き戻しているくらいでね」

「はあ……」

「なんで、穀物くらいしか食えるものがないんだな。飯か、パンか……いやね、医者には怒られているんだよ。『あんたの食生活じゃあビタミンがあまりにも足りなくなる。特にビタミンAだ。これじゃあ健康が保証できないし、すでに日常生活にも支障が出ているんじゃあないのか？』ってね。だがね、いくら脅されたところで、食えないものは食えないんだから仕方がない」

「……なるほど。つまり、竹中さんのお食事は穀物以外のものを食材に使わないよう、料理人に伝えればいいということですね」

「そうだ。君、なかなか頭の回転が速いじゃないか。まあ、沼さんの下で働くなら、それくらいでないと務まらないんだろうけれどね」

まったく、饒舌《じょうぜつ》で個性的な男だと、わたしはひっそりと苦笑いを浮かべたのだった。

もっとも、竹中は個性的でありつつ、優秀な研究者であるのも確かだ。謙遜《けんそん》してのことだろうか、彼自身は述べなかったが、彼は設計事務所を開く傍《かたわ》ら、大学客員教授としてT大に籍を置き、構造や施工についても多角的な研究を行っている。近年、日本にも高層建築が次々と建てられているが、それらに求められる構造——地震国であり台風も頻繁にくる日本では、他国よりも高い水準の構造設計が求められるのだ——には、竹中の研究成果が多く活かされていると言われているくらいである。

竹中の次に鏡面堂にきたのは、まだ若い女性だった。

「松浦貴代子と申します」

そう名乗った彼女は、女性の割には長身で、ぱっと見でも百七十センチ以上あることが解った。さっぱりとした服装と短髪がよく似合っていて、ふとわたしは「男装の麗人」という言葉を連想した。

「管理人さんも大変ですね、こんな誰もいない森の中でひとり暮らしをなさっているなんて」

言葉遣いもまさに宝塚《たからづか》の男役よろしくさっぱりと、かつきびきびとしつつ、一方では女性らしい気配りも見せる松浦に、わたしは恭しく一礼した。

「お気遣いありがとうございます。でも、わたしは人付きあいがあまり得意ではないので、こうしたお仕事に就けてむしろありがたく思うところもあります」

「天職というわけですか」

「はい、まさしく。ところで、松浦さんはどのようなお仕事を？」

「わたしは大学で相対論を……物理学を研究しています。……あ、管理人さん、今、女だてらに物理学かと思われませんでした？」

「いえ、そんなふうには……」

「隠さなくてもいいんですよ。確かに、物理学の世界はおおむね女人禁制、わたしのような女の研究者は珍しいんですから。でも、そういう因習というか、常識を打破するのも、わたしに課せられた使命ではないかと思っているんですよ」

――実は、相対論と聞くと、わたしはある種の「悔《くや》しさ」に似た感情を抱いてしまうのだということを、ここで告白しておきたい。

相対論とは、言わずと知れた宇宙を記述する基本原理だ。かのアインシュタインが、光速度が不変であるという素晴らしい洞察を基に、時間が不変のものではないこと、時間と空間は同様に伸縮するものとして扱われるべきこと、そして質量はエネルギーと同値であることなどを示し、それにより大きな栄誉を得た、あの理論である。

だが本当のところ、相対論の数学的基礎は、アインシュタインが学生時代に講義を受けていたミンコフスキーによって定式化されたものでもある。すなわち、ミンコフスキーの存在なくしてアインシュタインのエレガントな相対論はあり得なかったのだ。だとすれば、本来はミンコフスキーにもアインシュタインと同様の栄誉が与えられるべきではないか――数学の徒としてそんなふうに悔しく思うのは、あくまでもわたしの独り言である。

三人目は、白髪の混じった大柄な男だった。

丸い眼鏡《めがね》を掛け、その向こうでギョロリとやけに大きな丸い目を見開いている。年齢は五十前後だろうか。眉間《みけん》にいかにも職人然とした皺《しわ》を寄せた男は、わたしの出迎えにもあまり口を開くことはなく、あくまでも無愛想《ぶあいそう》だった。

「あなたは……？」

「………」

「ええと……沼さんにご招待を受けているのですね？」

「……ああ。そうだ」

漸く低い声を発すると、男は「調理師、村岡幸秀だ」と、ぶっきらぼうに自分の職業と名前を名乗った。

「ああ、あなたが料理人の方でしたか」

そう言いつつ、わたしはほっと安堵した。料理人がやっときてくれたからだ。

わたしは、管理業務はともかく、料理は大の苦手である。鏡面堂に住み込み、冷蔵庫に定期的に食材を揃《そろ》える仕事はしているが、実のところ、それを使って何か料理しているわけではない。わたし自身は、ほとんどの食事を、米を鍋《なべ》で炊《た》いて、おかずを出来合いのインスタント食品ですませているのである。

したがって、来客があり一晩を過ごそうという今日、今夜の夕食と翌朝の朝食を作る専門の人間がきてくれるのは――くる予定にはなっていたが、実際にこられるまでは安心できなかったのだ――ありがたいことだった。

わたしは、村岡に案内をした。

「この建物の奥には食堂があります。厨房はごく質素なものですが、コンロは三口あり、流し台もあります。冷蔵庫にも、食材が冷凍されていますので、まあ、あまり新鮮だとは言えないのですけれど、どうか自由にお使いください。油と調味料もひととおり揃えています。ただ……」

「何か、問題があるのか？」

「実は……肝心の道具がないのです」

道具、すなわち、料理をするためには必須の包丁やナイフがないのだ。

わたしは自身が料理に興味がなく、しかも沼四郎もそうだったからかもしれないが、鏡面堂には調理道具らしい道具が、まったく用意されていなかったのである。

あるのは米を炊く鍋と、フライパンと、なぜか砥石《といし》のみ。砥石があるのに刃物がないとはなんともナンセンスだが、普段料理をしない人間の発想など、そんなものかもしれない。

ともあれ、せっかく料理人にきてもらっても、道具がないのではその手腕を十分に揮《ふる》うことはできない。申し訳なく思うわたしだったが――。

「俺なら大丈夫だ」

一方の村岡は、そう言うと、まったく表情を変えないまま、背負ったリュックサックをガサリと持ち上げてみせた。

「料理人にとって包丁は命。当然、自前の出刃を一本持ってきている。鍋と食材があるのなら、後はなんとかなるだろう」

「……ありがとうございます」

つっけんどんだが心強い言葉に、わたしは思わず頭を下げた。

「あと、実は、今日のお客さんの中に、野菜と乳製品と肉全般が苦手だという方がいらっしゃるのです。この方だけ、特別のメニューにしていただくことはできますか」

「……問題ない」

再び無愛想に、しかし力強く村岡は頷いた。

安堵したわたしは、そのとき、ふと村岡の掛けている眼鏡のレンズが気になった。やたらと度が強いのだ。そのせいで彼の瞳が必要以上に大きく、だからギョロリと力強く見えたのかもしれない――。

四人目は、久須川剛太郎という男だった。中肉中背、年齢は三十過ぎぐらいとまだ若そうだったが、童顔を隠すためだろうか、チャップリンのようなチョビ髭《ひげ》を生やしている。鞄《かばん》を床の市松模様と平行に置き、頻繁に鼻の下の髭を撫でつけているさまから、わたしは、彼がとても神経質で几帳面《きちょうめん》な性格だと推察した。

もっとも、実のところ、わたしは久須川のことを知っていた。というより、知らないはずがない、というべきかもしれない。なぜなら彼の肩書は数学者であり、しかも数論を専門にしている研究者であり、リーマン予想を追っていることでつとに知られている人物であったからである。

もっとも、わたしが一方的に存じ上げているだけで、久須川はわたしのような泡沫《ほうまつ》数学者、しかもすでに引退している人間のことなど、知るはずもないのだが。

「実はわたくし、沼先生とは旧知の仲なのです」

久須川は、堂に足を踏み入れるなり、唐突に言った。

「同じ大学で同学年として学んだ、いわゆる同級生というものです。学部生ながらに賞をいくつも得ていた彼は、当時から有名人でした。無論、わたくしとは学科が違ったのですけれど、どうしたわけかウマがあい、それ以来、長く知己の間柄にあるのです。彼は本業の建築以外にも、数学に強い興味を持っていて……というよりも、彼自身が本質的に数学者であったと言うべきでしょうか……わたくしにもさまざまなことを尋ねてきたものです。それらの知識は、彼の設計にも大きく反映されているようですね。ええ、もちろん、この建物もそうです」

わたしは大きく頷いた。

確かに沼の建築は、わたしの目から見ても、極めて数学的であったからだ。

——と、ここまでわたしは、一気に事件の当事者のことを語っている。それぞれがひとかどの人物であるが、とはいえ広く人々に知られているわけではない。もしこの手記を読む者があるとすれば、誰が誰やら摑みづらく、酷く混乱するかもしれない。

だから一点、彼らの属性について要点を示しておくと、つまり、村岡を除き、集められたのはすべてが学者であり、何かしらの識者《エキスパート》であったということだ。

もっとも、わたしが彼らについてよく理解したのも、すべてが終わってからのことで、当時のわたしは、久須川と、あとは、もうひとりくらいしか知らなかったのが事実である。

その、もうひとりこそが、この鏡面堂にやってきた最後の人物——藤衛であった。

日が傾き、光が徐々に失われつつあった夕刻。漸く姿を現した藤を、わたしは、最敬礼で迎え入れたのをよく覚えている。

何しろ藤は、数学に携わる者ならば知らぬ者のない碩学《せきがく》だ。それでなくとも、わたしは藤に憧れていたのだ。そもそも高校生のころ、K大を志していたのも、藤衛がそこにいたからであったのだし、高等数学の道へわたしをいざなったのもまた、藤衛であったのだ。

それがまさか、こんな場所で会えるとは――。

酷く高揚《こうよう》した。おそらく、驚きと興奮と晴れやかさと恥ずかしさの混じった、藤から見ればあまりにも馬鹿馬鹿《ばかばか》しい顔をしながら、わたしが応対していたのだろうと思うと、いまだに恥ずかしくなる。

藤は、年齢はすでに六十後半に差し掛かっていたはずだが、背も曲がらず、足取りは力強くかつ滑らかで、わたしなどよりも余程若々しく見えた。体格は小柄だが、しかし多くの人間が彼の前に出ると、大抵は酷く萎縮《いしゆく》してしまった。その理由を、わたしは、藤の顔相に見える二つの特徴にあると推察していた。ひとつは、発達した額だ。幅も高さもあり、しかも大きく前にせり出した額は、人並み外れた高い知性の存在を強く推認させた。そして、もうひとつは――。

黒目だった。二つの大きな目、その中心で輝く、吸い込まれそうなほどに大きな瞳――わたしを含めた多くの人間は、あの「すべてを見透かしているぞ」と言わんばかりの瞳の前では、まるで蛇に睨《にら》まれた蛙《かえる》のように、何も言えなくなってしまうのであった。

「沼君はいるかね」

わたしが深々と頭を下げ、「すでに、ご在室です」と述べると、藤は口《くち》の端《は》だけをわずかに上げて、こう言った。

「……よろしい」

その四文字には、わずかな含みがにじんでいたのが、今もよく、思い出される。

藤と沼との間柄については、もちろんわたしは詮索《せんさく》してよい立場ではない。だが、ひとつだけ──過去に一度だけ、沼四郎が藤を評してこんなふうに言っていたことを記しておく。

「藤衛は、我が師なのだ」

つまり沼は、非公式ではあるが藤に師事していたのだ。建築家が数学者に学ぶというのも不思議なのだが、数学に深い造詣《ぞうけい》があり、それを建築設計で表現している沼であればこそ、それは決しておかしなことではない。年齢を見ても、沼は三十二歳、藤衛は還暦を過ぎていて、親子ほども離れている。沼からしても、教わること、学ぶことばかりであったに違いないのだ。

もっとも、藤衛について語るとき、師事しているのだと言いつつも、沼四郎の目がほんの少し、尋常ではない光を放っていたように思われたことも、ここに付記しておきたい。

沼は、上背はさして高くはないものの、がっちりとした体躯《たいく》と広い肩幅の持ち主である。いつも頭髪をオールバックに撫でつけていて、露になった富士額《ふじびたい》の下には、力強い逆八の字の眉と、一重の鋭い目が輝いていた。二段に曲がった大きな鼻と、薄く横に長い唇《くちびる》とも相まって、その顔相はまさに猛禽《もうきん》類「鷹《たか》」であった。

その鷹が、藤のことを、一種異様な目の輝きとともに語るということの意味。それが、師事しながらにしてのライバル心によるものであったのか、それとも純粋な敵対心であったのか。今ではもうその正体は解らないが、僭越《せんえつ》ながらわたしの感じたところによれば、そこに怯《おび》えにも似た色があったということだけは、忘れてはならない事実だろうと思っている。

そして、だからこそ同時に、わたしが今、この手記を書き進めながらかく感じているのだということも、記しておかねばならない。すなわち——。

わたしは後悔しているのだ——どうして、こんなことになってしまったのだろうか、と。


いずれにせよ、かくして五人が一旦鏡面堂の大広間に集まった後、わたしは、あらかじめ沼四郎に指示されていたとおりに、1号室に藤衛を、2号室に松浦貴代子を、3号室に久須川剛太郎を、4号室に竹中郁夫を、順次案内することになった。

料理人の村岡幸秀については、沼の指示は「事務室に案内せよ」というものだった。すなわち、わたしと相部屋で過ごせということだ——事務室には予備の布団もあり、わたしは別段、それでも構わなかった——が、しかし、わたしの案内に村岡は

「俺は厨房で寝る。そのために寝袋も持参しているのだ」と述べ、重そうなリュックサックを持ち上げて見せた。その旨を沼もあっさり了承したため、村岡は厨房に案内することとなり、結果的には、わたしはいつもどおりひとり事務室で過ごすことになったのだった。

そして、あとは、七時の夕食の時間を待つのみとなったのだが――。

このときわたしは、ふと、今さらながら疑問を感じた。

それは、沼四郎が彼らをここに集めた理由だ。沼は一体、何のためにこの場所に人々を集めたのだろう？

その理由について、沼は概略「多くの知識人の話を聞きよりよい建築設計のインスピレーションを得るため云々《うんぬん》」というようなことを、言い訳めいた早口で述べた。しかし、わたしのような察しの悪い者でさえ、それが方便であることにはすぐに気づいた。沼は明らかに、そんな当たり前のことではない、何か別の大きな目的のために人々を集めているのだ。もちろん、その別の目的が何なのか、凡夫のわたしには知れようはずもなく、事件が過去のものとなった今となっては、そのすべてが藪《やぶ》の中に隠れてしまったというしかないのだが――。

いずれにせよ確かなことは、この事件には、少なくともその発覚までの間、この七人以外の人物は現れないのだ。事件の性質上、事後に警察がやってくることにはなるが、その時点では事件はすべてが終わっている。もしかしたら、森に迷い込んだ者が鏡面堂の近傍にいた可能性も否定はできないが――数学者とは、確率がゼロでない限りすべての事象を等しく検討の俎上《そじょう》に載せる人種である――そうだとしても、少なくとも事件に関与していないことだけは確かである。

以上の状況を、仮にも少なくない時間を数学に費やしてきたわたしであればこそ、数学的な言葉を使って次のように定義するのが適切であろうと思われる。すなわち――。

この事件は徹頭徹尾「閉じていた」のである。

2

「……閉じていた」

無意識に呟きながら、百合子は、静かに顔を上げ、手記の世界から、現実の世界へと舞い戻る。

目の前の木椅子には、先刻と同様――神がいた。

先刻と何ひとつ変わってはいない、まったく同じ姿勢、そして、悠然とした微笑み。

だが――なんとなく現実感がない。

ここは本当に、現実の世界なのか？　本当に帰ってこられたのか？　暫《しば》し懐疑的な視線を周囲に投げる百合子に、神はさも面白そうな口調で問うた。

「囚《とら》われた？」

「囚われた……何にです？」

「それよ。その、手記に」

神が、百合子の膝の上、いまだ懐中電灯で照らされている手記を、細く、しなやかで、しかし驚くほど白い陶器のような人差し指で差した。

返す言葉に戸惑う百合子に、神はなおも問う。

「百合子ちゃん、あなたは言霊を信じる？」

「言霊、ですか……」

唐突な質問、数秒思案し、百合子は首を縦に振る。

「……はい」

「なぜ信じるの？　言霊は一般的には非科学的な概念とされている。それを信じる理由が、一体どこにあるのかしら」

「非科学的かどうかは、定義によります」

百合子はすぐさま、反論した。

「言葉に霊的な力を持たせる、という意味合いでは、私は絶対に言霊なんか信じません。でも、言葉はうまく用いることで相手をコントロールできるものでもある。その意味での定義なら……」

「実在のものといえる。だから信じる。ふふ……いい答えだわ」

神は、満足げに首を小さく傾げた。

「人間は、言葉で思考し、意思疎通を図る生物よ。だからこそ、言葉によって人間の思考や意思をコントロールすることができる。例えば『言霊』という言葉自身さえ、それがまるで霊的な力を宿すような錯覚を起こさせる力を持つ。その言葉を使うことで、まるで言葉には心霊的な支配下に置く神の力があるような気持ちにさせるの。実態は心理学的な方法でしかないとしても、そうした錯覚が、コントロールの度合いをさらに高めてくれることになる」

「私も……手記の言霊に冒されている、記された過去の事件に囚われていると？」

「そうね。でも、手記だけじゃないわ」

「例えば？」

「…………」

にこり、と神は、百合子の問いに答えることなく、ただ口角を上げた。

見つめあう無言の数拍を経て、百合子は言った。

「……言葉に騙《だま》されるなってことですか」

「ええ。特に、超常的なものにはね」

「超常的なもの……」

「そうよ。そうした言葉は人を操るときに使われる万能の道具だけれど、うまく使わなければ自分にも暗示を掛けてしまう。まさしく両刃の剣でもあるの。もしよからぬ自己暗示に陥《おちい》ってしまえば、そこから目覚めるのは、とても困難なことだわ」

「もしかして……自分自身のことをおっしゃっているんですか？」

「まさか」

神は、大仰に肩をすくめた。

「私は神よ。それ以上でもそれ以下でもないし、自縄自縛にも陥ってはいない。……でもね」

「でも？」

「自らを特異点になぞらえる存在に勝つためには、自分を特別の存在にしなければならないの。たとえ、それが人間の世界では『神』か、あるいは『犯罪者』と呼ばれる存在であったとしてもね」

「………………」

返す言葉に閊《つか》えた百合子を、神は暫し、どこか愛おしそうに目を細めてから、やがて、再び彼女を手記の世界に戻すべく、促した。

「さあ、百合子ちゃん。手記はまだ始まったばかりよ。先は長いわ。今すぐ語り手の世界に、戻らなくてはいけません」

「……はい」

操られたように——いや、それこそが言霊だったのかもしれないが——百合子は再び、手記の文章に目を落とした。

ふと、神の言う「語り手」とは一体誰なのだろうか、という疑問を、ほのかに抱きながら——。

3

午後五時を回ったとき、わたしの部屋のドアを、突然、何者かがノックした。

一瞬びくりと身体をすくめたが——いつもひとりなので、こういう音に慣れていないのだ——すぐにドアのところまで行くと、わたしはノックの主に問うた。

「どちらさまですか」

「……いるか」

短く鋭い、沼四郎の声。

　わたしは慌ててドアを開けると、沼を事務室に通そうとした。

　しかし沼は、右手で制して拒否すると、その場所で仁王立《におうだ》ちをしたまま、端的に指示を投げた。

「今すぐ全員、応接室に集めたまえ」

「えっ、今すぐに、ですか」

「そうだ。可能な限り速やかに、だ」

　叱責《しっせき》するような顰め面と低い声。

　それでなくとも、雇い主である沼にそう言われてしまえば、わたしには逆らう術はない。

　急いで1号室から4号室、そして厨房を立て続けに訪問すると、わたしは、五人の来客に今すぐ応接室に行くべきことを告げた。皆、ある意味では一癖も二癖もある面々であるから、言い方には気を遣ったが、結果としては全員、特に文句を言うようなこともなく、応接室へと向かってくれた。

　ばたばたと鏡面堂を走り回りながら、わたしはふと——上を見た。

　ドーム状の天井の、その全面に、よく磨かれた鏡が輝いている。鏡面堂は日中も、ドームの何ヵ所かに取り付けられた強力なハロゲンランプによって全館を照らされている。ドームは日光をすべて遮ってしまうから、これらのランプがなければ昼であっても真っ暗になってしまうだろう。まさしく、閉ざされた闇の空間なのだ。
実際、深夜になれば照明は落とされ、館内は真っ暗になる。まともに行動すること
もできなくなってしまうのだ。そうなると疑問なのは、設計者である沼四郎が一体、
何を目的として、こんな珍妙な設計にしたのか、なのだが――。
ほどなくして、五人の来客たちは応接室に集まった。
率直に言うと、管理人のわたしがこの応接室に足を踏み入れたことは、実はほとん
どない。なぜならこの部屋にだけは高価そうな調度品がいくつもあり、沼四郎からも
「破損の可能性があるから掃除もしなくてよい」と言われていたからだ。
中央のソファセットのうち、テーブルを囲む二つの長ソファには、藤、竹中、松浦
と久須川が座っていた。沼だけがひとり掛けのソファで、長い足を組んでいる。もう
ひとりの村岡は、沼の後ろで――立場上はわたしと同じく彼らを歓待する側になるか
らだろう――静かに侍っていた。
やがて――。
わたしが沼の後ろ、村岡の横に並ぶようにして立ったのを見ると、沼はおもむろに
口を開いた。
「ふむ。これで全員か」
沼四郎は、組んでいた足を下ろし、語り始めた。

「本日は、我が招聘《しょうへい》に応じていただき、心より感謝する。改めて……沼四郎だ」

鷹の目をぐるりと、四人の客人へ向ける。

沼の年齢はやっと三十を越えたばかり。一方の四人は、久須川と松浦こそ同年代だろうが、竹中は十ほど上、藤に至っては親と子ほどの年齢差である。

にもかかわらず沼は、この面々の中でもっとも若輩とは思えないほどの威厳とともに、彼ら四人を見下すように睥睨《へいげい》した。

もっとも、相手する四人もさるもの、そんな沼の圧にはまるで動揺する素振りも見せず――いや、そもそも沼がそうした性質であると知っていて、反発することが無意味だと理解しているのだろう――ある者は受け流し、ある者は毅然《きぜん》と、ある者は飄々《ひょうひょう》と、そしてある者はまったく無視するように超然と、沼の続く言葉に耳を傾けていた。

沼は、なおも続けた。

「本日、そして明日。諸君には我が鏡面堂で過ごしていただくことになる。目的は招待状でも申し上げたとおり、さまざまな学究分野における研究成果の発表と共有である。諸君には、ここまでの道中に面倒を掛けたこと、またそれぞれに仕事もある中、諸般の事情を繰りあわせ、この場への参画をいただいたことに、改めて心からの御礼を申し上げたい」

沼の台詞に、わたしはふと思った。

彼の言うことはやけに重々しく、まどろっこしさもある。しかしよく聞けば配慮も見え隠れしており、感謝もきちんと述べている。沼四郎とは決して小難しく高圧的なだけの人間ではなく、むしろ、端々に配慮が見え隠れする彼こそが本来の彼なのだ。重厚な雰囲気も、おそらく後からまとったものなのだろう——彼のスピーチを聞きながら、わたしはそんなふうに考えていた。

例えば、会社でいえば、社長や部長のように偉くなった者は、本人の気質や性格に関わらず、偉くなった者なりの態度を求められ、これに応じて本人もまた偉くなった者ならば取るであろう態度を示すようになる。社会においてはこのように、立場が人を作るということが往々にある。

沼四郎もまさに、天才的建築家としての名声と立場がある。日本においてすでにトップクラスに位置しているという自負があり、これから世界にも打って出ようという意気込みもある。とはいえ彼は、いまだ三十そこそこの若手でもある。年長の同業者からは深く嫉妬《しっと》されることもあるだろう。こうしたことを踏まえると、沼四郎の立場とは、ある意味では孤立したものであるに違いない。そして、そんな立場に身を置けばこそ、彼はあえて、他を寄せ付けない孤高の人として振る舞うようになったのではないだろうかと思われたのだ。

沼は、なおも続ける。

「あくまでも非公式な会合である。これにより諸君が得られる具体的利益はなく、ただひたすら、諸君と、そして我が学術水準がより高みに上るための、私的な集まりである。しかし、だからこそ我々の本質、すなわち学究の徒としての知識欲を満たすものとなろうと考えている。要するに……」

沼はひとつ咳払《せきばら》いをはさむと、力強く断言した。

「諸君は、学ぶべき師であり、かつ、越えるべき壁なのだ。その点は諸君らも変わることはないということを、まずは理解すべき共通の土台として理解してもらいたい。その上で我々は、ディスカッションを通じてより高みに上るべきであると考える。数学、物理学、そしてそれらを統合した美学であるところの建築学という分野における、新たな地平の開拓に向けて……」

数学、物理学、そしてそれらを統合した美学であるところの建築学――。

わたしはふと、考えた。

本来、建築学は構造力学、材料力学のような物理学で作られた土台の上に立ち、この物理学もまた、数学という論理的基盤の上に構築されている。言わば、まずは数学があって、その次に物理学があって、さらにその次に建築学を考えることができるのである。もちろん、学問に上下はないのだが、それでも、まずは数学からスタートし、他の学問はその基礎の上に構築されていくものであると、わたしは理解していた。

しかし沼は、どうやらこれを逆転して考えているようなのだ。

すなわち、まず最初に、大きな建築学という世界が存在している。他の学問はすべて、この建築学という世界にかしずく道具にしかすぎないのではないか——そんなニュアンスが、沼の言葉の端々ににじみ出ているのである。

もっとも、学者には自らの仕える学問領域こそが至上のものであると考える傾向がある。現に、かつて数学の研究に没頭していたわたし自身が数学贔屓《びいき》であることがその証拠だ。これを踏まえれば、孤高の建築家として生きる沼四郎が、建築学こそが唯一至高のものと考えたところで不思議ではないし、ましてや他者がそれを責められるものでもないのだ。

だが、そう考えると、ここにいる面々も、おそらくはそれぞれの専門領域を至高であると考えているに違いないだろう。

すなわち、久須川と藤は数学を、松浦は物理学を、そして竹中は建築学を——最高の学問であると考えているのだ。

そんな彼らが「我こそが唯一至高」という立場で議論するとき、何が起こるだろう?

そこにはきっと、華々しいまでの火花が散るだろう。あるいは、勝者と敗者の間に拭いえぬ遺恨を生むかもしれない。だがその一方で、まさしく沼自身が述べているとおり、「ディスカッションを通じてより高みに上る」ことも十分に期待される。化学反応とはおおむね、異なる性質のものの間において劇的に生ずるものなのだ。

――と、ひとり頭の中でそう考えていたわたしは、無意識に武者震いするとともに、おそらくこれから起こるであろう出来事に、全身の皮膚を粟立てていたのだった。

「ところで、この鏡面堂について、若干の説明を加えておきたい」

沼が、はるか高みを覆う銀のドームを見上げながら、遠くを見るような目で言った。

「ご覧いただいて解るとおり、この建物は、これまでになかったデザインと思想によって貫かれている。例えば、全体のフォルムは楕球《だきゅう》である。また、各室の構造も円周率に基づいている。すなわち、数学の基礎的要素を建築学に活用したのであり、これにより鏡面堂は、原始的《プリミティブ》な要素を始原的《ア・プリオリ》にまとうこととなった。こうしたことが、かつて存在し得なかった試みであると同時に、建築意匠という分野に一石を投じるものとなるだろうことは、言うまでもないと思われる」

わたしは、素直に感心した。

確かに、そのとおりだ。銀色のドーム。ラグビーボールを半分に切って伏せたようなフォルム。これらは建物という括《くく》りでは理解しがたい純粋さとともに、一切の無駄がなく、ある種ひりつくような緊張感をも共存させている。一ヵ月半の滞在を通じて、わたし自身がそう鏡面堂から感じていたのだ。

まさに、原始的な要素を始原的にまとう。そんな沼四郎の狙《ねら》いに、わたしはまんまと嵌まっていた、ということなのだろう。

「もちろん、この建物は通常の建築施工技術では建造が不可能である。特殊な構造を持つがゆえに、オーソドックスな手法では建ち上げることすらできないのだ。したがって、この建物のためにいくつもの新たな工法を考案することとなった。そのために建築物そのもの以上の資財を費やしたくらいの、まったく新たな施工技術だ。かくして、建築という分野のあらゆる知識を総動員して建築した鏡面堂であるわけだが、その一方では、施工期間も一年に満たず完成させられたのだということも、併せて、ここにご報告しておこう」

むう、と竹中が唸った。

構造と施工の専門家である彼だからこそ解るのだろう。まさしく、建築という領域においてであれば、それが意匠であれ施工であれ、沼四郎という男こそ全方位の天才なのだということを。

「鏡面堂の各室について、ある程度はすでにご覧になっていると思う。しかし、その真髄はこの応接室に集約しているので、まずは、ぜひこの部屋をご覧いただきたい」

両手を広げると、沼は応接室をぐるりと見回した。

つられて、わたしを含む全員が、改めて応接室の様子に目を留めた。

コンクリート打ちっぱなしの壁。

窓――というか、壁の上端まで抜けるスリットがひとつに、扉が二つ。

白い大理石と磨かれた鏡が市松模様をなす床。

そして天井は上空の鏡のドームまで吹き抜けている。

ここまでは他の部屋と大して変わらない。

変わっているのは、内装品だ。

この応接室には、いくつかの統一性のない調度品が置かれていたのだ。

すなわち、西側に黒檀《こくたん》の小型キャビネット。その上に飾られているのは、二、三十個ほどの、林檎《りんご》大からビー玉くらいのものまで大小さまざまな水晶玉たち。キャビネットの足元には、明かりは灯《とも》っていないスワンのランプもひっそりと置かれている。

また見上げれば、片方の壁に、巨大な額に絵が飾られているのが解る。原色の絵の具をまき散らしながら、全体として一定の構造を作る、風景とも、静物とも、人物像とも取れる抽象画だ。絵に疎《うと》いわたしにはよく解らないが、沼四郎が飾るくらいなのだから、さぞ名のある画家の絵なのではないかと思われた。

その反対側の壁には、西洋の剣がひと振り。またボウガンも一丁、その矢と思《おぼ》しきものとともに飾られていた。

ふと思う。この物騒《ぶっそう》な道具は、一体何のために用意されたものなのだろうか――。

「あれらの武器はただの飾りだ。剣はただの張りぼてで、矢にも覆いを被せてある」

まるで、わたしの心の中を読んだかのようにそう言うと、沼はやおら立ち上がり、剣を手に取ると、それを大きく振り下ろした。

ヒョオ――という軽い音が空を切る。音で判断するまでもなく、片手で扱えるくらいだから、明らかに軽い。すなわち真剣ではなく、それらしく塗装しただけの模造品だ。また沼の言葉どおり、矢の先端には丸い綿のキャップも被せられていて――要するに、ここにある武器は総じて武器としては役立たずの安全なものばかりなのだということを、わたしたちは理解したのだった。

それにしても――。

一見すると、不釣りあいな印象のある応接室。

壁と床は現代建築的であり、キャビネットや山ほどある水晶玉の中世的な雰囲気とはまるで調和していない。もちろん、スワンのランプや二つの武器とも一切そぐわない。言わば、礼服になぜか草履《ぞうり》をあわせてしまったようなちぐはぐさがあるのだ。

とはいえ、一方で、わたしはこうも思う。ちぐはぐだからこそ——妙な統一感もあると。

それは、もしかすると異質なもの同士をあわせたからこそ生まれるものなのかもしれない。あるいは、それらの背後に見え隠れする悪意をこのとき感じ取っていたのかもしれないが——ともあれ、一種の悪寒や怖気《おぞけ》ともいえる不気味さを、このときのわたしは——いや、ここに集った人々は、この応接室のレイアウトから感じ取っていたことだけは確かだろう。

やがて——。

「……以上だ。次は七時に、食堂でお会いしよう。諸君はそれぞれ、我が鏡面堂で自由気ままに過ごしてくれたまえ」

犬歯を見せてそれだけを言い残すと、沼は、あっさりと応接室を立ち去った。

とはいえ、それから数分が経過しても、誰もその場を動くことはなく、また、何を口にする者さえいなかった。

おそらくは皆、わたしと同じように、沼の言葉を通じて、恐怖を催す何かを、この応接室から喚起させられてしまったのだ。

事実、久須川はぽかんと口を開け、ドームの天井を見上げていた。松浦も気圧されたように、口を真一文字に結んだまま、じっといくつもの水晶玉に自らの顔を映していた。

竹中はといえば、そわそわと、どうにも落ち着かない腰を浮かせたまま、きょろきょろとあたりを見回していた。村岡でさえもまたわたしの横で、依然として物静かではありつつも、まるでその場の空気に飲まれてしまったかのように、身を縮ませていた。

だが、そうした中で、ただひとり——。

「…………」

藤だけが、顎《あご》を静かに摩《さす》りながら、じっとキャビネットを見つめていた。

その細めた目と、固く結ばれた口元は、静かに何かを考えているようにも、あるいは、見ようによってはほのかに笑みを浮かべているようにも、わたしには思えたのだった。

この時点でも、七時にはまだ一時間以上も時間があった。

ひとり、またひとりと部屋を去っていくと、やがて応接室には、わたしと、久須川の二人だけが残された。

キャビネットの傍にぼんやりと立ったまま、いくつもの水晶玉に、じっと見入るようにする久須川だったが、やがて、ふと思い出したように、わたしに話しかけた。

「あなたはどうして、この館にきたのですか？」

　突然の問いに、わたしは、数秒の戸惑いをはさんでから答えた。

「その……お誘いを受けたのです。山奥に新しい施設ができたから、そこで管理の仕事をしないかと」

「なるほど、あなたはそういう資格をお持ちだった、ということなのですね」

　チョビ髭を撫でながら、久須川は続けた。

「それにしても、この山奥で沼先生と二人きりとは、大変ですね」

「いえ、実は、沼さんがここにくることはほとんどありません。いつもひとりきりなのです」

「それは失敬した。しかし、こんな場所でたったひとりでは、なおのこと寂しいのではありませんか」

「寂しいといえば、そのとおりですね。妻と子とも離れていますから。でもその分、気楽だともいえます」

「気楽？」

「ええ。誰もいないおかげで、些事《さじ》に惑わされることはありませんし、自分のペースで仕事ができます。何より、自分の時間がたっぷり持てます」

　そう、失いかけていた数学に対する情熱が、多くの時間のおかげもあって、再燃しかけているくらいなのだ。

「なるほど、自分の時間、ですか」

ふっ、と小さな笑みを浮かべると、しかし久須川は「それはさておき」と唐突に話を変えた。

「何か、書くものはありませんか？」

「書くもの？　ペンか何かですか」

「いいえ。紙のほうです。ちょっと試し書きがしたいのですよ」

久須川は胸ポケットから万年筆を取り出した。

試し書き？　しかも今？　――訝《いぶか》しく思いつつも、わたしはキャビネットの引き出しを開けると、そこにしまっていた紙を取り出した。

それは、ほとんど使われることがない、四枚のメモ用紙だった。

システム手帳大のそれをまとめて手渡すと、久須川は、万年筆のキャップを回し開け、そのうちの一枚にさらさらと、円のような図形をいくつも描いた。

「……えっ？」

一瞬、はっとさせられた。

なぜならその図形が、どれも真っ赤なものだったからだ。鮮血を思わせるその色彩に驚きつつも、わたしはすぐ、なんのことはない、ただ単に万年筆に赤色のインクを吸わせているだけなのだと理解した。

「……結構です。ありがとう」

それだけを言うと、久須川は、万年筆のキャップをしっかりと締め、胸ポケットに戻すと、メモをキャビネットの上に几帳面に揃えて置き、最後にすべて納得したかのようにひとつ頷くと、応接室を悠然と立ち去ったのだった。

ひとり残されたわたしは――ふと考え込んでしまった。

今の久須川の行動には、あるいは、赤インクの万年筆を使っていることには、何か意味があったのだろうか？

ここでわたしは、ある真理を想起した。

それは、真理だ。数学には無駄がなく、あらゆることに意味が持たせられるのだという、普遍的な真理だ。

数学、という分野においては、一見すると不合理な結論が導かれることが往々にしてある。もちろん数学であるからには、合理的な過程を経ているのだが、にもかかわらず、不合理が生まれてくるのだ。

こうした不合理を目の当たりにしたとき、「きっと、取るに足らないものに違いない」――そう言ってこの疑問をあっさり切り捨ててしまうのは、とても簡単なことだ。だが同時に、実はとてももったいないことでもある。なぜならば、この取るに足らない結論にこそ、数学を研究する上で大事な意味が生じることが往々にしてあるからだ。例えば——。

ダフィット・ヒルベルトが示した「無限ホテルのパラドックス」というものがある。

客室が無限にあるホテルがある、と仮定する。無限にある客室には1号室、2号室、3号室——と順に無限号室まで番号が振られており、ある客室を特定することはもちろん可能だとする。

さて、このホテルが今、満室となっているところに、ひとり男が客としてやってきた。男は支配人に向かって言った。

「俺を泊めてくれ」

「申し訳ありません、ただいま満室でして、お泊めすることができないのです」

丁重に断る支配人に、しかし男は言った。

「いや、1号室の客を2号室に移し、2号室の客は3号室に移し、3号室の客を4号室に移し、つまり、n号室の客をn＋1号室に移してみろ。1号室が空くはずだ。そこに俺を泊めればいいだろう」

支配人がそのとおりにしたところ、満室であったホテルにひとつ空室が生じ、無事に男は宿泊することができたのだった——。

もちろん、常識で考えればこんなことはあり得ない。こんなことが起こるはずもない。しかし、男の論理にも穴はない。ならば、このパラドックスをどう解釈したらいいのだろう?

結論から言えば、実はこのパラドックスは、無限というものの捉《とら》え方を誤っていることから生じているのだ。裏を返せば、この不合理からは有意義な意味、すなわち無限というものをどう捉えるべきかという問題が生じたのである。

数学とはかように、押しなべて捨てる場所のない、あらゆる意味に溢れた学問なのである。

翻《ひるがえ》って、久須川の行動だ。

彼の行動には、一見するとほとんど意味がない。言い換えれば、取るに足らないものだった。

それであっても——もしも数学の世界に準じて考えたとするならば、このことにはひとつ、大きな意味を持たせられることになる。

すなわち——その行動を、どう捉えるか。

もちろん、それがなんだか、わたしには解らない。

その意味を理解できるのは、きっと、大いなる叡智《えいち》の持ち主のみだからだ。

少なくとも凡人のわたしには、困難なこと。だからこそ——。

キャビネットの上に几帳面に戻された四枚の紙と、そこに描かれたいくつもの赤い円を見下ろしながら、わたしは——いつまでも、今まさに目の前で見せつけられた自らの不才をひとり恥じているよりほかには、なす術がなかったのだった。

間もなく七時だ。

閉ざされた鏡面堂において、出入り口は一ヵ所、玄関にしかなく、その場所以外で外の様子を窺うことはできない。季節は晩秋、あと半月もすれば冬至だから、ただでさえ夜鷹《よたか》啼く深い森の中、外はさぞ星のきらめく闇夜であろう——などと、思わず詩人を気取りつつ陳腐《ちんぷ》な表現をしてしまうのも、わたしには詩心がまったくないことの証拠であろう。

さて、人々はぽつぽつと食堂に集まり始めていて、六時四十分の時点で、久須川と松浦がすでに食卓についていた。

六時過ぎから食堂と厨房を行ったりきたりして、それぞれの様子を窺っていたわたしだったが、ひとつ、村岡の調理の手際のよさには心から感心したことを付記しておく。

食材を冷凍庫から出して解凍する。ものによっては鍋で湯を沸かし、そこに放り込んで氷を溶かす。湯気がもうもうと厨房を満たし始めると——厨房には客室と同じように天井があるが、換気扇がなく、そのため酷く熱気がこもるのだ――そのせいだろうか、村岡は曇る眼鏡を外して作業を続けた。すなわち自前の包丁で食材を細かく切ると、フライパンで炒《いた》める、といった一連の仕事を、口を真一文字に結んだまま黙々と続けたわけだが、その手早さと正確さはさすがのもので、瞬《また》く間《たま》に一品、二品と大皿に料理が次々と盛られていったのである。

しかも、そのどれもが、実に旨《うま》そうな湯気立つ中華料理だった。

あまり食に対するこだわりがない――だから日々の食事を質素、あるいは杜撰《ずさん》にすませても平然としていられるのだが――わたしでさえ、胡麻油《ごまあぶら》の香りに思わず口元の涎《よだれ》を拭ってしまうような、それに加えて大雑把になりがちな中華でありながら、飾り切りも加えてあるなど、十分な繊細さをも感じさせる料理だったのだ。

さすが沼四郎が呼んだ料理人だけあって、村岡は確かな技術を持っていたのだった。

暫くの間忘れていた「早く食べたい」という欲求を我慢しながら、わたしは、管理人――というより、やっぱり沼四郎の執事か使用人に近いものなのだなと今さら自覚するのだが――としての立場から、じっと食堂の片隅で、来客と館の主が揃うのを、今か今かと待ったのだった。

六時五十五分ごろ、竹中がやってきた。

「やあ、久須川さんも松浦さんもお揃いで」

くだけた調子の竹中は、片手を上げながら、ポンと跳ねるようにして椅子に腰を下ろす。そんな様子を見て、久須川は無言で片眉を上げ、松浦はくすくすとさも面白そうな笑みを浮かべていた。

言動の端々に、それぞれの性格がにじみ出ているな――わたしがそう思う間にも、彼らは会話を始めていた。

「藤先生と沼先生は、まだなんですかね？」

「ええ。お二人とも姿は見せません」

「さすが、両大御所は七時ちょうどに現れる、っていう寸法ですかね」

「さあ、どうでしょうか」

「ところで久須川さん、ひとつお願いがあるんですがね」

「なんでしょう？」

「もし僕の前に野菜か、乳製品か、肉の料理が置かれたら、それ、代わりに食べてもらえませんかね？　……ああ、いえね、僕、それが体内に入ると、酷い蕁麻疹《じんましん》が起きちまうと思うんですよ」

「……思う？」

「実際に食べたことが、生まれてこの方一度もないんでね」

——どこまでが本当で、どこまでが嘘なのか、よく解らない竹中の軽口。きっと、場を和まそうとしているのだろう。しかし一方の久須川といえば、やや困惑しているかのような、複雑な苦笑いを浮かべるのみだった。

そうこうしているうち、七時になった。しかし——。

いまだ、沼も藤も現れない。

仕事を終えたのか、村岡は額に汗をうっすらと掻《か》きながらも、すでに眼鏡を掛け直し、その奥で大きなギョロ目を痛そうに何度も瞬かせながら「いつでも料理を出せるぞ」とわたしに耳打ちした。厨房のもうもうとしていた湯気も引いていて、台の上にはこれから出そうという料理がスタンバイしていた。

そんな状況でなおも待ちながら、七時五分になった。

まだ、二人は現れない。

「……なあ、どうしたのかね」

竹中が、わたしに目を眇《すが》めてみせた。

その言葉と表情の裏に、彼らを見てきたほうがいいのではないかというニュアンスを読み取ったわたしは、すぐさま「少々お待ちいただけますか」と言うと、書斎のある隣の部屋へと向かおうとした。だが——。

「あっ」

ドアを開けようとしたその瞬間、そのドアが向こうから開いた。

びくり、と肩をすくめたわたしの傍を、その人が、堂々と通り抜けていった。

そして、真《ま》っ直《す》ぐテーブルの中央に向かうと、椅子にどかりと腰かけ、それから一同をぐるりと見やると、次の瞬間――眉を顰めた。

「全員揃っていないのか？」

その人――沼四郎は、いかにも苦々しげな表情を浮かべながら、そう言った。

そして、口をへの字に結んだまま、キッと射抜くような瞳をわたしに向けた。

沼は、わたしに険しい表情でこう述べた。

七時をもう五分も過ぎているのに、なぜ、あの御仁がまだ食卓についていないのか？

「す……すみません」

まるで叱責するような沼の視線に、わたしは、恐縮しながらも、急いであの人を呼びに、再びドアを開けようとした、そのとき。

再び、ドアが向こうから開いた。

そこから現れたのは、悠然と歩くあの御仁――藤衛だった。

藤は、全員がすでに揃っているのを、大きく額のせり出した頭をぐるりと振りながら一瞥《いちべつ》すると、一拍を置いて、ただ一言だけを言った。

「結構」

そして、まるで滑《すべ》るような動きで自らの席——テーブルで一ヵ所だけ空いた、沼四郎の真ん前の椅子に、ピンと背筋を伸ばして腰かけた。

「…………」

暫し、不穏な緊張感が張りつめる。

その緊張感の正体が何だったのかは、わたしには解らない。おそらく、久須川や松浦、竹中にも解らなかっただろう。それでも、何か一言でも不用意に言葉を発すれば、それが絶妙なバランスの上に保たれた均衡を崩してしまいかねない、それを本能的に察していたからこそ、冷たい汗が背筋に伝うのを感じながらも、ただ無言で周囲を窺うことしかできなかったのに違いない。

この均衡を破れるのは、やはり、ただひとり——。

「……始めよう」

沼四郎だった。

沼は、深い溜息を吐きつつ、定刻を八分遅れた夕食の始まりを告げた。わたしには、その嘆息がいかなる意味を持っていたのか、やはり、解りようもなかった。

村岡が、各人の前に取り皿と金属箸《ばし》を並べ、その後、待望の大皿を並べていく。

合計七皿。どれも旨そうな中華料理が並ぶ。ひとつだけ、白粥《しらかゆ》の入った碗《わん》があり、それは好き嫌いの激しい竹中の前に置かれた。

いくらなんでも、具のない粥では失礼ではないかと冷や冷やしたが、当の竹中は、「感心感心。シェフ殿はきちんと解っているようだな」と、満足げに蓮華《れんげ》で粥を口に運んでいた。

ほっとしつつも、わたしは全員に言った。

「おっしゃっていただければ、小皿にお取り分けいたしますので……」

鏡面堂のテーブルは中華料理店のように回るわけではない。わたしはそんなふうに来客に気を遣いながら、沼に代わっての歓待役を果たそうと努《つと》めていた。

「すみません、いいですか？」

松浦が、申し訳なさそうな表情でわたしを見た。

「はい、何をお取りしましょう」

「あ、いいえ、そうではなくて……」

「……？」

松浦は、目の前に置かれた金属箸を指差した。

「お箸なんですが、木製のものはありませんか」

「木、ですか」

「ええ。象牙《ぞうげ》のものでもいいんですが」

理由を問うわたしに、松浦いわく、実は彼女は、金属に触れると酷くかぶれてしまう体質であるらしい。そのせいで、指輪などのアクセサリーを身に着けることもできないのだとか。

「……まったく、厄介な身体です。こういうときにご迷惑をお掛けしてしまうのでは……」

「ああ、お気になさらないでください。体質なのですから仕方ありません。今すぐ竹箸にお取り替えしますから、安心なさってください」

わたしはすぐ厨房へ飛んでいき、松浦の金属箸を竹箸と取り替えた。改めて竹箸を手にすると、松浦は漸く、嬉《うれ》しそうに料理に手を伸ばすのだった。

――夕食は、あっという間に終わった。

話を楽しむというよりも、料理を味わうほうに集中したからだろう。もちろん、中華が絶品ということもあったのだが、あるいは、先刻から引きずったままの不穏な空気に、無意識のうちに食事に逃げた、というのもあったかもしれない。いずれにせよ終始無言のまま、ものの二十分で食事は終わったのだった。

村岡とわたしで協力して食器を下げ、漸く、どこかほっと落ち着いたような雰囲気が流れると、やがて、静かな場に朗々《ろうろう》と声が響いた。

「……食事は、いかがだったかね」

声の主は、沼だった。猛禽類のごとき、隙あらば取って食おうとしているかのような険しい視線で、ぐるりと一同を見回しながらそう言った沼は、しかし、誰の返答を待つこともなく、すぐに次の言葉を当たり前のように発した。

「では全員、大広間に移りたまえ」

ガタン、と立ち上がると、沼はそのまま大広間へと向かうドアに、大股《おおまた》で足を進めていった。

反論を許さぬ、あるいは有無さえ言わさぬその態度――。

わたしは少し困惑した。沼は今「全員」と言ったが、その中には、はたしてわたしや村岡も含まれるのだろうか？

誰もが疑問を持ちつつも、しかし誰にも異論を差しはさむ隙さえ与えられることはなく、結局、わたしと村岡を含む六人全員が、ハーメルンの笛吹きに連れ去られた子供たちよろしく、沼の後を無言でずらずらとついていったのだった。

大広間で、わたしは沼四郎の指示にしたがい、木製椅子を七脚、円を描くように、向かいあわせに置いた。

シンプルだが丈夫な椅子だ。昨日までは、この椅子を一体何に使うのだろうかと怪《け》訝《げん》に思いながら館の掃除をしていたものだが、おそらく、この日のために用意されていたものなのだと、そうわたしは確信した。

沼はその向かいあう椅子のひとつに腰かけると、わたしたち六人にも、各々《おのおの》好きなところに座るように指示した。

暫し、お互いの様子を窺うわたしたちだったが、ややあってから、藤がためらうことなく沼の右隣に腰かけると、そのまま順繰りに、竹中、松浦、久須川と座っていった。村岡とわたしは、無言で視線を交わすと、決して示しあわせたわけでもないのだが、ごく自然に、沼の左隣にわたし、その左に村岡が腰を下ろした。

こうして、わたしたち七人は、改めて円座をなして向かいあった。だが——。

仏頂面の沼。飄々とした藤。そのほかの面々も、まるで、沼と藤、両巨頭を気遣うばかりで、暫くの間、誰も話そうとはしなかった。

そんな居心地の悪い沈黙を破ったのは——。

「久須川君。お尋ねするが、君の研究は、どれほど進んでいるのかね」

——藤衛だった。

よくよく考えてみれば、夕食以降、場を威圧的に支配しようとする沼四郎の干渉を一切受けず、まさしく自らが「天皇」であるのだと言わんばかりに、常に飄然《ひょうぜん》とした様子で存在し続けていた藤は、この場においても、まるで何気なく、しかしその端的な言葉の内にもはっきりとした意思を感じさせながら、ディスカッションの口火を切ったのである。

藤の言葉に、久須川は一瞬、はっと驚いたように目を見開いたものの、すぐさま小さな咳払いをひとつ打ち、人差し指で几帳面にチョビ髭を撫でつけると、藤の促しに、落ち着いた口調で答えた。

「過大に見積もることこそが最大の禁忌である。そのことは重々承知しているつもりです。物事を進めている者が、主観的には、客観的な位置よりも前にいると判断しがちであるという事実も、数多《あまた》の経験で苦汁を舐《な》めたわたくし自身が思い知っているところです。それでも今、わたくしがいかなる研究の途上にあるか、その評価をするならば……」

「約八割。違うかね？」

「はい」

久須川は神妙な表情で頷いた。

「まさしく、ちょうど八合目を過ぎたところだと考えています」

「つまり、もうすぐなのだね？」

「はい。時間的にはあと一年……いえ、半年で、おそらくわたくしは見出《みいだ》せると思うのです。あの……リーマン予想の解決策を」

リーマン予想。

わたしは思わず、拳《こぶし》に力を込めた。

ゼータ関数の値がゼロになる複素数sの実部は必ず二分の一になる――ほかにも数学の未解決問題は数あれど、フェルマーの最終定理よりも、ポアンカレ予想よりも、それらを含むどの問題よりも簡潔で、美しく、かつ凶悪な内容を持つものは、リーマン予想をおいてほかにはない。そして、そんなリーマン予想こそ、かつてわたしがこれこそライフワークと定め、机に齧り付いて取り組んだ仕事にほかならないのだ。

なぜなら、もし他の未解決問題がすべて誰かの手によって解決されたとしても、リーマン予想だけは最後まで未解決のまま数学者たちの前に立ちはだかるに違いないと考えていたからだ。すなわち、リーマン予想こそが人間が乗り越えるべき最大の、かつ最後の障壁であり、あるいは人間には決して解決できないかもしれないもの――まさしく全知全能の神のみぞ知る世界の真髄――そんなふうに、わたしは考えていたのである。

「八合目か。半年か。なるほど、なるほど」

二つ大きく頷くと、藤はなおも問う。

「ということは、残りの二合分を半年で登りきるだけの道筋がもう整っていると考えていいのだね？」

「はい」

ためらうことなく頷いた久須川に、藤の瞳が、より深い黒に染まった。

「ふむ……差し支えなければ、その概要を話してもらえるかね、久須川君」

瞳孔《どうこう》が開いたからか、あるいは、その奥が変化したからか。いずれにせよその漆黒は、わたしの背筋に怖気を呼び起こすものであった。

しかし久須川は、決してたじろぐことなく、藤を真正面から見返し、続けた。

「わたくしは……自己同一性、あるいは自己相似に手掛かりがあると考えています」

「……ほう」

「自己を複製する形式を自己に保持するという性質は、自然界では随所に見られます。すなわち、自然界における普遍的かつ基礎的な法則であろうということです。一方、リーマン予想も素数の性質と肯定的につながる普遍的かつ基礎的な性質です。すなわち、ここにはある種の類似性が見出せます」

「なるほど、似ているからこそ手掛かりになるということなのだね。しかし、類似性という言葉には、少なからず欺瞞《ぎまん》が含まれているようにも感じられる。君の議論は、作物を畑で育てることができるのなら、家畜も同様に畑で収穫できる可能性があると述べているのと同じなのではないか？」

「そこは承知しています。しかし、だからこそわたくしは、むしろその可能性を追いたいと考えているのです。畑に家畜が生える日が訪れないと、誰が確約できましょうか？　人間は畑で生えると述べた国さえあるくらいなのですから」

「ふふ……確かにそうだ。だが、君は、もし仮にこの問題が原理的に決定できないものだったとしても、それでもなお取り組むのかね？」

「はい。決定できる可能性がゼロではない限りは」

「ゼロではない、か。面白い」

にやり、と口元を曲げると、藤は続けた。

「発想も含めて、私は君に心からの敬意を表しよう。不完全性定理が示すとおり、世の中には是とも非とも決定できない事象が存在している。これは、言わばゼロだ。我々はいつも、まさに今手がけている仕事がゼロに飲み込まれるのではないかという恐怖と戦っているのだ。しかし君は、決してゼロに怖気づくことなく、そのゼロの限りない近傍にある真実に懸《か》けている。これは、人間の試みというよりは、神の試みとでもいうべきものであって、だからこそ大変に尊いものだといえるのだ。しかし……実のところ、君が見落としていることがひとつあることに気づいていないかね」

「何か、間違いがあるのでしょうか」

「君は神ではない。神ではない限り、最後はゼロに飲み込まれてしまうだろうということだ」

「…………」

暫しの沈黙。

久須川が思わず口を閉じてしまった理由は、よく解る。

君は神ではない。神ではない限り、ゼロに飲み込まれてしまうだろう——この言葉が譬《たと》えているのは、まさしく久須川の敗北であるからだ。

だが久須川は——いや、だからこそ、ややあってから、むしろ胸を張った。

「仮に失敗したとしても、わたくしは本望です」

「本望。後悔しないということかね？」

「はい。なぜならば……わたくしの後には、まだ後輩たちが……『ブック《BOOK》』が、続いていますから」

「ブック。あの四人か」

「ええ。彼らならば、わたくしが挑戦に敗北したとしても、その屍《しかばね》を乗り越え頂へと到達するに違いありません。そのときこそ、人間が勝利する日です。わたくしは勝ちさえすればいいのです。その勝者がたとえ、わたくしではなかったとしても」

「……ふむ」

藤は大きくひとつ、首を縦に振ると、その表情に久須川に対する十分な賞賛と満足を湛えて言った。

「よろしい。大変よろしい。君の心意気を私は心から讃《たた》えよう。なお精進を続けたまえ」

「……ありがとうございます」

静かに、久須川は頭を下げた。

そんな姿を暫し満足そうに眺《なが》めた後、藤は「さて……」と、その底の知れない二つの瞳を、大広間にいる唯一の女性に向けた。

「次は、君だ」

「は、はい」

どぎまぎした返事とともに、ピンと背筋を伸ばした松浦を、藤が促した。

「君が携わる相対論研究についても、ここで、何かひとつ論じてもらえるかね」

「論じる……ですか」

「まったくの概略だけで構わない。何しろ私は、専門家でもなんでもないのだからね」

「…………」

何か論ぜよ。唐突にそう言われても、わたしのような凡人には、何ひとつ喋《しゃべ》ることはできないだろう。たとえ普段からその研究に身を捧《ささ》げるような毎日を送っていたとしても、準備もなく人前でのスピーチを試みれば、結局は終始しどろもどろになってしまい、まともな論述などできはしないのが落ちである。

しかし、松浦はさすが、この鏡面堂に招待された研究者だけのことはあった。藤の無茶な要求にも、暫くの間、眉間を寄せ顎に手を当て、思案するような十秒の沈黙をはさむと、聡明《そうめい》な眼差しを上げ、淀みなく言ったのだった。

「わたしが追い求めているものは、一言で言えば、相対論の未知なる地平です」

「未知なる地平とは、具体的には？」

「新たな解です」

「解。もちろん数学的な解のことだね」

「まさしく、そのとおりです。ご想像のとおりわたしは、一般相対性理論におけるアインシュタイン方程式の、新たな解を探っているのです」

アインシュタイン方程式。

わたしも、本来の畑ではないものの、この相対論における基礎的方程式については、一定程度理解しているつもりである。すなわち――。

――$G_{\mu\nu}+\Lambda g_{\mu\nu}=\kappa T_{\mu\nu}$

アインシュタイン方程式は概略このような形を持つ、ごく簡単に言えば、エネルギーに対する時空の歪みの関係を示す数式である。一見するとさほど複雑さはないが、実はテンソルと呼ばれるもので作られている方程式であるため、成分を分解すると独立した微分方程式が十個生まれることになり、その解を求めることはなかなか困難な作業となる。それこそがアインシュタイン方程式の定立に数学者の力が大きく活かされた所以《ゆえん》でもあるのだ。

そして、ほかならぬ物理学とは無縁のわたしも、その流れで知ることとなったのである。

「……ふむ」

興味深そうに首を縦に振ると、藤は暫し、足を組み、膝の上に両手を組んで置いていた。

そして、ややあってから、じっと松浦を見つめつつも、なおも滔々と湧き出る泉のごとくに言葉を紡いだ。

「アインシュタイン方程式は、巨視的《マクロ》な宇宙観を説明する数式であって、シュレーディンガー方程式が示す微視的《ミクロ》な宇宙観と双対を為《な》す、世界のあり方を説明する道具のひとつであると言える。ところで、君が専門とするこの方程式には、すでにいくつかの解が知られているところだ。どんなものがあるか、説明してもらえるかね？」

藤衛ほどの碩学であればこそ、すでにそのいくつかの解のすべてを知悉《ちしつ》しているに違いない。それでもなお説明を求めるのは、ひとえに、この場に揃う他の者——久須川であったり、竹中であったり、あるいは館の主である沼四郎に、その叡智を示すためであろう。

藤の問いに、ひとつ頷くと、松浦は流れるように答えた。

「例えばシュヴァルツシルト解は、球対称な質量分布を持つ恒星に適用できる厳密解です。角運動量はゼロとしますので、あくまでほとんど回転していない恒星のような、静的な対象にのみ適用できる解です。またカー・ニューマン解は、軸を回転しかつ電荷を持つ対象に適用するもので、特に時空におけるブラックホールの姿を記述するのに使われます」

「他には？」

「ゲーデル解というものもあります。技巧的な解ではありますが、ひとつ、大きな特徴を持っています」

「それは、どんな特徴かね？」

「特異点を持たないのです」

特異点――？

わたしは思わず、伏せかけていた顔を上げた。

特異点、それは数学を学ぶ者が避けては通れない概念であり、かつ、しばしば越えることができない壁として立ちふさがる、まさに数学の鬼子である。

もっとも単純な特異点は、$y=x^{-1}$、すなわち反比例のグラフに現れる。実際に書いてみれば解るが、x座標をゼロに近づけるほど、y座標は数を増していき、xがゼロになるとき、yは無限大になる。正確に言えばyがいくつになるか定義できなくなるのだ。このため、xがゼロのときの関数値は「特異点」という定義されない点として、例外的な取り扱いをするのである。小学生で学ぶ算数の時点から、ゼロで割るということを禁忌とするのは、まさにこのためなのだ。

このような特異点は、数学のあちこちに現れる。先述のように関数値を定義できないものもあれば、円錐《えんすい》の頂点のように、座標は特定できるが傾きが定義できないものもある。いずれにせよ、こうした特異点の存在は数学の「一般性」を失わせる。そのほかの点では存在し得た一般則が、まさにその点では適用できないからだ。言い換えれば、これは「エレガントではない」事態を引き起こしていることでもあり、したがって数学者はしばしば、特異点に悩まされ、これをあらゆる手段で——特異点そのものを消すか、あるいはエレガントな方法で特異点を理解する——超えていこうとするのである。

そんなわたしの心の呟きをよそに、松浦はなおも言葉を紡いでいく。

「ゲーデルの解においては、宇宙は回転する一様な粒子によって定義されます。これにより特異点は存在しないという性質を持つことになるのですが、それにも加えて興味深いのは、この宇宙観では光速を超える場所さえも生まれ得るということです」

「相対論では、光速を超えることのできない上限として定めている。にもかかわらず光速を超えるとは、まさしく自己矛盾なのではないか」

「はい。しかし、それでもこれは起こり得るのです」

「なるほど、面白い。ところで光速を超えると、何が起こるのかね？」

「そうですね、例えば……時間旅行が可能になります」

時間旅行だと？　――と、竹中が怪訝そうな呟きを漏らした。

松浦はにこりと口角を上げると、竹中に向かって言った。

「あくまで理論上、解釈上はという話です。そもそもこれは先ほど申し上げたように技巧的な解で、机上の空論に近いものですから」

「そう、これはまさしく机上の空論だ」

藤が、松浦の後に続けた。

「しかし、だからこそ探究すべき意義もある。だからこそ君はこう考えているのだね？　こうした興味深い解が、アインシュタイン方程式には……この宇宙には、ほかにも存在するのではないかと」

「……まさしく」

「なるほど。では問おう。君がこの世界と矛盾しないアインシュタイン方程式の新たな解を探ろうとしている、その意図、理由とは、はたして何なのかね？」

「それは……」

藤の問いに、わずかな逡巡をはさんでから、松浦は答えた。

「そこにこそ真理がある。そう考えているからです」

「真理」

ギラリ、と藤の瞳がきらめく。

奥に秘めた漆黒の空虚を満たす光は、さながら脳細胞の発火のごとくに輝きながら、松浦を射抜く。

「面白いぞ。説明したまえ」

「はい」

松浦は、真剣な表情で小さく頷くと、かすれたような声で続けた。

「相対論には、ゲーデル解のように特異点を持たない解がまだあると考えています。特異点は、数学上は想定できる概念ですが、現実世界では、無限小に収縮する無限大の質量というような、到底理解できない存在を生んでしまう矛盾点でもあります。まさしく、特異点を持つということそのものが、わたしたちの存在と矛盾しかねないのです。だとすれば……わたしはこう思ったのです。アインシュタイン方程式には、特異点を持たない解がまだあるはずだ。そして、その解こそが、わたしたちの世界を正しく記述しているのだ」

「…………」

無言のまま、藤は松浦の言葉をじっと聞いていた。

その表情は、真剣でありながらも、どこか——不機嫌そうな色を含んでいる。そんなふうに見えるのが、わたしには少々気になったが、しかし当の藤は、ややあってから気を取り直したかのように小さく顎を引くと、松浦に対し、ひとつの反論を提示した。

「特異点が存在しない宇宙こそが真理である。君はそう考えているのだね」

「そのとおりです」

「だが、君の狙いはひとつ矛盾を孕んでいる。そのことに君は、気づいているかね?」

「と……おっしゃいますと」

「もし特異点を徹底的に排除するならば、君はむしろ、宇宙の基本的な仮説をも排除しなければならなくなる」

「膨張宇宙論、ですか」

目を伏せた松浦に、藤はなおも続ける。

「観測的事実から、この宇宙はビッグバンに始まったと推測されている。また密度から計測するに、将来的にビッグクランチに終わるとも言われている。すなわちこの宇宙には、明確なる初めと終わりが存在するのだ。初めがあり、終わりがある……これすなわち、特異点たる両端だ。さて、仮に君が特異点を排除する宇宙を追い求めるのであれば、この始点と終点たる特異点を認めることができなくなる。すなわち、特異点の存在を前提としたこの宇宙を否定しなければならなくなるのだ。これこそまさに、矛盾というものではないかね？」

「う……」

言葉に閊える松浦に、しかし藤は、にやりと口元に笑みを浮かべつつ続けた。

「もっとも、君の探究の方向性が間違っているわけではない。特異点は徹底的に排除すべきだ。そのことにより世界はより美しいものとなっていくのだから。だが……大事なのは、ゆめすべてを排除しようなどとは思わぬことだ。人類があらゆる病《やまい》を克服しようとも、誕生と死をまぬがれることはできないように、どうしてもそれは残る。そしてそれこそが、世界を総《す》べるものでもある。言い換えれば……超越した存在である神がね」

わたしは――。

藤の言葉からふと、高度な物理学、数学を研究する者が、時として神的存在に言及することがあるのを思い出した。

例えば、アインシュタインは「神はサイコロを振らない」と述べたという。初期の量子論を論じたボーアも、量子物理学と東洋哲学の類似性を研究した上で、「我々はブッダや老子のような思想家が直面した認識の問題に戻り、観客でもあり演技者でもある我々自身の位置を調和あるものとするよう努めなければならない」と言ったそうだ。神の存在証明あるいは非存在証明に至っては、デカルトやハーディ、そしてゲーデルなど、取り組んだ学者には枚挙に暇がない。

そして藤もまた、この問題が神的な領域にある問題なのだと述べた。いや、あるいは、神の聖域に立ち入ろうとしている人間に、戒《いまし》めの言葉を投げかけている、というべきかもしれないが——。

「……いずれにせよ、相対論を考える上で、私たちが決して見落としてはならない現象があるのだ。それが何か、もちろん松浦君は解っているだろうが、その他の諸君には、理解できるかね。そう、例えば……君は、どうかね？」

藤が唐突に、わたしを指差した。

「……えっ？」

いきなりの指名に狼狽《うろた》えるわたしに、しかし藤は、大きな瞳を柔和に細めつつ、まるで噛《か》んで含めるような口調で問うた。

「相対論において、鍵となる現象だよ。君にも、それは解るだろう？」

「…………」

わたしは――考えた。

考えて――そして、意を決し、藤に述べた。

「それは……光、ですか」

「そうだ、まさしく光だ」

藤が、大きくパンと手を打った。

「光こそが重要なのだ。そもそも相対論は、マイケルソンとモーリーによって光があらゆる方向に同じ速度を持つと示されたことを起点として構築されている。すなわち、光こそが相対論において見落としてはならないものなのだ。しかも光は、時として対立する理論である量子論においても重要な役割を果たす。なぜなら、光子もまた光の量子として存在するからだ。光とは世界を構成するもっとも基本的な要素であり、かつ、今この場所においてもあまねく存在する、まさしく、この世界そのものなのだ」

光こそが、この世界そのものだ。

両手を広げ、神々しいまでにそう高らかに宣言すると、藤は再び、静かな口調で言った。

「そして、物理学における光は、数学における素数に言いなぞらえられる。どちらも世界の構成要素であって、この二つの要素は互いに置換可能な関係にあると言えるのだ。すなわち光の謎は素数の謎であり、その謎が世界の秘密を構成する。……松浦君、この点において君の研究は素晴らしい。君の視線の先にはまさしくこの世界の秘密があるのだ。とはいえ、君とその秘密の間にはまだまだ距離がある。まさしく、道半ばなのだ」

「それは……承知しています。久須川先生は八割とおっしゃいましたが、わたしは、まだ三割……いえ、二割です。目的とする地平には、遠く及びません。わたしにはきっと……まだ早すぎるのでしょう」

「早すぎる。確かにそうだ。だがそれでいいのだよ。君自身がそのことを解ってさえいればね」

満足したように頷くと、藤は「さて……」と小さな咳を払い、今度はぐるりと頭を回し、竹中を見た。

「次は、君だ」

「え、ぼ、僕ですか？」

「そうだよ、竹中君。君だ。君の意見も聞こうじゃないか。久須川君と松浦君、二人の俊才が目指す世界をすべて包含しようとするこの興味深い建物を、君ならば、どう解釈するかね？」

藤が、天を仰いだ。

大広間の上空を覆う、銀色のドーム。

点々と輝くハロゲンランプの「光」が拡散し、あまねく隅々までを照らす、この幻想的な鏡面堂。

見解を求められた竹中は、暫し困惑したように「え、あ」としどろもどろな声を発していたが、しかし、やがては腹を括ったのか、口を真一文字に結ぶと、思いのほかしっかりとした口調で答えた。

「この建物は、僕に言わせれば、砦《とりで》です」

「砦？　……ふむ、面白い表現だ」

目を細めると、藤は、広い凸面の額に横皺を寄せてなおも問う。

「一般的な視点では、この建物を『砦』というにはいささか無理がある。しかも砦とは何かを守るものだ。君は一体、この砦が何を守っていると思うのかね？」

「それは……」

一拍を置いて、竹中は肩をすくめた。

「解りません。しかし、この鏡面堂から何かを守ろうという強い意思が感じられるのは確かです。もちろんそれは、自然に発生したものではなく、設計の賜物《たまもの》です。まさしく『守る』という様式を、意匠に強く反映した、その結果です。その意味で、この建築物は、強烈な内面性の具現化であると言うこともできると考えます」

「ふむ。だから砦なのだな。たとえこの構造物が、巨大すぎるドームと破損する可能性のある鏡面を持つ、何かを守るという目的に比し、あまりに脆弱《ぜいじゃく》な作りであったとしても」

「お言葉ですが、藤先生。守るのはあくまでも人間です。建物ではありません」

竹中は、藤に反論した。

「建物がどれほど強固なものであったとしても、守る人間が弱ければ、その砦はすぐに陥落します。逆に、建物がいかに弱々しくとも、守る人間が強ければその砦は極めて堅牢《けんろう》なものとなります」

「なるほど。君の言うことは、確かに真だ……人間世界においてのね」

ニッ、と藤は、ひとつも欠けることなく整然と並んだ白い歯を見せた。

そんな藤に、竹中はなおも続けた。

「建物は、人間の意思がまとう衣服です。戦のときには鎧を着る。舞踏会ではドレスを着る。寝るときには無防備な寝巻きです。同様に、建物にも設計する人間の意思が強く表出するのです。そして、だからこそ建物は、雨風を防ぐ道具としての地位から、それそのものがひとつの表現手段として成立したとも言える……ほら、見てください。あのドームを」

竹中は不意に、高いドームの頂点を指差した。

「あの椿球ドームは、外側と内側、すべての面を鏡によって覆い尽くしています。この意匠こそまさしく、外界のすべてを拒絶し、同時に内界のすべてを閉じ込めようとする意思の表れではないでしょうか」

「要するに、君は何が言いたいのかね？」

「はい、鏡面堂は……沼四郎の意思そのものだということです」

竹中が、沼四郎の顔を見た。

「僕も、意匠を専門にしていないとはいえ、建築の世界に身を置く建築家の端くれです。だからこそ解る。建築を設計するとき、設計者はいつも、それが自分の複製だと考えるものだということを」

「…………」

無言の沼に、竹中はなおも言葉を投げる。

「建築物は何十年、あるいは何百年も、自然界に存在し続けるものです。その移り変わる自然界において、今ここにいるこの自分の存在そのものを未来永劫託そうとする試み、それこそが建築だと思うのです。もちろん似たようなものに彫刻芸術がありま す。本来的な機能は彫刻でも代用ができる。しかし彫刻と建築で根本的に異なる部分がひとつある。それは、人は決して彫刻を『使おう』などとは思わないということです」

「建築は人間の用に供する。だからこそ人間に建築の側からも働きかける。……そう言いたいのかね？」

藤の、さも楽しそうな口調の問いに、竹中は「まさしく」と力強く頷いた。

「僕が鏡面堂にきてから数時間。あのドームの下で過ごしてみて、僕はもう、嫌というほど思い知っているんですよ。沼さん、ここが君の強固な精神が作り上げた砦なのだということをね」

「…………」

沼はなおも、じっと中空の一点を見つめたまま、微動だにしない。

「沼さん、だからこそ僕は疑問だと言ったんだ。そもそも僕だけじゃなく、藤先生や、ここにいる全員が、同じ疑問を持ったはずだとは思うのだけれど……沼さん。教えてはくれまいか」

ひとつ息を継ぐと、竹中は、静かだがつめ寄るような口調とともに、沼に言った。

「君が一体……何を守ろうとしているのかを」

沼四郎は――何を守ろうとしているのか。

この砦、この巨大な鏡面堂で。

その問いに、沼四郎は――。

「……言うまでもない。それは、矜持《きょうじ》だ」

ギラリ、と猛禽類の鋭い眼光を二つ、爛々《らんらん》ときらめかせて答えた。

そしてわたしは、気づいた。それが、沼が大広間にきて初めて発した声だったということに。

沼は、自らの胸に拳を当てると、力のこもった口調で言った。

「守ろうとしているのは、我が誇りだ。己が己であるという、強い自負だ」

「自負……つまり、どういうことなんだ？」

「解らないかね？」

沼は、鋭い嘴を――いや、薄い唇を三日月形に裂くと、一同をぐるりと威圧するように見回してから、言った。

「だからこそ君たちは今、ここにいるのだということだ。我が矜持を叡智に結晶した、この鏡面堂に」

そして――。

それだけを言うと、沼は再び、口を閉ざした。

沼はこの後も沈黙を貫き、結局、彼がこの大広間のディスカッションで言葉を発したのは、このときだけとなったのだった。

どれくらいの時間そうしていたのか、正直に言うと、わたしにはよく解らなかった。

アインシュタインの相対論によれば、時間の流れというものは常に相対的であるという。

素人理解で言い換えれば、それは、時間とは常に何かの「拠りどころ」があって初めて、相対的な流れを認識することができるということだ。

例えば、太陽の運行。

例えば、月の運行と季節の移り変わり。

例えば、朽ちてゆく人工物と、侵食してゆく自然。

何かを見て初めて、人は「時が経過した」と気づくのだ。

したがって、この鏡面堂において、時間というものがどれだけ経過しているのか解らなくなるのも、当然のことなのかもしれない。なぜならば——鏡面堂は、閉ざされているから。

だから——。

ハッ、と気づく。

あれから一分が経ったのか、一時間経ったのか、それとも一日、一月、一年、一世紀か——。

解らない。一体今は、いつなんだ?

時間間隔の混濁にパニックを起こしたわたしは、すがるようにして腕時計を見た。午後十一時を少し、回ったところだった。

広い大海で漸く摑まることのできる「拠りどころ」を発見したわたしは、ほっと安堵すると同時に、改めて、心の中で呟いた。

──もう、終わらなければ。

大広間で円座を組む建築家、物理学者、そして数学者たち──わたしは一旦、彼らが向かいあうこの座を解かなければならないのだ。だから──。

「沼先生」

小声で、沼四郎に囁く。

沼は、じろりとわたしのことを見返すと、ふむ、と小さく唸り、それから、全員に向かって宣言した。

「……時間だ」

朗々と通った声が、鏡面堂の内側に響く。

わたしはその声が十分に減衰するのも待たず、早口で述べた。

「今日のところはこれで終わりとさせてください。その、そろそろ消灯時間となりますので」

「消灯。電気が消されるのですか？」

「はい」

久須川の質問に、わたしは、小さく頷いた。

「鏡面堂では午前○時から午前六時までを消灯時間としています。消灯は自動制御によりなされていますので、是も非もなくドームにあるすべての照明が消されてしまいます。ですので、早くご自室に戻られませんと、真っ暗な中で取り残されてしまうことに……」

「それは……困るな」

真剣な表情で、竹中が言った。

「ただでさえ館の作りがよく解らないんだ。真っ暗にされたら……遭難してしまうぞ」

「ですので皆さん、今日のところは、どうか、このあたりで……」

わたしの懇願《こんがん》するような言葉に、大広間に集っていた人々が、静かに腰を上げた、その瞬間――。

誰かが、呟くように言った。

「……明くる朝が、楽しみだ」

その言葉の主は――。

沼四郎、だった。

このとき、わたしたちは誰もが、その言葉の意味をそのまま理解していたと思う。

しかし、今にして思えばその真の意味は別にあったのだと解る。なぜなら——。

それから八時間の後、再び太陽が——もちろん、それを厳重に閉ざされた鏡面堂の内側から覗き見ることは不可能なのだが——東の空に上ったであろう、翌朝。

誰もが、その言葉の本当の意味を知ることになったのだから。


まず沼が、そして久須川が、松浦が、竹中が、村岡が、最後に藤が、大広間を辞し、それぞれのテリトリー、すなわち、客室や、書斎や、事務室や、厨房へと帰っていった。

彼らを見届けた後、最後になったわたしが事務室のドアを開けたまさにその瞬間。

ふっ——。

と、ドームの明かりが一斉に、音もなく消えた。

黒い帳《とばり》が、静かに降り注ぐ。

巨大なドームが、跡形もなく消える。

深い闇に、包まれる。

何も、なくなる。

わたしは、背筋に言いようのない震えを感じながら、そそくさと事務室に入ると、内側からそのドアを、まるで自分自身をそこに閉じ込めるかのように、しっかりと閉じたのだった。そして――。

深夜〇時。人々が、眠りに就く。

一体、その間に何が起こったのかは、文字どおり「闇の中」である。

しかし、その闇の中で行われた何かしらの出来事の帰結は、翌朝、確かに、歴然と、わたしたちの目の前に出現した。

午前七時。

再びハロゲンランプが灯り、その内情が露となった鏡面堂のとある一室で、それは、発見されたのである。

すなわち――その男の、無残な死体が。

第Ⅲ章　手記Ⅱ

1

人生において真に驚くべき瞬間などというものは、ごく普通の生き方をしている限り、まずほとんど訪れることはない。なぜなら、人間とは、ある種の安定を求め、その中に生きようとする生物だからだ。

もちろんここでいう安定という言葉の意味とは、広義には未来の自分自身を予測できるということ、狭義には所定の期間にわたって自らの生命の安全が保証される確約がある、ということである。将来の自分を予測し、その安全を確約することこそが、人間にとっての安定なのである。

もっとも、安定した自分を作り上げるために、人間はむしろ、自由という言葉を使いたがる傾向にあるように思われる。

例えば「自分の人生は自分で決める」という決まり文句がある。俺は、あるいはわたしは自由なのだ、というある種の慣用句のようなものだが、先述の安定の度合いの観点から見ると、これは自由を高らかに謳《うた》うような文言ではなく、むしろ自分の選択肢を限りなく狭め、一本の道筋に集約させようとする意思表示に思える。すなわち、自分という存在が、自分の望む人生を決めるために、安定した道筋を一本だけ引くぞ、ひいては許される限りの未来まで、自分の人生を一本道の上に保証してやるぞ、という宣言にほかならないのではないか。

つまり、彼は、あるいは彼女は、自由という言葉を使いながらにして、その実、完全自由の中に身を置く意思などというものはさらさらなく、むしろできるかぎり自縄自縛の人生を無意識のうちに送ろうとしているのである。

このような傾向を、わたしは必ずしも揶揄しない。

むしろ、生存本能の観点からすれば当然のことであって、そもそも、ほかならぬわたしもまた、無意識のうちに安定を、すなわち十日先、十月《とつき》先、十年先の安寧と命が保証された人生を送ろうとしていたのである。

これを踏まえて冒頭に戻るが、だからこそ、人生において真に驚くべき瞬間などというものは、ごく普通の生き方をしている限り、まずほとんど訪れることはない。なぜならば、人間とは日々の安定を求め、驚くような事態にはまず遭遇しないような道筋を、無意識のうちにたどっていくからである。

逆を言えば、驚くという感情が存在するのは、これが理由でもある。すなわち、安定を失う出来事に遭遇したとき、人はその不安定を消去し、すぐさま安定を取り戻さなければならない。そのためには、あらゆる叡智と行動力を注ぎ込む必要があるから、神経を最大限まで賦活し「驚く」のだ。驚いたときに人がある種の興奮状態に陥り、眠気、空腹感、時には痛みすら忘れることがあるのは、まさに、このためである。

裏を返せば、わたしたちが「驚く」ときには、高い確率で危機的状況に陥っているともいえる。この推定にはもちろん、喜ばしい驚きという反例もあるが、この場合の驚きは「歓喜」を勘違いしていることも多いものだし、そもそもごく少数のものである。

だから、その状況を目の当たりにして、心からの「驚き」を感じるとともに、極めて切実な「危機感」を覚えるのが、人間としてごく当然の反応であっただろうと思う。

もちろんわたしも、そう反応した。これがために自分が安定を失い、ともすれば自身が危機に陥るかもしれない――そんな狼狽《ろうばい》を、まさしく彼らと同じように、示したのであった。

1号室から3号室までがある部屋と、応接室との間には、ひとつ狭い小部屋がある。

この小部屋を、部屋Aと呼ぼう。先に断っておくが、かつては数学に心血を注いだわたしとしては、この小部屋をそんなふうに呼ぶ心の余裕くらいは、この手記においてもある程度は持ちたいと考えている。PやXではなくAとしたのはもちろん、ここがあくまで空間であり、点や未知数ではないからである。

一方、数学的な呼び方を導入する以上は、部屋Aにおける当時の状況も、数学的に——もちろん厳密には数学とはまるで異なるのだが——こと細かく定義しておく必要はあるだろう。

まず部屋Aとは、一辺が約二メートルの正方形の部屋である。

四面は約三・五メートルほどのコンクリートの壁で囲まれており、床には大理石と鏡面の市松模様が広がっている。すなわち、この鏡面堂にあるほとんどの部屋にある壁、そして床の状態と同じである。

天井もまた、他の部屋と同じく存在せず、壁の上端より先が吹き抜けているため、ドームの内側を覆う鏡面を容易に見上げることができる。

一方、この部屋には二枚のドアがある。

北側のドアは応接室につながり、南側のドアは居室のある部屋へとつながっている。開く方向は、どちらのドアも内向きで、中にいる状態で二枚のドアを同時に開けると、すれすれの距離でぶつかりそうになりながら漸く開く。もしその間にいたらドアで身体をはさんでしまう。少々不合理にも見えるのだが、もちろん、こうした構造にも意味はある。

話はそれるが、鏡面堂の平面図を見ると、それぞれの部屋は広さの違いこそあれども、すべてが正方形——さらに細分化した小部屋は除いてだが——であると解る。それぞれの部屋を橋渡しする細長い構造、つまり廊下に相当する部分はなく、部屋はそのまままいくつも数珠つなぎにされている。そして、各部屋をつなぐドアは、玄関のそれを除いて実はある法則によって開く方向が決められている。

すなわち、ドアは「より小さな部屋のほうに開くように設置されている」のだ。

もしかしたら竹中の言葉に影響されたからかもしれないのだが、わたしには、このような厳格な取り決めこそ、設計者である沼四郎の強い意思の表れであるように思えてならない。

例えば、ドアとは、引き開けるよりも押し開けるほうが心理的により容易な構造を持つ。この性質を応用すると、実は人の動線に一定の方向性を意図することができる。言い換えると、ドアの配置によって、人の動きをコントロールすることができるのだ。

翻って、鏡面堂にある何十枚ものドアに着目する。よく見てみると、これはすべてより小さな空間に向けて開くように作られていることが解る。こうした配置により、人はおよそドアを押し開けた向こう、すなわち「より奥へ」「より狭い部屋」へと導かれることになるのである。

つまり、それこそが、まさしく沼の意思なのではないかと思われるのだ。

鏡面堂の中にいる人間を自在に操りたい、そんなふうに深層心理において企《たくら》む沼四郎の意思が、まさしくこうしたドアの配置として表出しているのではないか——と、そんなふうに思えたのである。

竹中は、この鏡面堂を「砦」と譬えた。

鏡面堂とは砦であり、何かを守るための装置である。そのために外界と内界とを峻《しゅん》別《べつ》しているのだ——そんなふうに表現した。まさしく奥へ奥へ、より狭き部屋へと誘導する意図もまた、これとリンクしているに違いない。

では彼は、何を守ろうとしているのか？

この問いに対し、沼は自分でこう答えた。

——我が矜持を叡智に結晶した、この鏡面堂に。

矜持。そう——矜持だ。

わたしは、はたと気づいた。この館が沼の矜持を、誇りを、自尊心を守ろうとする目的で作られたものであればこそ、彼はこの建物に、単なる砦としての機能のみならず、人をより小さな部屋へと誘う構造をも付与したのではないか。

より狭く、より息苦しい部屋へと導くことにより、人々に対し君に相応しい部屋は、奥まった先にあるその程度のものにすぎないのだぞと嘲笑《ちょうしょう》したのではないか。

まさしく、鏡面堂が沼四郎の矜持を守るための建物であるからこそ、それは、最終的には沼が己の思いどおり人を操り、嘲笑し、哄笑《こうしょう》できるものとなったのに違いないのだ。

――こんな結論は、穿《うが》ちすぎだろうか？

わたしの思い過ごしか、それとも考えすぎか？

確かに、荒唐無稽《こうとうむけい》な解釈かもしれない。ドアの向き程度の些細《ささい》な事実から、沼四郎の思惑に踏み込むなど、邪推もはなはだしい。

だが、必ずしもそうではない、とも思えた。なぜなら――。

――建物は、人間の意思がまとう衣服です。

竹中の言葉は、おそらくは的を射ている。

鏡面堂とは、まさしく沼の意思がまとう衣服なのだと。すなわち、沼四郎の砦であり、嘲笑のための装置であるとともに、丸裸の沼四郎をひた隠しにする、カムフラージュなのだと。だとすれば――。

部屋Aの二つのドアは、いずれも内側から鍵——といってもどちらも小さなかんぬき錠だが——を掛けられていた。

それを開けたのは、わたしだった。

部屋Aは、外側から開けることができなかった。すなわち、明らかに中に誰かがいた。けれどその誰かは、部屋Aの南側にいたわたしたちが呼べども一向に応える気配がなく、結局、ドアを隔《へだ》てた向こうにある部屋Aの空間からは、ただひたすら、沈黙しか返ってはこなかった。

このことからわたしたちは、明らかにこの部屋Aになんらかの憂慮すべき事情が存在していることを理解した。わたしたち——このとき、わたしと竹中、松浦、藤、そして沼四郎の五人が顔を突きあわせていた——は、一瞬、お互いの表情を窺った後、示しあわせたように沼の顔を見た。

苦々しいような、驚いたような、不思議な顰め面をしていた当の沼は、ややあってから、無言のまま、顎でドアを示した。

——破りたまえ。

沼の意を汲《く》んだわたしは、すぐさま何度もドアに思い切り体当たりをした。部屋が閉ざされる原因となっていたかんぬき錠を破壊し、無理やりこじ開けると、ついに——そのおそろしい状況を、白日の下に曝したのだった。

わたしたちの目の前には、無残な死体があった。

それは、壁によりかかるように座っていた。

左胸のあたりには、応接室にあったボウガンの矢が突き刺さっていて、それが背中まで貫通していた。

心臓を射抜かれたことによるものだろう、傷口からはとめどなく血液が溢れた痕《あと》があった。その粘性の液体は、整然とした白と銀の市松模様の床に、不定形で巨大な赤い血溜まりを作り、腐った鉄のような嫌な臭いを発していた。

「……うっ」

松浦が、堪らず顔を伏せた。

わたしもまた、目を背けたくなる気持ちを必死で押さえつけると、その死体を今一度、しっかりと目の奥に焼きつけた。

中肉中背の体格。

三十過ぎに見える童顔。

その見開いた灰色の瞳の下にあるのは——よく几帳面に撫でていた、黒々としたチョビ髭。

彼は——久須川剛太郎は、ボウガンの矢を心臓に突き立てたまま、絶命していたの

図２　久須川の死体

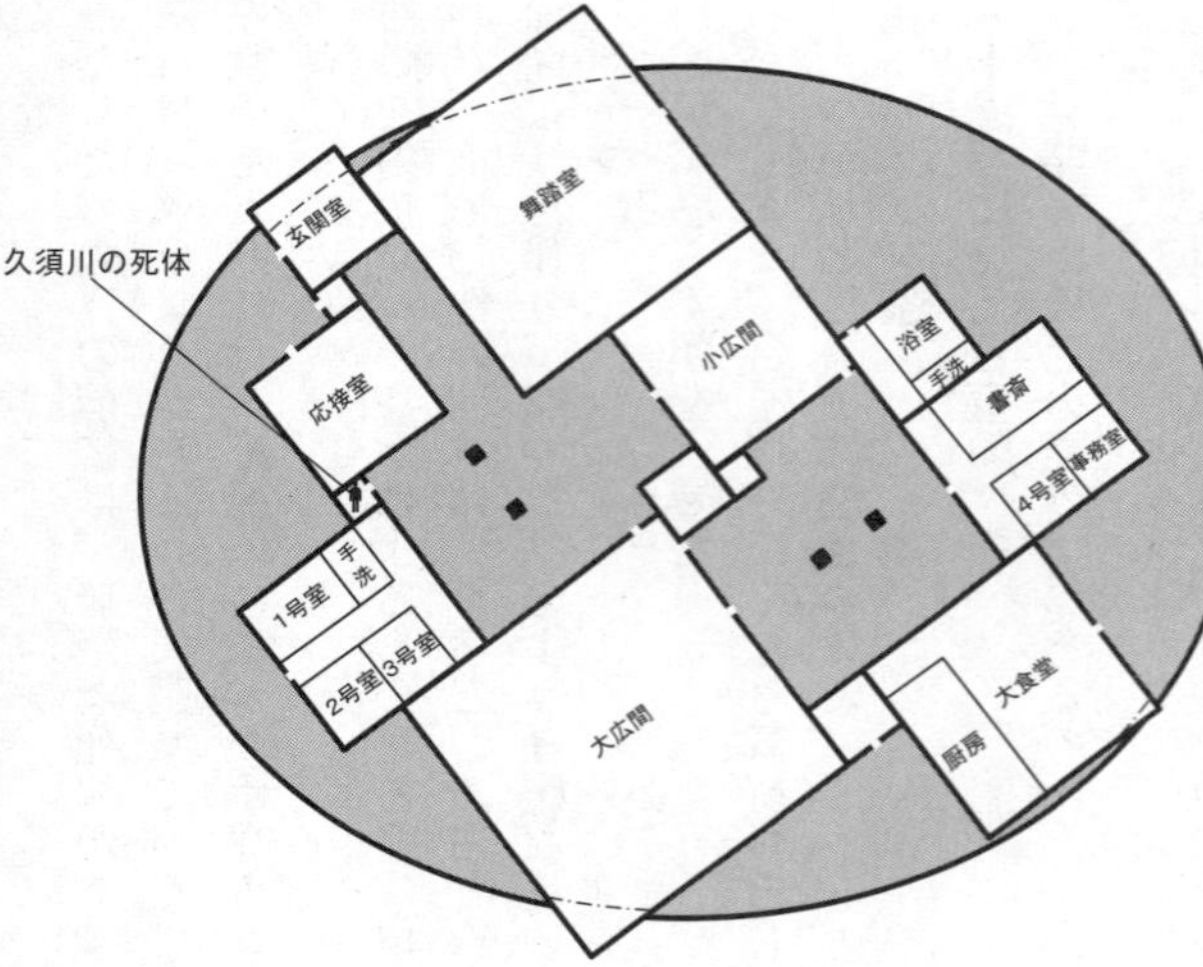

であった。

そして、わたしは——。

——ふと、感じていた。

もしかすると、まさに今、わたしは、見ているのではないだろうか。

その強固なまでに分厚い衣服の下に隠されながら、かくも無残にも露にされた、沼四郎の脆弱な内臓を。

だから——。

「……………」

わたしは他の皆と同じように、無言のまま、呆然と、微動だにすることもなく、哀《あわ》れな犠牲者の死体をいつまでも見下ろしていたのだった。

※　図２「久須川の死体」参照

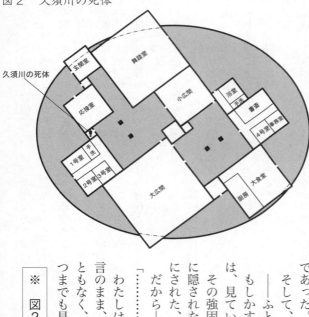

2

「……事件は起きた？」

神の問いかけに、百合子は、はっと息を飲み、顔を上げた。

と同時に、染《し》み入るような冷気が肌を刺す。

――寒い。

言葉には出さず、ぶるっ、と小さく肩を震わせると、百合子は自らその両肩を、粟立つ腕で抱き締める。そんな百合子を、神は、細めた目の奥に底知れぬ漆黒を湛えながら、今一度、百合子を愛おしむように言った。

「向こうに行っていたのね」

「向こう……？」

――とは、どこのことですか。

そう尋ねようとして、やめた。答えを問うより先に、もう解ってしまったからだ。

向こう、とは、もちろん、本の向こうのことなのだと。

ページの向こう。群青色のインクの向こう。特徴のある右肩上がりの文字の羅列の向こう。すなわち、手記の向こうにある世界。

その世界は、百合子の想像力によって具現化され、まるで百合子自身がそこにいるかのような仮想的《ヴァーチャル》な知覚をもたらしていた。

だから、だろうか。

今は春。誰知らぬ森の奥に沈む廃墟の内にあるとはいえ、ほんのりと季節の暖気がドームには漂っている。それなのに、これほどの寒気を感じているのは——。

百合子がまさに、その世界にいた証なのか。

だから、百合子は——。

「……はい」

かすれた声で、ただ小さく頷きだけを返した。

そんな百合子に、神は——。

「だったら、よかったわね」

「何が、ですか」

「戻ってくることができて」

「戻れて……よかった」

「ええ、そうよ」

小さく、口角を上げた。

「戻れないことだっていくらでもある。だってこれは、人間の経験を、人間の主観で選別して描いたものなんだから。生きて戻れる保証なんか、どこにもありはしないわ」

そう言うと、くすくすと笑った。

そんな所作に、百合子は――思う。

一体、何のことだろうか。人間の経験を、人間の主観で選別して描いたもの、それはこの手記のことを言っているのか。だから生きて帰ってこられる保証なんかどこにもないと。

ただの冗談なのか？　いや――。

百合子には解っていた。意味のない冗談を述べるほど、神は甘くはないと。

つまり、この言葉は、神の冗談なんかじゃない。これは――。

忠告だ。

人間の心を引き込む魔力を持つ文章に対する、注意喚起なのだ。

その一文を読んでしまったがために、人生を狂わされてしまうことは往々にしてある。数学者が子供のころに児童書でリーマン予想について読んだことをきっかけにして、その底なしの世界から二度と出てこられなくなることこそが、まさにその実例である。

だから――。

百合子は、問うた。

「この手記は、未解決問題なんですか？」

神は、数秒の意味深な間を置いて、答える。

「いいえ。人間には未解決よ」

「……………」

矛盾、しているのだろうか？

いや、矛盾はしていない。なぜなら、神は自らを神と定義しているのだから。

だとすれば――。

――じっと、百合子は神と見つめあう。

漆黒の髪。

漆黒のワンピース。

そして、漆黒の瞳。

百合子は、問うた。

「私は、どれくらいの時間、手記を？」

神は、即答した。

「あなたが感じただけよ」

「私が……」

――まさか。

朽ちたドームを見上げる。崩落した隙間から侵入する日の光は、角度を変えども、いまだ眩しいいくつもの筋を作っている。

つまり、まだ日は暮れていない。

つまり、まだ光はある。

つまり——まだ私は、闇に置き去りにされてはいない。

だから大丈夫。そう——大丈夫だ。

自らに言い聞かせるように、心の中で何度も呟く百合子に、神はしかし、それが百合子の当然の義務でもあるかのように、さらに問うた。

「教えて？　鏡面堂で何があったの？」

「それは……人が、死にました」

「正確には？」

「……殺されました」

百合子は、顎を引くと、まるで腹を括ったかのような真剣な表情で、手記が示す晩秋のあの日、鏡面堂で何があったのかを説明した。

「鏡面堂に集っていたのは、数学者の久須川剛太郎、物理学者の松浦貴代子、建築家の竹中郁夫、料理人の村岡幸秀と、あの藤衛、鏡面堂の設計者にして主である沼四郎と、そして……手記の書き手たる管理人の七人でした」

「彼らが集められた目的は？」

「解りません。ただ、手記の書き手は、その理由を、沼四郎の『多くの知識人の話を聞きよりよい建築設計のインスピレーションを得るため云々』という方便を踏まえた上で、こんなふうに述べていました」

――沼は明らかに、そんな当たり前のことではない、何か別の大きな目的のために人々を集めているのだ。

「……一方の沼四郎は、自らこんなふうに述べています」

――ただひたすら、諸君と、そして我が学術水準がより高みに上るための、私的な集まりである。

――我々は、ディスカッションを通じてより高みに上るべきであると考える。数学、物理学、そしてそれらを統合した美学であるところの建築学という分野における、新たな地平の開拓に向けて……。

「……おそらく、沼四郎の意図は、そこになんらかの序列を作ることにあったのではないかと考えます。その思惑が『それらを統合した美学であるところの建築学』という言葉に見え隠れしている」

「つまり、あなたよりも私のほうがより上位にある者なのだという、ある種の序列確認行為《マウンティング》をしようとしたわけね」

「はい。そして、私が思うに、まさしくここに見えるものこそが、建築学至上主義《アーキテクチュアリズム》の萌芽《ほうが》だったのだろうと思います」

もちろん――これらはあくまでも、手記の記述が本当にあったことだという前提でのことである。

もっとも百合子は、その真実性にまったく疑いを抱いていなかった。

なぜなら、神が言ったからだ。この手記こそが、ここで起きた事件の顚末であると――。

したがって、この手記に述べられていることは、疑いようもなく現実にあった出来事なのだ。もちろん、手記の登場人物も、そして書き手も、実際に存在した生身の人間であることに、間違いはない。

「沼四郎はこの鏡面堂で、アーキテクチュアリズムの柱を作り上げた」

神は、まるで詠唱するように言った。

「けれど、その思想は、開闢《かいびゃく》直後にことごとく否定された。だからこそ沼四郎は、一度は崩れ落ちた楼閣を再び建設することを夢見た。より高く積み上げ、さらに高みへとこだわり、そして、溺れていった。それこそ、バベルの塔の建設に執着した人々のように……」

その後、沼四郎がどうなったかは――もはや、言うまでもないことだ。

彼は神が言うところの、「こだわり」「溺れ」「執着した」挙げ句に、砂上の楼閣たるアーキテクチュアリズムとともに、あの眼球堂で、見るも無残な死を遂げたのだった。

でも——。

百合子はふと、思う。

沼四郎がこだわったのは、本当に、建築学の優位性なのか？

そんな抽象的なものではなく、もっと——何か別の、具体的なものなのではないか？

そう、例えば——。

「ねえ、百合子ちゃん？」

不意に神が、百合子の名を呼んだ。

深い思索の底に沈みかけていた百合子は、はっと息を飲み、「は、はい」と再び現実に戻る。

「な……なんですか。……善知鳥さん」

「あなたには解る？　この事件が、いつ起こったものだか」

「それは……」

唐突な質問。

しかしその答えは、百合子にとって明白だった。

「二十六年前……つまり、昭和五十年。私がまだ、生まれる前の出来事です」

「そう。西暦一九七五年の十二月。そのとき私は二歳だった」

神が、目を細める。

百合子は訝る。彼女は何を言いたいのだろう？　いきなり、計算ができさえすれば明白な質問をするなんて。

しかし、百合子はすぐに思い直す。

神の言葉には、必ず意味がある。それは、今日までの事件を通じて、いくらでも思い知らされてきたじゃないか。

はたして、神は言った。

「百合子ちゃん。それでも、あなたは誤っているわ」

「誤っている……何がですか。二千一マイナス二十六は千九百七十五です。算法に誤りはありません」

「そうね、誤りはない。時間を恒常的なものであると仮定するのならば」

「……どういうことですか？」

「解らない？」

神が、白く美しい犬歯を見せた。

「この事件はまさに『今』、起こっていることなのよ」

「……『今』？」

今――起こっていること？

ふと――。

百合子は、五覚堂の事件を思い出す。

あのとき私は、当事者として雪の五覚堂の只中《ただなか》にあったが、その様子は、別の場所で映されてもいたのだという。言い換えれば、私の遭遇した殺人事件は、ビデオカメラとテレビによって電気的に媒介され、他者の現実的経験へと移されていった。観《み》る者にとっての「まさに今現在」の出来事として、ブラウン管に現れていったのだ。

神は、そのことを言っているのだろうか。

手記という媒介を経て、二十六年前の経験が、私にとってのまさに今、この場所に現れているのだと――そう、言いたいのだろうか。

だが――。

「違うわ」

怪訝そうに、片目をほんの少しだけ歪めた百合子の心の中を読んだようにそう言うと、神は、年端《としは》もいかぬ子供を優しく諭すように、続けた。

「いい、百合子ちゃん。この出来事はね、単にあなたが再生しているという主観的な意味ではなく、本当に、ここに現れているのよ」

「本当に……現れている……」

ブラックホールのような瞳に吸い込まれそうになりつつ、百合子は、それに抗うように、あえて強い口調で言った。

「違います」

「違うの？　どうして？」

「そんなこと……あり得ない」

「なぜ、あり得ないの？」

「それは……現在は過去ではないからです。物理学の大前提は無視できません」

「そうかしら？　百合子ちゃん」

くすっ、と神は小さく笑った。

「あなたの現在が過去と交わること。それは、仮に物理学を前提としたとしても、十分にあり得ることよ。つまり……あなたがもしも『光』であるならば」

「私が……光なら？」

「ええ」

「…………」

私が、光？　――どういうことなのか？

黙り込む百合子に、神は、なおも言葉を継ぐ。

「この世界はあまねく、統一された法則により支配されている。この場所も、地球の真裏も、太陽の表面も、アンドロメダ銀河も、原始の銀河が観測される深宇宙も、その向こう側も。その法則の巨視的《マクロ》な表れが、相対論よ」

「……相対論」

再び口の端に上る、この言葉。

世界は、アインシュタインが示した相対論によりその姿を一変させられた。世界を満たすエーテルなど存在せず、光はどの観測者から見ても一定の速度を持ち、すなわち、各々に流れる時の進み方もまた相対的に異なるものなのだ。そんな奇妙な世界こそが、私たちの本当の姿であったのだと、人々は思い知らされたのである。

「世界は相対論が支配している。別々だった空間と時間は、それらが一体不可分となった時空と呼ばれるものの両側面となり、相互に影響しあいながら、自在に伸縮するものとなった。もちろん同時に、その大きさが特異点において無限大、あるいは無限小となるパラドックスを生んだけれど、その点を除けば、世界は『限りなく正しく』記述されることとなった」

「…………」

神の一切淀むことのない言葉は、まるで百合子の脳に直接語りかけているかのようなスムーズさで流れ込み、同時に百合子をその場に縛りつける。

百合子は、だから、ともすれば萎縮しそうになる心に苛立ちながら、あえて反発を試みた。

「限りなく正しく、とは、数学的な結論とはいえないのではありませんか」

「そうかしら？」

「一点でも適用されない理論であるならば、それは不完全です。不完全なものに『限りなく正しい』という表現を与えて、さも完全なものであるかのように示すことは、卑怯《ひきょう》です」

「そうね。確かに卑怯だわ」

神は、癇癪《かんしゃく》を起こした子供を宥《なだ》めるように言った。

「本来、理論の欠陥はそのままにしておくべきではない。数学の世界に身を置けば、一億一兆の実例がたったひとつの反例で覆される経験をいくらでもできるものね。その意味で確かに、限りなく正しいという概念は、少なくとも数学にはあり得ない。一億一兆が説明できたとしても、その一点が混沌《こんとん》としている限り、確かに理論は正しくないと言うべきよ。……でもね、百合子ちゃん」

ふと、神は真剣な眼差しに、ほのかな光を宿した。

「だからこそ私は、その一点の呪縛《じゅばく》から逃れようとしているの。私たちを殺そうとしている、無限大かつ無限小の特異点から」

「…………」

思わず——百合子は息を飲んだ。

そして、再び返す言葉を失う百合子に、神は、ややあってから一言、力のこもった口調で言った。

「百合子ちゃん。あなたは、光よ」

「……光？」

「秒速三十万キロメートルの速度で、空間に沿って走る光。誰よりも速く、誰よりも軽く、誰よりも美しく、けれど誰とも相容《あいい》れない存在。立ち止まることは許されないけれど、誰の観測にも常に同じ速さを誇る。あなたはまさに、光よ。そして……光であるがゆえに、あなたは、他の誰にも真似《まね》のできない経験をすることになる」

「それは……どんな、経験ですか」

「……ふふ」

神が、しなやかな両手を広げた。

「超越するのよ。あなたは」

途端——。

そのシルエットの向こうから、突風が吹きつける。

思わず目を細め、のけぞるようにして抗いながらも——百合子は、訝った。

この風はなんだ？　破損したドームの裂け目から侵入したものか？　いや、そんなはずはない。たったあれだけの隙間から風が吹き込むはずがない。何よりドームの裂け目はあまりに高い位置にありすぎて、入り込んだ風が届くわけがないのだ。だとすれば、これは——。

神が起こした、超自然的な何かか？

——そんな、馬鹿な。

百合子は、自分自身の心を叱った。私は何を考えているんだ。こんなステロタイプな超自然的な現象なんか、この世にあるはずがないじゃないか。

だとすれば、ただの錯覚か？

だが、錯覚であるならば、この目の痛みと、これでもかと身体を押す強大な圧力は一体、なんだというのか——？

混乱に顔を歪めた百合子をよそに、しかし神は、なおも滔々と言葉を継いでいく。

「宇宙における特異点は、すべてのものを飲み込む存在と考えられている。一旦シュヴァルツシルト半径の内側に取り込まれてしまえば、もはや逃れることなど叶わず、やがて無限大の空間の歪みの中で、無限小に……ゼロにさせられる。この存在を、私たちは仮にブラックホールと呼んでいる。まさしくその正体は観測し得ず、ただ光さえも吸い込むという機能だけが示された存在よ。そんなブラックホールは、言わば宇宙の悪夢だわ。いずれはすべての存在が飲み込まれ、咀嚼《そしゃく》され、消化され、なかったことにされてしまう。しかも、どれだけ他者を装っても無駄。私が私である限り、あの強大な重力場から逃れることなどできはしない。もちろん……あなたでさえも、その呪縛からは逃れられない」

「…………」

「でもね、百合子ちゃん」

神は、透明感と艶《つや》っぽさとが同居しながら、まるで生気を感じさせない、白磁のような唇の端を、そっと上げた。

「光であるあなただけは、超越できる」

「超越……何を、超えるのですか」

「……時間よ」

神が、視線を上に向けた。

つられるようにして見上げる、その先には――。

「……えっ？」

美しい銀色のドームがあった。

堂の内側一面を覆う、凹面の鏡。朽ちた痕跡もなく、建てられた当初のきれいに磨き上げられた鏡面、その滑らかな表面を、ハロゲンランプの白い光が煌々《こうこう》と照らし出している――。

「そんな、まさか」

思わず何度も瞬くと――。

そこにあるのは、先刻までと同じ、破損し朽ち果てたドームだった。

今のは――？

今、私が見たものは――一瞬の幻覚？　それとも――。

半ば茫然《ぼうぜん》とする百合子に、神は詠唱のごとくに言葉を継ぐ。

「百合子ちゃん、あなたはあまねく光に包み込まれた光そのもの。相対論では、光は、質量がある限り決して到達しえない最高速度。なぜなら、上限に近づくにつれて質量は無限大に発散するから。距離は速度方向に縮み、時間はより歩みを遅くする。けれど、一旦光速度に達してしまえば、その光景は一変する。その瞬間、すべての概念は発散する。どの時間、どの空間にいて、どんな質量を持つか、そのすべてが無意味なものとなる。つまり……超越するの。相対論を」

「…………」

「そして、そのときあなたは、新しい世界を見る。それは、時間の概念がない世界。現在は過去であって、かつ未来でもある世界よ。光であるあなたは、光だけが見る世界にいる。その手記を読むときも、あなたは、現在にいながらにして過去にいる。そして……同時に未来にもいる。すべてがリンクし同居する世界において、その事件は起こっている。それを読むあなたにとって、過去の出来事が、未来とともに現在とリンクしたまさに今……事件は起こっているの」

「……………」

私は——光。

時間を——超越している。

さっき、私が見た鏡面も——きっと、現在にいながらにして見た過去の現実。

神は、きっと百合子の理解を促すためであろう数秒を置いてから、厳《おごそ》かに言った。

「だから、百合子ちゃん。あなたは、戦わなければならない」

「戦う……何と、ですか」

「特異点よ。光さえ貪欲《どんよく》に飲み込もうとするあの男と、あなたは戦い、逃れなければならない……この、私とともに」

「……………」

言葉は——。

もう何ひとつ頭には浮かばなかった。

ほとんど呆然としたまま、だから百合子は、ただただ沈黙を貫くしかなかった。

そうやって、どれだけの時間が経過しただろう？

鬱々《うつうつ》と、のろのろと、鏡面堂の底へと沈んでいく空気が、やがて空おそろしいほどの寒気を含み始めたとき、漸く神は、百合子を促した。

「さあ、先を読んで。事件はまだ、始まったばかりよ」

「……はい」

素直に、手記の続きに目を落とす百合子。

神は、そんな百合子に、優しい微笑みを浮かべた。

「私は、待っているから」

待っている？　――何をだ？

私が読み終わるのをか？　それとも――？

果てしなく浮かび上がる疑問符。しかし、百合子は――。

それらのクエスチョンを半ば強引に喉奥に飲み込むと、懐中電灯で手記を照らす。

そして、手記の書き手の、やや回りくどく、ともすれば翻弄しようとしているのかもしれないとさえ思われる文体で綴《つづ》られた「過去の」――同時に「現在の」――もしかすると「未来の」――世界へと、百合子は再び、緩慢に、だけれども確実に、沈み込んでいったのだった。

3

＊

人間というものは、本性の外側に、偽性とでもいうべきものを先天的に身に着けているのではないか——よく、そんなふうにわたしは想像する。

偽性とは、わたしの造語だ。本性と対を為すものであり、人間が自分自身に対して説得する偽の人格を、仮にそう呼んだものである。

似たような既存の言葉には、本音と建て前というものがある。

本音とは、自分自身が思い、考え、感じている生の「心」だ。一方建て前は、その生の心に何かしらの加工をして、多くの場合にはまったく別のものとして他者に対して見せる「顔」のことである。往々にして、本音と建て前はその姿が逆転している。愛する人の死に悲しむ本音に対し、建て前ではあえて毅然とする。一方、その様子を見てほくそ笑む本音に対して、建て前では神妙に「ご愁傷様です」などと言う者もある。

本性と偽性は、この本音と建て前と似ながらにして、まるで非なるものである。すなわち、本性は自分自身の生の実態、偽性とは自分自身がこうありたいという願望が作る性格のことで、本音と建て前の関係に極めて似てはいるのだが、この二対のものは互いに決定的に異なっている。

すなわち本音と建て前は、あくまでも対人関係において発露する、自らとは異なる他者に対してどう思い、振る舞うかということを示す言葉であって、自分自身がどういう存在なのかにかかわるものではない。わたし自身がどういうわたしで、わたしをどう騙しているかということとは異なるのだ。だからこそわたしは、本性と偽性という言葉を仮に規定して、あくまでも自分自身に完結する、自分自身がどうであるかを示す言葉を作ったのである。

つまり、他者がどう見ているか、他者にどう見せたいかとはまったく無関係な「自分はどういうものか」「自分がどうありたいか」を示す言葉として、わたしは本性と偽性というものを思いついたのである。

別の言い方をすれば、人間は本性の周囲を偽性で覆って暮らしており、その偽性に基づく言動を他者は本音と呼んでいる、ともいえる。そして、さらにその偽性すらも偽る「他人様向け」の言動を、建て前と呼んでいるのだ。まさしく、二重構造を持っているのだ。

つまり、人間はいつも偽性と建て前の二重の鎧をまとっているようなものなのだ。そして、その裏返しとして当然のことだが、誰かがこの鎧を二枚とも引きはがし、本性を覗こうとしても、それは極めて難しいということになるのである。

例えば、日常生活の上で覗けるのは、せいぜいが本音までであろう。頻繁に宝くじを買う者にその理由を聞けば「夢を買っているのだ」などと建て前を言うだろう。しかし、少し仲が親密になれば、その本当の理由、本音を述べるに違いない。

「……だってね、当てたいじゃないですか。もし一億円でも当たりゃ、こんな仕事、今すぐにでも後ろ足で砂を引っかけて、とっとと辞めてやるんですけれどねぇ」

だが、本音の裏にはさらに本性があることを忘れてはならない。この本音ですらあくまでも「自分はこうした人格でありたい」と思う自分であって、偽性にすぎないのだ。

もっとも、その本性については自分ですら気づいていないことのほうが多いだろう。なぜなら本性とは、心理学で言うところの「無意識」の世界にある自分自身であるからだ。意識していないものが何かなど、聞いても解るはずもないし、ましてや自覚など不可能だ。

先の例で言えば、彼の本性は率直に言って「賭博《とばく》中毒」であろう。夢のためでも、先々の人生の安定のためでも、金のためでもなく、ひとえに確率に賭けるという行為に耽溺《たんでき》しているのである。

もちろん、この事実を彼自身は決して認めようとはしないだろう。自分はそんな、人間として失格者のようなものではない、そんなふうに呼ばれるのはまったく心外だと言うに違いない。それでも、やはり彼は耽溺者なのだ。通常の合理的判断力があれば、一を投入した場合の期待値が一を下回るような関数に、自らの大切な財産を——ともすれば最低限の生活を送るための虎《とら》の子でさえ——投入するようなことはまずしない。それでもなお、あえて実行に移しているという事実にこそ、彼のその行為そのものに遊び耽《ふけ》りたいという無意識の願望が、ありありと見え隠れしているのである。

さて、こう考えると、実に興味深い構図が出てくる。

まず人間は、その芯《しん》に本性を持っている。

その本性を偽性でまとう。他者が見るものとしては、これが本音である。

この本音の上に、さらに人間は建て前をまとう。

かくして他者は建て前を見て、自分自身は偽性で見る、ということだ。

ところで、これは実に興味深いことなのだが、自分で自分の無意識の世界にある本性を知ることはほとんど不可能である一方、他者は意外とその世界を覗く可能性を持ち得るという事実がある。自分では知り得なかった自分を、他者に指摘された経験は多くの者が持っているのではないかと思うが、まさしく「知らぬは己のみなりけり」

という現象が、頻々《ひんぴん》と起こるのだ。

では、この、他者が何者かの無意識下にある本性を覗くことができるメカニズムとは、一体、どのようなものなのだろう。

この点、少なくとも、日常の範囲内でそれを垣間見《かいまみ》ることは不可能だと、わたしは考えている。

人間とは、自分で思う以上にも、自らの心に厳重な鎧をまとっているものである。裏を返せば、そのおかげで、日常の出来事――すなわち、ある程度は予測できるような事柄に対処するときに、わざわざ鎧を脱がずにすんでいるのだ。

したがって、それができるのは日常ではなく、非日常の範疇《はんちゅう》にあるときだということになる。

想像もし得なかった非日常の出来事に直面し、自分がこれまでに経験してこなかったような衝撃を受けて、初めて、人間の心は他人に暴《あば》かれる。

建て前から本音が現れ、その偽性さえむかれて、純然たる本性が現れるのだ。

すなわち、わたしたちが人の本性を知ることができるのは、ただひとつ、そんな現場に遭遇した場合のみに限るのである。

こうしたわたしの考え方は、まったくもって素人のそれであり、なんの学術的後ろ盾のない意見、ともすれば妄想に近い類いのものに違いなく、少なくともそうした自覚は持っているのだということだけは、あらかじめはっきりと言っておきたい。

つまり、それが正しいかどうかは解らない。いや、きっと間違っているのだろうと思う。わたしは人の心理の専門家などではないのだから、それは当然のことだ。

それに、率直に言えば、わたしは自分のこうした人間観が客観的なレベルで正しいか誤っているかには、さほど興味がない。なぜならわたしのこの考え方は、少なくともわたし自身を主観的な経験を踏まえて十分に納得させ得るだけの説得力をすでに持っているからだ。要するに、人間には、本音のレベルでさえ偽性を表し、さらにその奥底にある本性を知りたければ、ひとえに非日常的状況を要するのだという考え方が、わたしにはとても、腑《ふ》に落ちるのである。

だからわたしは、この考え方を、これはきっとわたしの妄言なのだろうとは思いつつも、抛りどころとしている。

わたしはそれを、わたしの普遍的真実として信じているのである。

——前置きがまた、長くなってしまった。

悪い癖だと、わたし自身も思う。だが、こんな長い前置きにも意味はある。

要するに、わたしは、こう言いたいのだ。

だから——このとき、わたしは見ることができたのだと。

久須川剛太郎の無残な死体に出くわすことで、突如として非日常的空間に叩き込まれた彼らの、それぞれの本性と思われるものを、垣間見ることができたに違いない――と。

あのときの様子を、わたしは今でもありありと思い出すことができる。

竹中郁夫は、立ち尽くしていた。

青い顔をしたまま、まるで呆けてしまったように、ただ茫然と久須川の亡骸《なきがら》を見下ろしていた。時折何かを言おうとして、しかしすぐに止める。それはまるで、酸素の少ない水槽の中で苦しみに喘ぎ口をぱくぱくと開閉させる哀れな金魚のように、わたしには見えた。

竹中の所作が示すもの。それはおそらく――おそれであっただろうと思う。

建て前として、普段はくだけた人物を装う竹中は、その実、藤との問答において鏡面堂を砦だと看破してみせたように、本音では鋭い洞察を持つ人物だ。しかし、さらにその奥に隠れている本性が、非日常的事柄に直面して今、現れたのだと思われた。

すなわち――竹中が、「おそれること」を本性として持つ人間であることが、暴かれたのである。

この、理解できないものに対するおそれ。

それが、竹中をして、沈黙させているのだ。

何かを言わねばという意思にもかかわらず、息苦しい水の底へと沈めているのである。

それだから竹中は、自らの本性に逆らうことができず、ただひたすら、顔を歪めているしかないのだ。

一方、松浦貴代子は、目を輝かせていた。

死体を目の当たりにした彼女が、ややあってから発した言葉を、わたしは今も忘れることができない。

「……死因は、心臓を貫通したボウガンの矢に間違いありませんね。ほら、見てください。正確に胸から背中を貫いています」

まさにその場所を指で差しながら、松浦はまるで、その状況を吟味するように言ったのだ。

「矢の長さは七十センチほどでしょうか。後端がちょうど、矢羽のところで止まっています。先端が少し、背中から飛び出ていますね」

泥のような血液に塗《まみ》れた矢に目を近づけながら、松浦は、まるで初めて見る生き物に触ろうとしている子供のように興奮しつつ、わたしたちに顔を上げてみせた。

「ほら、よく見るとこの矢、矢羽に特徴がありますよ。羽の数は四枚で、それぞれ赤と白と青で作られた、ユニオンジャックみたいな縞《しま》模様があるんです。これ、わたし、覚えています。応接室に飾られていた矢。あれとまったく同じものです」

「つ、つまり……あの矢で久須川さんはこんなことになったのでしょうか？　要するに、その、撃たれたと」

動揺しつつも問い返すわたしに、松浦は「それは解りません」と目を眇めた。

「あの矢の先端には確か丸い綿のキャップが被せてあったはず。でもこの矢にはついていません」

「綿のキャップ、ですか」

「ええ。覚えていませんか？　応接室に飾られていた矢には、キャップが被せられていたんですよ。でもこの矢には、キャップがついていません。部屋のどこを見ても転がっていませんし、だとするとこれが別の矢である可能性が否定できないってわけです。でも……それにしても妙ですね」

「何が、妙なのですか」

「この矢、矢じりがないんです」

松浦が、血塗れの矢の先端を、ほら、と指差した。

「矢じりがない上に、軸の先端が、丸くやすり掛けされています。危なくないように配慮したのだとは思いますけれど……少なくともこの状態で、たとえ至近距離からでも人間の身体を射抜くなんてことはできないかと」

「そうなんですか」

「ええ。もし矢じりがついていれば、理解ができるんですが……」

ふーむ、と唸る松浦。

彼女のそんな所作には、恐怖感は微塵もない。それどころか、むしろ興味深いと言いたげに、身を乗り出しているのだ。

だから、わたしは理解した。これが、松浦の本性なのだと。

すなわち、普段はきびきびとした建て前を持つ彼女は、まさに藤との問答で解ったように、その本音においては真摯《しんし》な真理の探求者であった。しかし、そんな彼女のさらなる無意識の核にあるのは、殺人事件という非人道的行為にすら怖気づくことのない、まるで子供のような純粋な心、すなわち――「好奇心」だった。松浦はまさしく、好奇心を本性として持つ人間であることが、暴かれたのである。

松浦は、その好奇の本性をもはやためらうことなく露にしながら、なおも続けた。

「もうひとつ気になるのは、ここが密室であるということですね」

「密室……？」

オウム返しに問い返すわたしに、松浦は、愉悦に満ちた表情で「ええ」と頷いた。

「ドアは二つともかんぬき錠が掛かっていますし、中から外に出るためには、高い壁を越えるか、または細いスリットを抜けなければなりません。でも、三・五メートルもある高い壁を乗り越えることは困難ですし、スリットだって狭すぎて抜けられません。この状況は、小部屋がある種の密室にされていたということを意味します。つまり、もし何者かが久須川さんを殺したのだとすれば、何者かは意図してその密室を作ったということになるわけです」

「た、確かに……」

二つとも鍵が掛かっていた、という事実からは、二つの可能性が考えられる。

すなわち、一、久須川が自ら鍵を掛けた可能性、そして二、誰かが鍵を掛けた可能性、である。

前者なら不合理はない。部屋Aにいる当の本人が二つとも鍵を掛けたというだけのことだ。だが後者だと途端におかしなことになる。なぜなら、その誰かがどうやって部屋Aを抜け出したかが説明されていないからだ。

三・五メートルの壁を越えるには、何かしらの道具がなければ難しいだろう。しかもスリットも二十センチほどしかなく、子供のような細い身体でもなければすり抜けるのは不可能だ。

密室――という言葉は、まさに、この不可解に対して名づけられた標題であろう、とわたしは思った。もっとも、だから完全に不可解だというわけでもなかった。実のところこの部屋Aは、厳密な意味での密室ではなかったのだから――。

「殺された……のか？　久須川さんは」

一方、怯えたままの竹中は、わたしとは別の単語に反応しているようだった。

ええ、そうですね、と口角を上げると、松浦は半ば嬉々《きき》として物言わぬ久須川の顔を指差した。

「見てください、この表情。苦悶《くもん》に歪むというよりは、まさしく驚いているといった感じじゃありませんか？　自殺だったらこうはならないと思うんです。事故の可能性もあるのでしょうけれど、ボウガンの矢を自らの胸に突き刺してしまう事故なんて、考えられませんよね」

「だから……殺された。殺人だと言うのか」

「ええ。むしろ、それ以外の見方があるんでしょうか？」

「…………」

小首を傾げた松浦に、竹中は、青ざめたまま、再び沈黙してしまった。

そんな、まったく対照的な松浦と竹中の様子に、わたしはふと、奇妙な対比を覚えた。

熱量にしろ、質量にしろ、生成、消失することはなく、常に保存則にしたがうのがこの世の原理だ。言い換えれば、プラスマイナスゼロである。もしかすると、喜怒哀楽にもこの法則は成り立つのではないだろうか。すなわち、松浦の躁《そう》と竹中の鬱《うつ》は、きっと、プラスマイナスすればゼロになるのではないか？

「それにしても本当に、興味深いですね……どうやったらこんな現場になるんでしょうか。というよりも、誰が久須川さんを殺したんでしょう。もちろん動機も気になりますし……」

顎に人差し指を当て、まるで週末の旅行のことを計画しているような、いかにも楽しそうな表情で呟いていた松浦だったが、ややあってから、ふと思い出したように顔を上げた。

「……藤先生は、どう思われますか？」

その問いに、わたしははっとした。

この場にいながらにして、藤衛その人は終始、緘黙《かんもく》に徹していた。だから暫し、気に留めることもなかったその人の表情を、わたしは慌てて窺った。だが――。

「特段の意見はないよ」

当の藤は、つまらなそうに、ばっさり切り捨てた。

「意見はない……というと？」

「解がないということではない。解を説明することにあまり興味がない、ということだ。何かが原因となってこの結果があるのは事実だろう。だがその原因を確定するのは私の仕事じゃあない。それをするのは、見る限り君が適任のようだが……違うかね？

「そう……かもしれませんが」

うーん、と唸る松浦に、藤はなおも続けた。

「もちろん久須川君は気の毒だ。才気煥発《かんぱつ》な後輩の死を心から悼もう。しかし、だからといってこの状況に対する感想や、あまつさえ原因を求められても、私には答える術がないのだよ」

藤は——終始無表情のまま、そう言うと、再び沈黙したのだった。

そんなやり取りを見て、わたしは——。

率直に言って、得体の知れない寒気を感じていた。

なぜなら、わたしが先刻から論じてきた建て前と本音、あるいは、本性と偽性の議論が、この大数学者に対してだけはまったく通用しないということが解ったからだ。

すなわち、藤衛には、建て前と本音が存在しない。

それどころか本性と偽性も存在しない。

藤衛は、どんな状況にあっても、常に同じ「藤衛」としてしか存在しないのだ。

だから——。

わたしは戦慄した。

なぜ藤はいつでも藤なのか？　その問いの根源的な答えが、まさに藤の射程にあると気づいたからだ。

藤はいつでも変わらない。動揺しない。建て前も本音も本性も偽性もなく、常に藤であり続けていられるのはなぜだろう？　その答えは、目の前の現象がいつも藤の想定内にあるからだ。現象はいつも、藤の射程内でのみ発生しているのだ。

そしてこのことは、裏を返せば、藤にはあらゆる事象を見通す力があるということを示唆する。将来の出来事を予測できる能力があれば、不測の事態におそれることはない。おそれがなければ、原理的に精神に多重構造は作られない。というよりも、必要とされない、と言うべきだからだ。

かくして、その常人離れした射程を持つ予測――予知か、予言か、あるいは未来そのものの創造か――により、藤衛の心には、他者から自分を守る鎧も、自分自身から自分を守る鎧さえも必要なく、ただ合理性だけを旨とする一貫した藤衛だけが存在していればいいということになるのだ。

すなわち、人間ならば持ちあわせている精神の多重構造が、藤衛には存在しない。どの意識レベルにおいても常に安定し、一貫した合理性に貫かれている。

こうした特性は、まったく人間離れしている。いや――「人間を超越している」と言ってもいいものかもしれない――。

ひとしきり驚愕《きょうがく》しながらも、わたしは、この場にいるもうひとりの「超人」の姿を窺った。

その人は、顔中に不愉快さを露にしながら、じっと、死体を見つめていた。

怒りに震えているのだろうか。拳を血がにじむほどに固く握りしめていた彼は、やがて、昂《たかぶ》りを意図的に冷静さで丸め込んだような低い声色で、こう、一言だけを口にした。

「……認めないぞ。こんなことは」

その言葉だけでは、わたしは、彼の――沼四郎の心のうちにある本音も本性も、十分に覗くことはできなかった。

だが、わたしが思うところによれば、少なくとも沼四郎の精神の内にも、明らかに他の人々と同じ多層構造があった。もっとも外側にある建て前が、威圧的な鎧である。その内側にある本音にして偽性は、徹底的なまでの真面目《まじめ》さだ。すべてにおいて真剣さを持ちあわせているからこそ、厳格な建て前も生まれているのだ。

問題は、沼の本性だ。

これぱかりは、まるではっきりと覗き込むことはできないままだ。とはいえ、そのほんの一部分だけは、わずかではありながらも、沼の表情に見え隠れしたようにも思えた。

使命感か。それは、すなわち――。

嫉妬か。あるいは――焦燥か。

だとすれば、それらが渾然一体《こんぜんいったい》となって生まれる沼四郎の本性とは一体、どのようなものなのだろうか――？

「……あ、あれ？」

不意に竹中が、きょろきょろとあたりを見回した。

「どうしたんです？」

「い……いや、あまりのことにすっかり彼のことを失念していたんだが……」

今や緑がかるほどに血の気を失った頬を痙攣《けいれん》させながら、竹中は、なおも怯えに満ちた声色で続けた。

「村岡さんは……？　村岡さんは、どこに行っちゃったんだ？」

そうだ。村岡幸秀はどうしたんだ。

その場にいないこの男の存在に気づき、一同は色めき立った。

もちろんわたしたちは、彼のことを忘れていたわけではない。久須川の一件に酷く混乱する中で、その存在を置き去りにしてしまっていた、というのが正確なところだったのだと思う。

だが、今にして思い返せば――。

朝、開かない部屋Aに気づいたわたしは、まず沼四郎を呼んだ。他の面々、すなわち藤と竹中と松浦は、その穏やかではない雰囲気に感づき――鏡面堂の吹き抜けるドームは、不穏な空気を容易に他者に伝えるのだ――それぞれ部屋Aへと集まった。

その中には、確かに、そもそも初めから村岡の姿はなかったのだ。

「……探さないと」

竹中が、喘ぐようにそう言うと、ふらふらとした足取りで、部屋Aを出ていった。

それを松浦が追い掛け、わたしもまた慌ててその後を追う。

背後の様子は解らなかったが、きっと藤と沼も、奇妙な対比を見せながら、静かにわたしたちの後をついてきたに違いない。

竹中の行き先はまったく曖昧だった。おそらく、夢遊病者のような心境だったのだろう。一方の松浦は、まったく迷うことなく一直線に、いつの間にか竹中を追い抜き、ある場所に向かって進んでいた。

その場所とは――。

厨房だった。

わたしは、小走りに息を切らせながら、前を行く松浦に問うた。

「すみません、松浦さんは、村岡さんが厨房にいると思うのですか」

「ええ」

松浦は早足のまま、後ろを振り返ることもなく、頷いた。

「これだけの騒ぎにも気づかないのですから、きっとまだ厨房にいるはずです」

「…………」

――これだけの騒ぎにも気づかない。

その言葉が意味するものが何なのか。さらに問おうとしたが、やはり止めた。本当にそうであるかは、実際に、自分の目で確認すればよいのだ――そんな答えが返ってくるだろうことが、容易に想像できたからだ。

だからわたしたちは、ひんやりとした鏡面堂の空気に白い息をいくつも吐き捨てながら、ただ実直に、村岡がねぐらにしている厨房へと向かっていったのだった。

そして――。

わたしたちは、わたしたちが抱いていた懸念と想像が、まさしくその場所で現実のものとなっていることを、発見したのだった。

村岡幸秀は、厨房のタイルに直《じか》に敷いた寝袋の上にいた。

寝袋は登山用のものだ。防寒はもちろん、万が一の場合の視認性を考え、オレンジ色の蛍光色で全体を統一してあった。その目がチカチカするほど鮮やかなオレンジの中に、しかし今は、さらに鮮明な色が飛び散っているのが容易に窺えた。

それは――。

図3　村岡の死体

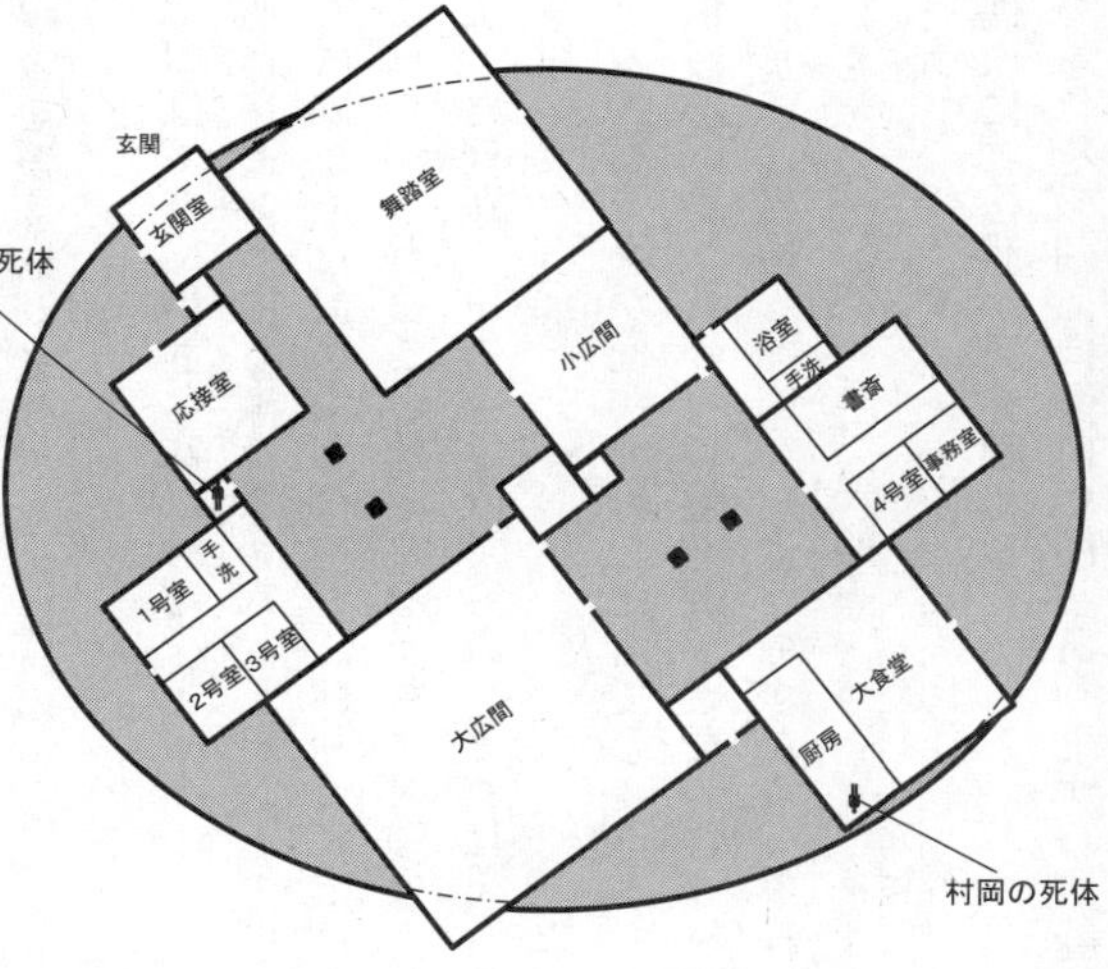

「……血だ」
竹中が、おそらくは無意識の呟きを漏らした。
そう、それは——まさしく、村岡自身の血液に間違いはなかった。つまり——。
村岡は、背を丸め、絶命していたのだった。

※　図3「村岡の死体」参照

寝袋の上で何かの作業をしていた最中だったのだろうか。身体の大きな村岡が背を丸めていたまさにそのとき、別の何者かがそっと村岡の背後に近寄り、背中の中央、ちょうど心臓のある位置めがけて、力いっぱい凶器を突き立てた——。

そんなふうに、死体は述べていた。

まさしくその証拠も、村岡の背には残っていた。

寝袋を覆う血溜まり、その流れを上流へとたどっていった先に、その傷口があった。

傷口は、丸く小さな穴だった。

直径二センチにも満たない穴。しかしその周囲には、マグマを噴《ふ》き上げた火山のごとくに固まった血が山となってこびりついている。

これらから解ることは、すなわち、村岡は、背中に棒状の――というよりも、先端の尖《とが》った何か――を突き立てられ、それにより心臓を貫かれて絶命したということである。

「アイスピックか何かで殺したんでしょうか」

松浦が、またも好奇の瞳を輝かせながら、村岡の死体に顔を近づける。

「胸までは貫通していないようですから、それほど長いものじゃありませんね。刃渡りは……たぶん、十五センチくらい……千枚通しほどのものでしょうか。しかし……」

傷口に、松浦が目を細める。

「でも、その割には傷口に径がありますね。針状というよりも、細長い円錐形といったほうがいいのかもしれません。ドライバーのようなものだった可能性もあります」

アイスピック、千枚通し、あるいはドライバー。

どれも身近な、どこにでもある、極めて使い勝手のいい凶器へと豹変《ひょうへん》する道具だ。

しかし──変ではある。

「でも……変ですよね？」

わたしが感じていたのと同じように、松浦も首を傾げた。

「問題の凶器はどこにあるんでしょう。このあたりには落ちてもいないようですけれど……」

周囲をきょろきょろと見回す松浦に、漸く若干の落ち着きを──といっても、まだ顔は真っ青で、空元気に近いが──取り戻した竹中が、かすれた声で言った。

「それは、村岡さんが自分で持ち込んだ刃物なんじゃないか？」

「あ、確かに」

松浦はそう言うと、小さく手を叩き、次いでいそいそと、ポケットから取り出した白い手袋を、手際よく両手に嵌めた。

そして、すぐさま村岡の傍に転がっていたリュックを、調べ始めた。

「……あ、ありました。これですね」

松浦が、風呂敷《ふろしき》に包まれた細長い何かを取り出す。

固い結び目をほどき、丁寧に風呂敷を広げると、中から出てきたのは細長い木のケースだった。

よく使いこまれ、年季の入った茶色の木箱――そっと蓋を開くと、内側に紫色のビロードがはられたケースの中央にしっかりと固定された包丁がひと振り、鈍色《にびいろ》の姿を現した。

「こいつは……高級品だな」

「ええ。有次《ありつぐ》の出刃《でば》包丁ですね」

「さすがだ。いいものを使ってたんだな」

「研ぎもしっかりしてますね。刃こぼれひとつしていません」

「なるほど、これだけの包丁を使いこなすんだ。メシも旨いわけだよ。だが……」

一秒の間を置いて、竹中は言った。

「違うな」

「違いますね」

「こいつは、凶器じゃない」

「ええ。傷口が全然、違います」

村岡を死に至らしめた傷口は、小さく丸い形をしていた。出刃包丁の細長い断面とは、似ても似つかない。

首を横に振ると、松浦は、ケースの蓋を閉じ、そして元どおり丁寧に風呂敷に包み直すと、再びリュックの中に戻した。

「結局……凶器は、犯人が持ち去ったって線が妥当か」

「そうでしょうね。今のところは」

「だが、そうだとしても凶器は初めどこかにあったわけだろう？　そもそもこの館には、凶器になるようなものがどこかにあったか？」

「それは……どうでしょう。解りますか？」

不意に、松浦がわたしを見た。

「毎日管理されていて、そうした凶器になりそうなものに何があったか、覚えてはいませんか」

「は、はい。その……」

唐突な質問に、しどろもどろになりながらも、わたしは答えた。

「わたしの知る限り、ですが、そうしたものは特段、なかったと思います。そ、その……何しろこの鏡面堂は、普段はなんにも使われていない館でして、日用品の類いは一切なく、厨房の刃物類も用意していなかったくらいですから。ましてや、アイスピックや、千枚通しがあったとは、少なくともわたしの記憶にはありません」

「なるほど、じゃあ犯人は、凶器を自分で持ち込んだってことになるわけだ」

竹中は、わたしの言葉を待たずして、大きく首を縦に振った。

松浦もまた、竹中の後に続けて言った。

「確かに、そう考えるのが、合理的かもしれませんね。犯人は自分で凶器を持ち込み、犯行に及び、そしてどこかに再び凶器を持ち去った……うーん、でも、そうなのかな？」

「何か腑に落ちないことでもあるのか？」

竹中の問いに、訝しげな松浦は、首を傾げながら答えた。

「いえ、もしわたしが犯人だとしたら、凶器を自分で持ち込みはしないな、と思って……」

「持ち込まない？　なぜだ？」

「だって、事件の後、所持品を確かめられるおそれがあるじゃないですか」

「……なるほど、所持品検査か」

「ええ。凶器というのは明白な物証のひとつです。それを自前で持ち込めば、自分の思いどおりの犯行には及べるでしょうけれど、一方では、自分から物証を提供するおそれを生んでいるのと同じようなものでもあります」

「確かにそうだ。だがそんなもの、凶器をうまく隠すか、誰かに押しつけちまえばいいんじゃないのか」

「初めて訪れる館のどこかに、何かをうまく隠蔽《いんぺい》できる自信は、わたしにはありません。誰かに押しつけるのも方法でしょうけれども、例えば竹中さんだったら、もし自分のバッグから覚えのない血塗れの凶器が出てきたときになんて釈明しますか？」

「僕のじゃないと喚《わめ》くな。実際、証拠になる指紋だって出はしないだろうし……あー、なるほど。いずれにせよ犯人にしてみれば、結局は自分が疑われるリスクから逃れられないわけだ」

「誰かに押しつけても結局は疑われます。合理的に考えるなら、自分で凶器を持ち込むようなことはしないほうがいいんです」

「じゃあ、どこから凶器を調達した？」

「それは……この館のどこかから」

「利用できるものなんか、何もないのにか？」

「うーん……」

松浦が、言葉に閊える。

松浦自身も、その袋小路《ふくろこうじ》に対する答えは与えられていないのだ。困ったように腕を組む松浦と、腕は組まずとも十分に困り顔の竹中。

二人が暫し唸っていると、ふと——。

「……あれは、何かね？」

誰かが、村岡の拳を指差しながら言った。

その、いつもと変わらぬ声色の持ち主は——。

——藤衛。

藤は、限りなく透明な瞳に限りない黒を沈めながら、村岡の拳を人差し指で示した。

つられてわたしたちも、視線を送る。

「……あっ、あれは」

竹中が気づいた。

「村岡さん、何か持ってるぞ？　あれはなんだ？　……サインペンか？　それと、丸めた紙か何かを持ってるみたいだが」

「見てみます」

松浦が村岡の拳を押し広げると、竹中が言ったとおり、そのごつごつとした無骨な手の中には、小さなサインペンと、丸めた紙がひとつ、握られていた。

「……なんだこりゃ。こんなもの、一体館のどこにあったんだ？」

「村岡さんが持ち込んだものでしょうか」

「サインペンは、おそらくそうです」

竹中と松浦の疑問に、わたしは答えた。

「ですが紙は、鏡面堂のメモ用紙です。この大きさ、応接室に置いてあるもので、間違いないと思います。でもなぜ、村岡さんが持ってらっしゃるんでしょう……」

説明を続けながらも、首を傾げるわたしの横で、竹中が「ん？　ちょっと待て」と何かに気づいた。

「おい、見てみろ。このメモ、何か書いてあるぞ」

竹中の言葉に、松浦が丁寧に皺を伸ばしながらメモ用紙を広げる。

そして、全員が――メモの文字に目を留める。

メモ用紙の左上の隅。そこには、横書きの小さな手書き文字でこう書かれてあった。

――「横の小部屋に」

突如として驚愕と混乱の淵に放り込まれたわたしたちは、ここで一旦、大広間に戻ってきた。

具体的な目的があったわけではない。単に、混沌とした頭を整理するためには、現物――遺体のことだ――を前にしないほうがいいと思っただけのことだ。

遺体は、久須川のそれも、村岡のそれも、発見したときそのままにされた。

もちろん、ほったらかしにすることに対して、罪悪感を抱かなかったわけではない。冷たい床の上、凄惨な血溜まりの中に彼らを残したくはない、せめて柔らかなベッドの上に移してやりたい――そんな憐《あわ》れみの情も抱いたに違いない。

だが、実行に移すことはできなかった。そうするにはどうにも、気力と体力と、何よりも理解力がついていかなかったからだ。

それに、遺体をそのままにしておくのにはもうひとつ、現実的な理由もあった。

つまり、「現場の保存」である。

かくして大広間に戻ったわたしたちは、まず、今の時刻を確認した。

――午前八時三分。鏡面堂の明かりが灯って、漸く二時間が経過したところだ。

朝食はいかがいたしましょうか――などと申し出ることのできる雰囲気では到底なく、わたしはじっと、固唾《かたず》を飲むようにして四人の様子を窺っているしかなかった。

竹中は、落ち着かない様子だった。親指の爪《つめ》を噛み、延々と貧乏揺すりを繰り返していた。一旦は落ち着いたように見えた彼だったが、やはりこの尋常ではない雰囲気に耐えられなくなっているのだろう。忙《せわ》しなく周囲を窺うさまは、まるで震える小動物のようでもある。もっとも、建築家とは往々にしてリアリストだ。リアルな皮膚感覚に鋭敏だからこそ、意匠を設計できるのである。その鋭敏な感覚が、竹中をして、恐怖感へと追い立てているのかもしれない。

松浦は、竹中とは対照的に、微動だにすることなく、足を組み、顎に手を当てたまま、じっと何かの考えに耽っていた。それは、難問に思いを巡らす学者そのものの姿であって、ある意味ではまさしく「耽溺」していたともいえるだろう。彼女が今、思いを馳せているのはもちろん、この事件のことに違いない。なぜ二人の男が殺されたのか。そして、殺した人間は誰なのか。世間一般では「探偵」と呼ばれる人種が為すことを、もしかしたら彼女はやろうとしているのかもしれないが、そう考えると、物理学者とはこの世界に隠された法則を論理的に導き出す、まさしく世界そのものに対する「探偵」の役割を果たす存在だ。なんのことはない。彼女はいつもしているのと同じ「探偵」役に、今も徹しているだけなのかもしれない。

藤は、昨日とまったく変わらない表情、姿勢で静かに腰かけていた。背筋をしゃんと伸ばしたまま、しかしその表情には、何ひとつ心の中の動きというものが現れていない。そういえば先刻、わたしはこう思った——藤衛には、建て前と本音が存在しない。本性と偽性も存在しない。どんな状況にあっても、常に同じ「藤衛」しか存在しない。今改めて藤衛の姿を見て、わたしはその考え方が間違っていなかったことを確信した。すなわち、藤衛とは、いつでも藤衛たる存在なのだ。あのせり出した前頭葉の内側で、喜怒哀楽さえ超越し、わたしのような凡人には思いもつかない世界を探求する、まさしく超人である。そういえば前頭葉とは、脳の中でも、実行機能と大きく関係のある部位だと聞いたことがある。実行機能とは、未来の推定、行動の選択、物事の類似相違の認知を司《つかさど》る機能だ。この機能が発達しているということは、つまりあらゆる判断において常人を凌駕することを意味する。器質的な意味においても、藤衛はやはり、尊敬すべき超人だったのだ。

そして、もうひとり――。

沼四郎が、驚くほど希薄な存在感とともに、そこにいた。

事件発覚後、終始口数が少なかった沼は、今もなおじっと腕を組んだまま、蒼白《そうはく》な顔に、眉間に深い皺を二本刻んだ険しい表情を浮かべていた。見た目こそ昨日と変わるところはないが、その雰囲気は打って変わって、あの周囲を威圧するような覇気を欠き、その代わりだとでもいうように、拒絶の意思をありありとまとっていた。

それほどまでに、二人の人間が死んだことがショックだったということなのだろうか。いや、自分の家で――竹中が言うところの我が「砦」で人が死んだのだから、衝撃を感じないわけがないのだが。

しかし、だから――だろうか。

暫し悄然《しょうぜん》としていた沼は、不意に立ち上がると、低い声でこう言った。

「……あまりにも、おそろしい」

そして、踵を返すと、つかつかと食堂のほうへと歩いていった。

「沼先生、どちらに？」

追い掛けようと慌てて立ち上がるわたしを、沼は、振り返りもせず「結構」ときっぱりと言った。

「書斎に戻る。放っておいてくれ」

「し、しかし……」

「彼らのことは君に任せる。以上だ」

それだけを言うと、沼は、逃げるように大広間から出ていってしまった。

管理人の立場で、沼のことをどの程度まで慮《おもんぱか》るべきだろう？　――逡巡し、その場で立ち尽くしていたわたしに、不意に言葉が投げられた。

「追ってはいけない」

――藤だった。

藤はそう言うと、振り返ったわたしを、深海の奥深さを思わせる瞳で見つめた。

「今は、彼のことをそっとしておいてあげればよいのだ。君の出番も、まだ先だ」

「……はい」

わたしは素直に――というよりも、まるで操られたように、さっきまで座っていた椅子へとまた戻っていった。

こうして――四人になった。

沼がいなくなってもなお相変わらず、竹中、松浦、そして藤は先刻と変わらない様子で椅子に凭《もた》れていた。まるで沼の存在などあってもなくても構わないかのように、それぞれがそれぞれ、勝手な振る舞いを見せていたのだ。だからかは解らないのだが――わたしはふと、こう思った。

沼四郎という存在それ自体は、もしかすると、実は、とても希薄なものなのではないか？

もちろん彼が在るとき、その存在感は、誰もが一歩退かなければならないほど濃厚だ。だが、一旦いなくなればその存在感もまったく霧消する。

だとすると――沼四郎の存在感というものは、むしろ、彼の背後にある建築物――すなわち、この鏡面堂そのものにあるのではないだろうか。

なるほど、そう考えれば――。

――この建物は、僕に言わせれば、砦です。

竹中のこの洞察も、腑に落ちる。

砦とはまさしく、自らを守るものだ。沼四郎もまた、自らの脆弱性を、自らの建築物に守らせることにより補っていたのだ。

ある意味でそれは、虚像と呼ばれるものかもしれない。

すなわち、沼四郎という建築家が、沼建築を通じて作り上げた虚像だ。他の建築家とは一線を画しているというイメージは、ただひたすらに、建築物の異様さによってもたらされているものなのだ。だが――。

だとすれば、だ。

改めて思案する。沼四郎という人間の実体とは一体、どのようなものなのか？

すなわち、彼が彼の砦で必死に隠そうとしている本体は、どんな姿をしているのか？

わたしは先刻、沼の表層に浮かぶものをかく読み取った。使命感か、嫉妬か、あるいは焦燥か――それらが混然一体となって生まれるものが本性であると、そう解釈した。

もしかすると、この鏡面堂を破壊して初めて、この本性が全容を現すのではないだろうか？

そして、本性が解って初めて、沼四郎という男の実体を摑めるのではないか？

だから――。

わたしは、深く思案していたのだった。沼四郎という男と、その男が作り上げた、この鏡面堂の意味について――。

――だが。

「警察。そうだ警察だ」

不意に、やけに裏返った声とともに、竹中が立ち上がった。

「すっかり失念していた。人が二人も死んだんだ。しかも、たぶん殺人だ。だとすれば僕らがすることはたったひとつだ。すぐにでも警察を呼ばないといけない……」

あたふたと、慌てたように足を前に出す。しかし——。

「待って、竹中さん。どこに行くんですか」

松浦が、竹中を制止した。

「どこって、決まってる。一一〇番だよ」

「通報するつもりですか」

「ああ」

「どうやって？」

「そりゃあ、電話を……」

「それ、どこにあるかご存じなんですか」

「あー……」

はたと、竹中の動きが固まった。

そんな竹中を見て、松浦が肩をすくめた。

「……この建物には、電話はありません。少なくともわたしが見た範囲内ですが、おそらく事務室にもないんじゃないかと思います。……違いますか？」

松浦が、確認するようにわたしを見た。

　わたしは、数秒の間を置いてから、ゆっくり「そのとおりです」と頷いた。

「おっしゃるとおり、鏡面堂に電話はありません。でも……なぜそのことが解ったんです？」

「別に理由はありません。でも……この建物を見ていたら、電話なんか絶対に置かないような気がして」

　松浦は、ドームを見上げた。

　そこには、すべてを外界と遮断し、内側に覆い隠す、鏡のドームがあった。

「これだけ意思を明確にしている砦です。あえて内外の連絡手段を残しておくとは、思えない……」

「慧眼《けいがん》だ、松浦君」

　藤が、口角をわずかに引き上げつつ、言葉をはさんだ。

「まさしくここは、沼君の腹の中だ。すべてを消化し尽くそうという臓腑《ぞうふ》の企みが、かくもありありと見て取れる。まったく、面白い空間じゃないか。沼四郎という人間、人格、存在のすべてが、ここにははっきりと表現されているのだからね。そして、だとすれば……竹中君」

「は、はい」

　不意に名を呼ばれ、竹中が背を伸ばす。

「警察の方々は、まだ呼ばずにおこうじゃないか」

「まだ……え、警察を、呼ばない？」

目を三回、パチパチパチと素早く瞬く竹中に、藤は「そうだ」と悪戯《いたずら》っぽい声色で言うと、にやりと口元を引いた。

「電話がなくとも、私たちがこの鏡面堂を辞し、森を出ればすぐ町がある。警察を呼ぶことなど、年端もいかぬ子供でもできる、あまりにも容易なことなのだよ。しかしながら君たちはどうだ。すでに十分な大人ではないか。世間では一端の学者、有識者として生きるほどの。違うかね？」

「そ、それは……そうですが」

異様な雰囲気をまとう藤。たじろぐ松浦に、藤はなおも続けた。

「大人であれば、大人なりの態度をとりたまえ。すなわち、この館の臓腑で起こった消化不良について深く考える。それこそが、君たちの義務なのではないか？」

「つ……つまり藤先生は、わたしたちに、警察の手を借りずにこの事件を調べろと？」

「そうだ」

松浦の問いに、藤は力強く首を縦に振った。

「この事件の本質は『謎』だ。久須川君、村岡君の死の謎。密室の謎。凶器の謎。まさしく謎に溢れている。だとすれば君たちが取るべきは、謎に対し心から真摯に取り組む態度なのではないかね？」

「謎に対し、真摯に……」

「まさしくそれこそが、君たちのような『探求者』の真心というものなのではないかね？　それに、諸君。何よりも私には、犯人が今ここにいるとは、思えないのだよ」

「…………」

――結局、わたしたち三人は、藤の言葉に異を唱えることはなく、まるで藤に操られているがごとく、藤にしたがい、暫しこの事件に取り組むこととなったのだった。

私には、犯人が今ここにいるとは、思えないのだよ――その言葉が暗に含む奇妙な苦みを持つ「何か」を、奥歯で存分に嚙み締めながら――。


犯人とは、犯行現場に戻ってくるものだと聞いたことがある。

放火魔は自分が火をつけた建物がどうなったかを見物に、死体を捨てた者はその捨てた場所を確かめに、そして殺人犯も、まさに自分が人を殺した場所へと、どうしたわけか還《かえ》ってくるのだという。

もちろん、だからだというわけではないのだが――。

わたしたち――すなわち、わたしと竹中、松浦、そして藤の四人もまた、殺人の現場へと舞い戻っていた。

久須川が斃《たお》れる部屋Aのドアノブに、松浦が手を掛ける。

わたしが破ったときに蝶番《ちょうつがい》がひん曲がってしまったからだろう、ギギ、と苦しげな呻き声とともにドアが押し開けられると、現場が再び、わたしたちの眼前で詳《つまび》らかになった。

「……ハァ」

竹中が、わたしの耳元まで聞こえてくるほど盛大に、なんともつらそうな溜息を吐いた。彼はきっと、この死体が夢であってほしいとでも思っていたのに違いない。その溜息は、夢が打ち砕《くだ》かれ、久須川の死が現実なのだと思い知らされた心が、重苦しい呼吸となって表れたものなのだ。

「もう一度、確かめておきたかったんですよ。さっきはよく見られなかったので……」

松浦が、一切の怯《ひる》みを見せることなく、再び白い手袋を両手に嵌めると、久須川の亡骸の前にしゃがみ込んだ。

喘ぐように、竹中が問う。

「な……何を確かめたかったんだ？」

「殺されたのがいつなのか、です」

「つまり……死亡時刻か」

「はい」

松浦は、丸い傷口に作られた血の塊《かたまり》と、顎の下、そして見開かれた久須川の瞳をそれぞれ何度も確認すると、最後に、そっと久須川の腕を曲げ伸ばしした。

「君、死体から死亡時刻が解るのか」

「ええ。あ、いえ、もちろん専門家じゃありませんし、はっきりと解るわけではないんですが」

膝を払って立ち上がると、松浦は言った。

「顎下には死斑《しはん》が見えますし、血液も十分に固まっていますから、少なくとも死後四、五時間は経過していると思います。でも、角膜はまだ混濁していませんし、死後硬直も始まっていません。死後七、八時間までは至らないのではないかと」

「五時間は経過しているが、七時間には至らない。つまり……六時間前か」

「ええ。だいたい午前二時ごろですね」

午前二時――魑魅魍魎《ちみもうりょう》が湧き出でる丑三《うしみ》つ時《どき》である。

沈んだ声色で、竹中が続ける。

「午前二時ごろ、久須川さんはこの小部屋にきて、そして何者かに殺害されたってわけか。しかし……なんでだろうな？」

「なぜ殺されたかということですか？」

「違う。いや……もちろん、それもあるんだが」

竹中は乾いた喉が閊えたのか、小さな咳を苦しげにコホコホと払ってから言った。

「僕が言いたかったのは、なんで久須川さんはこんな部屋にきたのかってことだ」

「なぜ、ここに」

「ああ。彼は3号室に泊まっていた。あそこには1号室と2号室、それとトイレもある。用を足すだけならこの小部屋に入る必然性はない。あるいは腹が減って厨房に行こうとしたのかもしれないが、その場合でもわざわざこの小部屋を通ることはない。要するに、久須川さんがこんな小部屋に入る必然性がないんだ。なのになぜ、彼はここにいる？」

「それは……」

松浦もまた、少し言葉を詰まらせながら言った。

「もしかすると……ですけれど、外へ出ようとしていたのではないでしょうか」

「外？」

「ええ。外への出口は玄関しかありません。久須川さんは3号室から、この小部屋を通って玄関室に行き、そして外に出ようと考えた……」

「道中、ここで殺されたってことか？」

「はい」

「なるほど、理解はしたぞ。久須川さんは、玄関から外に出ようとしていた。そのための通過点であったこの部屋で、かくも無残に殺されたというわけか。だが、であれば次に解らないのは、彼がなぜ外に出ようとしていたかってことだ。それを考えると……」

竹中は、わたしと松浦、そして藤の顔をそれぞれ一瞥してから、猫背のまま「うーむ」と、まるで呻くように低く唸った。

「ちょっとおそろしい想像が湧いてくるな」

「どんな想像ですか？」

「外に出るってのは、つまり、逃げようとしていたって言い換えられないか？」

「あ……」

松浦も理解し、言葉を失う。

竹中は、憂鬱《ゆううつ》そうな表情のままで続ける。

「つまり深夜二時、3号室で久須川さんは逃げようと思い立ち、慌てて玄関へと向かった。しかしその道中、この小部屋で彼は無残にも殺されてしまった。そこで問題となるのは、彼がなぜ逃げたのかということだ。一体久須川さんは、何から逃げようとしていたのか？」

「…………」

それまで生き生きと殺人の謎を追い求めていた松浦の表情にも、初めて、憂《うれ》いの色が浮かぶ。

それは、彼女が漸く、この事件の犯人が自分自身にもなんらかの危害を加えうるのだということを悟った証拠のように見えた。

暫し黙り込む、松浦と竹中。

竹中はじっと足元にある市松模様に目を落とし、松浦もまたスリットから、中庭の芝生をじっと見つめていた。

その背後にいた藤も、そしてわたしも、そんな二人を見やりつつも、言葉を掛けることはないまま、やがて――。

竹中が、ぽつりと零すように言った。

「……凶器は、ボウガンの矢なんだろ」

「え……ええ」

「だったら、肝心のボウガン本体のほうはどうなってるんだろう？」

「それは……」

何かに気づいたように顔を上げると、その瞳に再び輝きを取り戻しながら、松浦は言った。

「ボウガン、確か応接室にありましたよね」

「ああ。その記憶がある」

「確かめてみませんか？」

「……僕もか？」
一、二、三。ちょうど三秒の間を置き、それから一度チッと舌を打つと、竹中は渋《しぶ》い顔を見せつつも、頷いた。
「……まあ、いいだろう。すぐそこだしな。というか、嫌と言ったたって、君はひとりででも調べるんだろう」

「まあ、そうですね。竹中さん、ここに残られます？」

「おいおい、物言わぬ久須川さんと一緒なんて勘弁してくれよ。……いいさ、ここまでくれば僕も覚悟を決めた。毒食らわば皿までだ。ついていくよ」

「ありがとうございます」

松浦が、心から嬉しそうに頭を下げた。

「昨日と同じように見えるな」

ドアを開けて応接室に入るなり、竹中は、周囲を見回した。

「キャビネットに、たくさんの水晶玉だろ、あとスワンの置物と、よく解らん絵と、剣とボウガンと……ああっ」

「なくなってますね。矢が」

ボウガンの少し下を指差し、素《す》っ頓狂《とんきょう》な声を上げた竹中に、松浦は、落ち着いた口調で言った。

「ボウガンと剣、見ておきましょう」

白い手袋越しにボウガンを掴むと、そっと壁から取り外した。

竹中も、横から覗き込む。

「割と最近のものだな。スコープもついてる。使えるのか？」

「もちろん。きちんと手入れもされているようですから。それにこれ、相当強力なものですね」

「そうなのか？」

「弓部を改造した痕跡があります。ほら、ここを見てください。溶接した跡があるでしょう？」

「……確かにあるな。弓をひとつ増やしてる」

「これなら威力と射程がかなり確保されます」

「少なくとも人を遠くから射抜くことくらい訳はないということか。それにしても君、やけにボウガンに詳しいな」

「まあ、昔、アーチェリーを嗜《たしな》んでいたことがありますので……」

「ふうん？　まあいいや。ということは、やっぱり犯人は、このボウガンを使って久須川さんを殺したのか」

「それは、どうでしょう……あっ」

「何か見つけたか？」

「あ、いえ」

スコープを横から覗いていた松浦は、そのレンズを竹中に示してみせた。

「見てください。覗いても何も見えないんです。どうも、スコープが壊れてるみたいですね」

「見えないだって？　どれどれ……」

松浦と同じようにしてスコープを覗き込むと、竹中は、「ああ、確かに」と納得したように頷いた。

「こりゃ酷いな、ボケボケだ。レンズが破損して歪んでるのか？」

「かもしれませんね。あるいは、本来入れるべきレンズが抜かれているのかも……」

「いずれにせよ、これじゃあスコープは使い物にならんな。とすると……」

一拍置いてから、竹中は、眉間に深い皺を刻みつけた。

「犯人はかなり至近距離から、久須川さんを撃ったってことになるぞ」

「そうですね」

「……指紋は？」

「解りません。ですので一応、こうして手袋を使ってはいるんですけれど……」

「そもそも指紋を残すようなヘマを、この事件の犯人が犯しそうにない気もするが。ああ、僕でもさすがにそう思うさ」

――ボウガンを元の位置にそっと戻すと、松浦は、今度は剣を壁から外した。

「……張りぼてですね。沼さんの言っていたとおり」

銀色に光る両刃の刀身を指で弾くと、明らかに金属のものではないポンポンという軽い音がした。

「ただの脅しか」

「ええ。あまり意味はないようですね。こんなものでは、誰も殺せません」

松浦は早々に、剣を元の位置に戻してしまった。

そして、そのままキャビネットの傍までつかつかと歩み寄ると、「ここにあるこれ、何ですか」と問うた。

「メモ用紙みたいです。ああ、これが村岡さんの握っていたものですか……でもこれ、昨晩はここにありましたっけ」

松浦は、キャビネット上に放置されていたメモ用紙を怪訝そうな顔で手に取った。

「大きさはハガキより少し大きいくらいですね。一、二、三。三枚ありますね。ひとつは少し丸まっていて……というか、この図形は？」

「あ、それは」

赤インクの万年筆でいくつも書かれた円に目を寄せた松浦に、わたしは、言い訳をするように言った。

「別におかしなものではありません。昨晩、久須川さんが試し書きをされたものですから」

「ああ、そうだったんですね」

メモの表と裏を何度も確認すると、松浦はそっとメモ用紙の束を元の場所に戻し、それから不意に、身体をわたしに向けた。

「昨晩の段階で、このメモ用紙が何枚あったか、覚えてらっしゃいますか」

「はい。確か四枚だったかと……」

「ということは、村岡さんが持ってらしたメモ用紙も、ここから持ち出したものだということですね」

ふうむ――と、松浦はいかにも思案げに、鼻の下を膨らましながら、小さく唸るのだった。

次に向かったのは、厨房だった。

依然として村岡は無残な姿を曝していた。あからさまに顔を顰めた竹中をよそに、松浦はその亡骸を、久須川と同じようにいそいそと調べ始めた。

死斑、死後硬直、血液、そして瞳孔。

「死後五時間ないし六時間。久須川さんと同じ状態ですね」

皆が見つめる中、手際よく確かめた松浦が出した結論もまた、久須川のそれと同様のものだった。

「要するに、久須川さんと村岡さんは、ほぼ同じ時刻に殺されたってことか」

「そのようですね」

呻くように喉を鳴らす竹中に、松浦は続けた。

「一定の誤差はありますけれど、もしほぼ同一時刻に殺されたのだとすれば……同一犯による犯行だと考えるのが妥当です」

「それはそうだろうな。別々の犯人が別々の犯行に及んだのだとして、その時刻をあわせる必然性がない。いや、共犯ということも、あるのかもしれないが……」

そんな可能性は考えたくもない、というように、竹中は頭を横に振った。

その隣で、松浦が独り言のように呟く。

「でも、厳密に言うと、もうひとつ可能性があるんですよね」

「可能性？　どんな可能性だ」

「…………」

竹中の問いに、しかし松浦は口を真一文字に結んだきり、答えることはなかった。

それからわたしたちは、村岡の遺体から離れると、厨房のあちこちを調べ始めた。

とはいっても、物が極端に少ない厨房だ。あるのはコンロ、流し台、冷蔵庫くらいしかない。

「コンロにはなんの仕掛けもないな。ごく普通の三口コンロだ。うちにあるのと同じだ。火力は……あまりないな。これもうちのと同じだ。まあ、こんな森の中じゃ、プロパンしか使えないんだろうし、火力不足は仕方ない。……それにしても村岡さん、よくこんな簡単な台所であれだけのものを作ったな。換気扇すらないんだろ？」

感心したように周囲を見回す竹中をよそに、松浦は流し台のステンレスに指を這わせた。

「流し台も、きれいに片づけられていますね。生ごみもきちんとまとめてあります」

「一流の料理人はさすが、隅々まで完璧だってことか。つくづく、惜しい人を亡くしたな」

竹中は、小さく肩をすくめた。

「冷蔵庫も、これ、家庭用ですよ」

「ああ。スリードアタイプだな」

竹中が躊躇《ちゅうちょ》なく上、中、下、とドアを開けた。

「あ、だめですよ竹中さん。勝手に開けたら」

慌てる松浦だが、竹中は悪びれもせずに続けた。

「上は冷蔵庫、真ん中が野菜室、それで下は……冷凍庫か。食材でぎっしりだな。賞味期限に問題はないのか？」

「一応、定期的に交換はしておりますので……」

「うん、解ってるよ」

言い訳するわたしをよそに、竹中はなおも冷蔵庫を調べていたが——。

「……ん？」

ふと、何かに気づくと、松浦に問いを投げた。

「なあ、松浦さん」

「なんですか？」

「君、昨日の夕食を記憶しているか？」

「昨日のですか？　ええ、だいたいは覚えていますが……」

それがどうかしたんですか？　と言いたげな松浦に、竹中は冷凍庫の中に置かれていたトレイを指差した。

「これ、製氷皿だよな」

「ええ」

「氷、なくなってないか」

「……？　ああ、確かに、四個ほどなくなってますね」

「そして、その四個は下の受け皿にも存在しない。つまり、いくつかなくなっているということになる」

竹中が不意に、わたしに顔を向けた。

「悪いが、君はこの冷蔵庫を使うことがあるのか？」

「わたしですか？　……いいえ、わたしは毎日インスタント食品ばかりですから……でもきちんと交換だけは」

「それはさっき聞いたよ。で、前回交換したのはいつだ」

「ええと、一週間ほど前でしょうか」

「そのときに、冷凍庫の中身もすべて交換するのか？　この製氷皿も含めて」

「もちろんです」

「なるほど」

大きく頷くと、竹中は続けた。

「昨日の料理に氷を使ったものはひとつもなかった。飲み物も温かいもので氷は入れていない。にもかかわらず、氷が四個なくなっている。これは一体どういうことだ？　もしかして……」

　にやりと、竹中は口角を上げた。

「これって、村岡さんを殺した凶器がないことと、関係してるんじゃないか？」

「………………」

　大仰な竹中に、しかし松浦は、ややあってから、少々冷ややかな視線とともに言った。

「……お言葉ですが、それって、村岡さんが自分で氷をお使いになったというだけのことではないかと思います」

「自分で？　なんのためにだよ」

「例えば、氷水を作って飲んだというのは？　コンロの前にずっと立っていればそれなりに暑くなるでしょうし、事実、村岡さんはうっすらと汗を掻いてらっしゃいました。……お気づきになりませんでしたか？」

「それは……うーん……」

「つまり、身体を冷やすため、冷凍庫の氷を四つ使って氷水を作ったんです。それに、村岡さんを殺した凶器と関係しているっておっしゃるのは、つまり、氷が凶器になったんじゃないかという発想ですよね」

「あ、ああ」

「確かに、凶器が氷だったならば、溶けてなくなりますから、どこからも見つからないのは当然です。でも、氷って脆《もろ》いんですよ。金属じゃあないんですから、アイスピック状にしたってすぐに折れてしまって、使い物にはなりません。そもそも、冷凍庫の中で氷はブロック状に作られますから……」

「解った解った。要は無理筋だってわけだな。うん……氷については、ちと考えすぎたな」

苦々しげに口元を歪めつつ、呟く竹中。

だが――。

不意に、誰かが声を発した。それは――

「それは違うぞ、竹中君。そして松浦君」

藤衛だった。

藤はなおも、二人を前に朗々とした声で言った。

「考えすぎかどうかは、結論が出てから判断するもの。そもそも考えすぎることに対するデメリットも、何もないのだ。君たちのしていることは間違ってはいない。すなわち、君たちが今すべきことは、すべてを等価に俎上に載せ、その脳髄《のうずい》を絞り尽くすことにほかならない」

「…………」

突然のことに、竹中と松浦は返す言葉を失ったかのように沈黙してしまった。

そして――。

このとき、わたしもまた感じていたのだった。

藤の言葉はきっと、どこまでも正しい。この事件に関しても、きっと、誰よりも先んじてすべてを見通していたのに違いない、と。

それからわたしたちは、念のため――あくまでも、それぞれに掛けられた嫌疑を晴らすという意味で、お互いの身体検査と所持品検査を行った。

もし、この二件の事件が「殺人」であるならば、その「犯人」はわたしたちの中にいる可能性がある。そして、もしも「犯人」がいるのならば、そいつは村岡を死に至らしめた「凶器」を持っているに違いない。

もちろん、わたしたちは誰もが「自分は犯人ではない」と訴えた。「この中に犯人はいない」とすら考えていた。とはいえ、容易に嘘の混じる言葉の証拠力は極めて低い。だからわたしたちは、お互いの無実を証明するため、身体を検め、所持品を明らかにすることを自発的に決めたのだ。

かくしてわたしたちは、お互いの身体に触れ――女性である松浦の身体に触れるのには躊躇があったが、当の本人が構わないと言ったので、遠慮しつつも確かめた――また、それぞれの部屋に行き、その所持品をすべて詳らかにした。

その結果――。

「……少なくともここにいる全員、妙なものは持っちゃいなかったな」

竹中が、ほっとしたように言った。

「いや……もし持っていれば、それはそれでえらいことなんだが、まあ……ともかくは何もなくてよかった」

お互いの疑いをお互いで一定程度晴らした後、大広間に再び集まったわたしたちは、漸く、人心地がついたように椅子に腰かけた。

時刻は午前十一時。もうすぐ昼だ。

鏡面堂を包み込む半楕球のドームは、そんな時間の流れさえ遮蔽《しゃへい》するかのように、今朝と、あるいは昨晩とまったく同じのっぺりとした鏡の表面を、わたしたちに向けていた。だから、この時刻が本当に正しいものなのかどうかは、外に出てみるまで解らないのだが――。

わたしたち四人は、暫し呆然としたように――藤だけは泰然としていたが――お互い無言のまま、無意味な時間を過ごしていたが、やがて、痺《しび》れを切らせたかのように、その人物が口を開いた。

「さあ、もう休憩は十分に取っただろう」

またも、藤衛だった。

藤は両手を広げると、揚々とした口調で、わたしたちを――というより、竹中と松浦を促した。

「君たちの本質は安堵を求めることではない。平穏など貪りはせず、再び思考を始めるべきではないのかね？」

「思考って……藤先生、今さら何を考えるんです？」

「決まっているじゃないか、事件だよ」

つらそうな表情の竹中に、藤は、六十代とは思えない若々しい声で、活を入れた。

「もっと頭を使いたまえ。この事件について、隅々まで、とことん考えるのだ。君たちの脳髄は、いつでも絞り尽くされるのを待つ存在なのだ。ゆめこうして遊ばせている暇などないのだよ」

「……確かに、そうですね」

俯いていた松浦が、顔を上げると、静かに、しかし力強く言った。

「どうにも不可解な事件ですけれど、それであればこそ、わたしにも、その謎がどこまでも気になってしまいます」

「物好きだなあ、君も……」

「自分でもそう思います」

呆《あき》れる竹中をよそに、松浦はにこりと微笑むと、居住まいを正し、それから、わたしたちがこれまで見聞きしたものを再度、言葉にして述べ始めた。

「今解っていることを整理しておきましょう。まず……この事件は、わたしたちが就寝中に起きたものと考えられますが、この点に間違いはないですよね」

「……ああ」

竹中も、しぶしぶと——という体でいながら、その実、案外すんなりと松浦の話に乗ってきた。

「寝たのは全員、夜の十二時でいいと思う。電気が一斉消灯したからね。寝る以外には何もすることはなかった」

「事件そのものは、午前二時前後、ほぼ同時に二件発生したと思われます。つまり、このとき久須川さんと村岡さんが『亡くなった』」

「『殺された』だろ？　久須川さんはボウガンの矢に心臓を貫かれていた。一方の村岡さんも、心臓にアイスピックらしきものによる致命傷があった」

「そういえば、ボウガンの矢は奇妙でしたよね。先端は矢じりがなくて……もともとは綿のキャップがついていたはずなんですけれど、外されたままどこにあるのかも解らないままです。そもそも、キャップを外した状態であっても人体は貫けない」

「先端が丸くても、無理やり押し込めば突き刺すことくらいできそうな気がするが」

「いえ、無理です。仮にできたとしても、傷はもっと潰れているはずです」

「いずれにせよ矢じりがない限り、ああいう傷にはならないというわけか」

ふうむ、と唸ると、竹中はややあってから、村岡に話を移す。

「村岡さんも、奇妙だよな。凶器はアイスピックか千枚通しかだと思うが、どこからも出てきやしないし、そもそもあの手に持っていたメモも気になる」

「『横の小部屋に』ってやつですね」

「あれ、もしかすると、ダイイングメッセージというやつじゃないか？」

「うーん……」

腕を組んで数秒思案した後、松浦は首を横に振った。

「違うと思います」

「どうしてだ？」

「死に際に書いたにしては、字がきれいでしたから」

「あ、それは道理だな」

ポン、と竹中が手を打った。

「ダイイングメッセージならもっと字は荒れるだろうな」

「それに、犯人を誰かに知らせるために書いたメモなら、もっと明確にその名前を書

く と思います」

「確かに、『誰それが犯人だ』と書くな」

「そう考えると……こんな推理が成り立ちます。あのメモは、もしかすると、村岡さんがまさに殺された瞬間に書いていたものなんじゃないかと」

「殺された瞬間？　つまり、書いているその真っ最中に、後ろから刺されたってことか？」

「ええ。その直後、村岡さんはメモをサインペンとともに手で握りこんだ、だからあの状況が作られたというわけです」

「確かに……そう考えれば、メモの内容が書きかけの文章のように思えるのも、理解できる。だが、だとすれば村岡さんは何と書きたかったんだろうな。『横の小部屋に』……小部屋に何がある？　それとも小部屋で何かしろと？」

「それは……解りません。でも……なんとなくですけれど、何かを伝えようとしていたのは確かなようにも思えますね」

ひとしきり唸りながらも、考え込む松浦。

そんな松浦を促すように、竹中が言った。

「まあ、細かい部分は後回しにして、経緯を先に進めよう。事件は、ともあれ午前七時ごろ、僕たちの目の前で明らかになった」

「ええ。第一発見者は……」

松浦が、わたしを見た。

どきりとしつつも、わたしは「はい」と頷いた。

「朝の見回りのとき、皆さんがお泊まりの部屋の横の小部屋のドアが開かないことに気づき、沼先生をお呼びしたんです。ざわつきに気づいた皆さんも起きてこられて、わたしは皆さんとともに、あの小部屋のドアを破りました。そうしたところ……」

「久須川さんの死体を発見した」

「ええ。慌てて駆け寄りましたが、もうすでにこと切れていて……」

「それから、村岡さんがいないことに気づいて厨房に行き、村岡さんの死体も発見した」

「それが午前八時前のことですね。で、今に至る、というわけですね」

「沼さんは引きこもってしまったがね」

竹中が、肩をすくめた。

「もうひとつ、少なくとも僕たちは、お互いの潔白を証明していることは明らかにしておこう。僕らは誰も凶器を持っていない。もちろん、持ち物にもないことを示したんだ」

「…………」

――ふと訪れる、沈黙。

静けさでむしろ鼓膜が破れそうな錯覚。

思わず顔を顰めるわたしをよそに、松浦は人差し指を当てた顎を引き、訝しげに目を細めつつも、淡々と続けた。

「……ここまでの前提で、事件を分析してみましょう」

「分析か。どんな切り口で考える？」

「物事は5W1Hで話せとよく言われます。いつ《when》、どこで《where》、誰が《who》、何を《what》、なぜ《why》、どのように《how》、っていうやつですね」

「なるほど。もっとも今回の件では、いつ、どこで、何を、というのは明白だから、残るは三つだな」

「ええ。フー、ホワイ、ハウですね」

松浦は、指を三本、順繰りに折りながら続けた。

「フーから行きましょう。つまり、犯人は誰《フー》かということですけれど、わたしが思うところでは、少なくともここにいた全員に、犯行のチャンスはあったと思います。何しろ久須川さんと村岡さんの身に何かがあったのは深夜二時のこと、真っ暗ですけれど、鏡面堂内の行き来も自由でしたから」

「その事実が、話をややこしくしているな。何しろ誰が犯人でもおかしくはないわけだからな。だが、誰か暴漢が外からきた可能性っていうのは本当にないのか？　僕らだけが容疑者になるってのも、その……現実的じゃあない気がするが」

「確かにそうですね」

「……すみませんが、その可能性はありません。実は、鏡面堂には皆さんにお知らせしていない事実があるのです」

わたしは、今さらこういうことを言うのはルール違反かもしれないと思いつつも、口をはさんだ。

「実は、鏡面堂の玄関は、皆さんがおいでになった直後からずっと、施錠したままなのです」

「なんだって？」

顔を顰めた竹中に、わたしは「申し上げずにいて、本当に申し訳のないことです」と深々と頭を下げた。

「しかし、それが沼先生からのご指示だったのです。全員が揃ったら、鏡面堂を施錠せよ、その鍵は何があっても翌朝までは解錠するな……と」

「おい……なんだよそりゃあ。本気で僕らは閉じ込められていたってことになるのか」

竹中は、鼻息も荒く憤慨《ふんがい》したように床を何度も踏みつけた。

しかし、松浦はあくまでも冷静に「でも……」と述べた。

「だとすると二つのことが解りますね。ひとつは、外から犯人が侵入してきたという線は完全に消えるということ。そして、もうひとつは……」

「もうひとつは？」

「……ううん、なんでもありません。えーっと」

何かを誤魔化すように頭上で手を振りながら、松浦は話を先に進めた。

「フーが解らなければ、次はホワイです。犯人はなぜ《ホワイ》、犯行に及んだのか」

「要するに、動機だな」

気を取り直したように咳払いをすると、竹中は続けた。

「殺人の動機ってのは、殺された人間にどんな原因があるかを考えるのがいいと、何かの本で読んだことがある。そのやり方でいけば、殺されたのは久須川さんと村岡さん、つまり数学者と料理人だが……うーん、彼らは誰かに何かの恨みでも買っていたのか？　二人ともいい人だったぞ。まあ、久須川さんはやたらとお固かったし、村岡さんは無口すぎだと思うが……」

「私怨《しえん》というのは些細なことで起きるものですから、恨みを買わなかったということはないかと。でも……」

「ああ。二人同時に買う恨みなんか、ないよなあ」

困惑したような鼻息をフンと吐き、竹中は続けた。

「なんとなくだが、僕には、この事件が恨みつらみのような凡庸な理由を原因として起きたものじゃあない気がする。この事件は、もっとこう……複雑というか、変というか……そう、なんというか、奇怪なもののように思える」

「奇怪？」

「ああ。だからこそホワイも奇怪で、僕らが思うようなシンプルなものじゃない……そんなふうに思えてならない」

「…………」

どちらにしろ、動機面で解ることはなかったのだろう。返す言葉に閊えた松浦が、口を閉ざした。

とすると、残るのはあとひとつ。

ややあってから、松浦は言った。

「じゃあ……ハウは？　犯人はどう《ハ》やって《ウ》、犯行に及んだのだと思いますか」

「それは……」

竹中もまた、返す言葉に困ったように、顔を背ける。

そう。実のところハウの議論は、ここまでの間ですでに行っているのだ。

すなわち、村岡を殺した凶器は何か。久須川もあの先が丸い矢で本当に殺し得たのか。あるいは久須川の密室の謎はどう考えればいいのか。そもそも、久須川がどうして部屋Aなどにいたのかということや、犯行当時は照明が落とされていたのだから、暗闇の中でいかにして犯行に及び得たか、という問題ももちろん、生まれている。

巨視的《マクロ》で見れば、単純に二人が殺されていることは明白である。しかし微視的《ミクロ》に確かめると、その殺され方には解らない部分が多々あり、したがって、殺されたという事実すら確定し得なくなってしまうのである。

だから――。

「……とにかく、一旦まとめようか」

ややあってから、竹中が、悔しげな色を目元に浮かべながら言った。

「久須川さんはあの小部屋で殺されていた。まず考えられるのは、犯人は、小部屋の中でボウガンを撃ち、久須川さんを殺したという筋書きだ。だが……」

「それは困難です」

松浦がすぐ、あいの手を入れた。

「あの小部屋の二つのドアには鍵が掛かっていました。また高い壁を越えるのは難しいですし、スリットから抜けることもできません」

「そうだ。だからこの筋書きは却下。では別の筋書きを考える。つまり、犯人は中庭に出たのではないか？　中庭に出て、スリットの外側から、中にいる久須川さんを撃ったのではないか。だが……これも無理筋だ」

「ええ。まず、さっきも言ったように、壁を越えられません」

「中庭に出るにも、壁を越える必要があるからな。もちろん、応接室には足場になりそうなキャビネットもあるが、あれが置かれているのは西側で中庭には面しちゃいない。東側に持っていく手はなくはないが、重すぎるし、何より中庭から戻るときの足場はやっぱり、ない」

「それに、そもそも、さっき小部屋から中庭の芝生を見ていて思ったんですが、誰かが踏んだ形跡がまったくないんです」

「踏んだ形跡……足跡か」

「ええ。長めの芝生でしたから、誰かが歩けばそこが凹みます。でも、そんなものはなく……」

「誰も中庭には入っちゃいないってことか」

ううむ、と低く唸ると、竹中はなおも続ける。

「まあ、仮にボウガンをどこからか撃てたとしたって、問題はあるな」

「それは……明かりの問題ですね」

松浦が、コクリと頷きつつ言った。

「消灯は夜の〇時から朝六時までで、鏡面堂は真っ暗になります。真っ暗な中、確実に久須川さんの心臓を射抜くことはまず難しい」

「久須川さんが自分で明かりを持っていて、それが目印になった可能性もあるが……」

「手で明かりを持っているだけでは、久須川さんの全身が照らされませんから、心臓は狙えません。それに、そもそも久須川さんは明かりを持っていませんでした」

「……だな」

首を横に振りつつ、竹中は続けた。

「加えて言うと、そもそも凶器の問題もある」

「ええ。ボウガンのスコープは壊れていましたし、あれじゃ正確には撃てません。そもそも矢には矢じりがなく、久須川さんの身体は貫けないんです」

「凶器といえば、村岡さんもそうだ。アイスピックだか千枚通しかは解らんが、どこにもない。……と、縷々《るる》検討したわけだが、結局のところ、結論はひとつだ。すなわち……」

「……解らない」

「そのとおり」

ハア、と竹中と松浦は、同時に大きな溜息を吐いた。

わたしもまた、つられるように、小さくほっと息を吐いた。

そして——。

結局、何ひとつ解を得られず、それどころか手掛かりすらも見つけることができないまま、それから暫し、わたしたちはただ、黙りこくっているしかないのだった。

しかし、ふと——。

「……まだひとつ、考えるべきことがあります」

ぼそりと呟くように、松浦が言った。

「この犯罪を行うことができる者の特定は困難です。どうやったかも解らない。でも……少なくとも、実行方法については、この建物にある未知の構造や何かの仕掛けを利用するような方法が、検討できると思うんです」

「建物の……おい、ちょっと待て、そりゃまさか」

「ええ。そのまさかです」

青ざめる竹中に、松浦は、神妙な表情で小さく頷くと、静かに言葉を継いだ。

「この館をよく知り、しかもあらかじめ未知の仕掛けを作っておくことができたような人が、何かを知っているんじゃないでしょうか。つまり……鏡面堂の設計者、沼四郎その人が……」

4

「沼四郎……」

そう呟きつつ、百合子は、半ば呆然と手記から顔を上げる。

百合子は、自覚していた。今、私の表情はきっと、今まさに黄泉《よみ》の国から舞い戻ってきたかのように青ざめ、血の気を失っているに違いないと。だから、百合子は——。

沼四郎——。

沼四郎——。

あえて何度も、頭の中でその男の名を繰り返す。鏡面堂を設計し、私財を注ぎ込み建築した男の名。人々を呼び不穏な一泊を過ごさせた男の名。そして、二十六年前にまさにこの場所で起こった二つの殺人事件について、何かを知っているのだろう男の名を——。

無意識に、喘ぐような息が出る。

意図するとしないとにかかわらず、魂を凍えさせる冷気が、絶え間なく襲いかかってくる。

それこそがまさしく、手記の――呪縛。

逃げるように、百合子は目を瞑《つぶ》って上を向くと、わざと大きく深呼吸をした。

そして、思い切り目を開き、そのままドームの天井を睨みつけた。

あの三十メートル以上の高みにあるのは、鏡――ではなく、くすんだ灰色に朽ちた天井だ。

その破れた一角は、しかし、今や光を失っている。

先刻まで、日の光が天界への梯子《はしご》のごとくに差し込んでいた裂け目が、今や、底なしのクレバスのように、仄暗い口を開けているのだ。

日が――落ちたのだ。いつの間に。

「そろそろ、かしら?」

ふと、神が呟いた。

こもることのない、凛《りん》とした声色――見れば神は、先刻とまったく同じ場所、まったく同じ姿勢、まったく同じ表情、そして、まったく同じ、何も変わらない、透明で、純粋で、しかし底知れない眼差しで、百合子のことを見ている。

そうか。神は――ずっとこうして、私を見ていたのだ。

どうして?

私のことが気になるから?　それとも――。

――夜になり、冷えた鏡面堂。凍えそうな空気が首筋から忍び込み、百合子の体温を徐々に奪っていく。

にもかかわらず、こめかみを氷のように冷たい汗が一筋流れていくのをありありと感じながら、百合子は問い返した。

「そろそろ、とは？」

しかし、神は――。

「……ふふ」

何も言わず、ただ微笑んだ。

どきり、とその笑顔に、百合子の心臓が鷲掴みにされる。

全身の交感神経が昂り、震えるような感覚が背筋を立ち上る。

コンマ一秒、百合子は自分に問いかけた。

逃げ出したい？　――いや、違う。

倒したい？　――それも、違う。

では、飛び込みたい？　――それも、違う。

それならば――。

「……待ちます」

百合子は、無意識のまま呟くようにそう答えた。

だが、すぐにはっと我に返ると、今一度自問自答した。

ちょっと、待て。

待ちます――今、私はそう言ったのか？

そう言ったとして――「待つ」、私はなぜ、こんな言葉を吐いたのだろう？

そもそも、何を待つというのか？

「そう、待つのよ。だって……」

「……だって？」

「そろそろだもの」

神は、なおも吸い込まれそうな微笑みを湛えたまま、ゆっくりと――それこそ極めて緩慢な動きで――顔を、ある方向に向けた。

その視線の先にあるのは――。

ドア。

巨大な大広間。その北側の壁の左側にぽつんとたたずむ、一枚のドアだ。

神はそのドアを、瞬きさえすることなく、じっと見つめている。

百合子は、思う。

なぜ、神はあのドアを見ているのだろう。

だが百合子には、その理由が薄々――いや、もはやはっきりと、解っていた。

神は、待っているのだ。

あのドアの向こうから、何かがくるのを。

それが、もうすぐだから――神は、じっとあのドアを見ているのだ。

だから――。

「…………」

百合子もまた、そのドアを見つめた。

それは――。

木目の浮いたドア。

長年放置されてきたがために、下端には黒い黴《かび》がびっしりと生えている。ニスの塗装も剝げ、木目に沿って割れた境目に落ちた影が、まるで、暗闇の中で百合子を睨みつける、一対の目であるかのような錯覚を生む。

現実感もない。かといって、完全な幻覚でもない。

夢でも現でもない。もちろん現世でも来世でもない。まさしくその中間に浮かび上がる、ドア。

そこから今にも何かが飛び出てきそうな妄想に、思わず、ごくりと百合子が生唾を飲み込んだ、まさに、その瞬間。

カッ――カッ――。

何かの音がした。
全身を戦慄が走る。びくりと肩を震わせながらも、それでも百合子は、自らの意思とは正反対に、全神経を集中し、その音に耳を澄ます。
カッ――カッ――。
カッ――カッ――。
これは――何かが、硬いものに当たる音だ。
カッ――カッ――。
カッ――カッ――。
硬いものは、床だ。大理石と鏡面が市松模様を形作る、あの床だ。
カッ――カッ――。
カッ――カッ――。
その音を鳴らしているのは、たぶん、踵だ。すなわち――。
誰かが、ドアの向こうを、歩いている。
そして――。
カッ――カッ――。
カッ――カッ――。
音は徐々に、大きくなっている。

その誰かが、近づいているのだ。

――誰が？

それは一体、誰なんだ？　――身構えながら、百合子は思わず、口を開いた。

「……あれは」

「ストップ」

続く言葉は、神が人差し指一本で制した。

白く透きとおった肌とはあまりにも対照的な、みずみずしい艶やかさを湛えた唇。

神は、そんな唇に、しなやかな人差し指を当てることで、百合子が発しようとした疑問のすべてを封じた。

無言を強いられた百合子に、神は、あえて目で語った。

――見ていれば、解る。

だから――。

「………………」

それ以上は何を言うことさえできず、百合子は結局、緩慢にクレッシェンドする足音をただ従容と受け入れるしかなかった。

カッ――カッ――。

カッ――カッ――。

足音が、打ち鳴らされる。

カッ——カッ——。

カッ——カッ——。

少しずつ、近づくそれは——亡霊だろうか？

カッ——カッ——。

カッ——カッ——。

久須川か、あるいは村岡が、黄泉から戻ろうとしている、その徴《しるし》だとでもいうのか？

カッ——カッ——。

カッ——カッ——。

温もりを奪う何かが、百合子と神の頭上から静かに降り注ぐ。それと同時に、この暗闇の中を確実に、誰かがやってきている。

外は、見えない。ドアの向こうも、解らない。けれども、五感のひとつである視覚が削《そ》がれたくらいで、人は知覚を奪われるわけではない。

嗅覚《きゆうかく》。味覚。聴覚。触覚。

饐《す》えた匂いと、舌の奥がぴりぴりする感覚は、鏡面堂の内外で空気が徐々に湿っている証。足音の響《ひび》きと足元の振動も、何者かの歩き方の癖を如実に反映する手掛かり。つまり――。

百合子はそのとき、その誰かが誰なのか、すでに解っていたのだ。

あれは、亡霊の足音などではない。

そう、彼は――。

カッ――カッ――。

カッ――カッ――。

カッ――カッ――。

カッ――カッ――。

――カッ。

足音が、ドアのすぐ向こうで止まった。

反響は即座に、一面に充満した湿気に吸着し、あるいは拡散される。

静寂が満ちる。

誰もいない夜が、支配する。

時が――止まる。

百合子もまた、微動だにせずにいる。いや、正確には、動くことさえままならず、ただ己の視線を、ドアのその一点に注視している。

そして――。

動く者のない世界で、ドアが動いた。

音もなく、すっ、と開く。

完全に開き、向こう側の世界が露になる。

そこには——。

「…………」

男がひとり、立っていた。

そのとき、彼女は——すべてが停止し、淀み、彩りも動きも生気さえも失い、混沌と混濁に塗れたこの世界でたったひとり「神」と呼ばれた彼女は、ドアの向こうで、呆然と立ち尽くしていた男を、くっきりとしていて、鮮やかで、それでいて穏やかで美しい、まさに生命の力強さそのものの声色で、凛として迎え入れた。

「ようこそ。十和田さん」

第Ⅳ章　手記Ⅲ

1

彼は、百合子のヒーローだった。

——彼のことを知ったのは、ほんの二年前のことだ。当時、ただ「なんとなく」話題になっていた小説を手に取り、「なんとなく」読んでみたのがきっかけだった。小説は現実の事件に基づき書かれたものであり、したがってその主人公も実在の人物であったが、百合子は、気づいたときには、事件云々よりも、探偵役の主人公であった彼に「どうしたわけか」妙に惹《ひ》かれてしまっていたのだ。

叡智を持ちながらも、奇矯な振る舞いばかりを見せるその男に「どうして」これほどの魅力を感じたのかはよく解らない。だが、もしかすると、エキセントリックな表層から、ほんのわずかだけにじみ出してくる内面性——そこはかとない後ろ暗さか、あるいは混沌を感じさせる「何か」か——こそが、百合子をして彼に惹きつけさせたのかもしれない。

この小説は、建築家の死により終わっていた。

しかし百合子には解っていた。この事件の、この登場人物たちの、さらに奥に広がる暗がりには、確実に「何か」が潜んでいる。蠢《うごめ》きのたうち回りながらも、いつか解放されることを望む、蛾《が》の幼虫を思わせる「何か」があると。そう――その「何か」を知りたいと願う心こそが、彼への「憧れ」に転じ、そして、百合子は、いつしか彼を追い求めるようになったのかもしれない。

昨年、百合子は、初めて彼に会った。

彼はまさしく、百合子の思い描いていたそのままの男だった。知識に富み、洞察に優れ、それでいて飛びぬけた変人で、けれど――いつも言い知れぬ「何か」を抱えている。

実のところ、このとき百合子には、すでに薄々その「何か」の正体が解っていたのだと思う。この「何か」は、しかも、明らかに彼の中で育ち、今まさに蛹《さなぎ》を食い破って出てこようとしている瞬間である――なんとなく、百合子はそのことを感じ取っていたのだ。

だから、なのだろう。

彼が此岸から彼岸へと渡ってしまった事実を、ほかでもない百合子自身が看破したときも、彼女はあくまで冷静だった。それどころか――「なぜだか」それも当然のことのように捉えていたのだ。

心のどこかでは、そうなることがあらかじめ解っていたのかもしれない。あるいは、「そうなることが合理的だ」とさえ、思っていたのかもしれないが、いずれにせよ百合子のヒーローだった彼は、このときにダークヒーローへと転じた。それでも彼は、なお変わらず百合子の心に確固たる一角を占め続けた。だからこそ百合子は、なおも彼という存在を——その意味合いを徐々に変えつつも——追い求め続けたのである。

もっとも、百合子自身は、今、過去の自分のそんな行動を酷く後悔してもいた。なぜなら、彼女が彼を追いかける過程で、関係のない人——たったひとりの兄を巻き込んでしまったからだ。

まさか、こんなことになるとは思わなかったのだ。

まさか、彼と会った兄が、そのまま彼の周辺にある「何か」に引き込まれ、巻き込まれ、そして——そのまま還らぬ人となってしまうとは。

だから——。

百合子は、過去の記憶と後悔とが綯《な》い交《ま》ぜになった、酷く混沌とした心のまま、彼をこの部屋に迎え入れたのだ。

この、十和田只人という男を。

大広間に現れた十和田は、百合子がよく知る、いつもの十和田だった。よれたシャツに、擦り切れたグレーのブレザー。ぼさぼさの頭に、顎一面の無精《ぶしょう》髭《ひげ》。

鼻の上には、鼈甲《べっこう》縁の眼鏡が不安定な角度で載り、その傷だらけのレンズの奥には、色素の薄い瞳がギョロリと覗いている。

そう、十和田はまったく、いつもの十和田だった。けれど——。

なんとなく、解っていた。

固く一文字に結ぶ、薄い唇。

目の縁に黒々と現れた、隈《くま》。

そして、不穏な光を宿す瞳。

たぶん十和田はもう、十和田ではないのだ、と。

そんな険しい表情を浮かべたままの、十和田ではない十和田は——。

「…………」

神と百合子の存在に、一瞬、酷く驚いたような顔をした。

だがすぐ、百合子と神、それぞれの表情を順繰りに一瞥すると、すぐにまたそれまでの険しい表情へと——もしかすると動揺を取り繕《つくろ》うように——戻した。

そして、鼈甲縁の眼鏡を中指で押し上げると、ごく自然な所作で、ごく当然のごとくに、悠然と、三つ目の椅子にそっと腰を落とした。

百合子は――今さら気づいた。

向かいあわせに置かれた、三脚の木製椅子。神はこれらを、まさに、この瞬間のために置いたのに違いない、と。

暫し――。

十和田はまるで死人のように微動だにすることなく、ただじっと、眼鏡越しの視線を中空に置いていた。

いつもの超然とした微笑みを湛える神の横で、百合子は無意識に、唾を飲み込む。

不意に――。

ぱら、と、風もないのにページが捲れ上がる。

ぎら、と十和田の瞳が、燻《くすぶ》ったような光を宿す。

ざわ、と全身が総毛立つ。

神は――。

「……もうすぐよ」

唐突に、十和田を見た。

「もうすぐ、解くわ」

「解く……」

灰色の視線が、神を射抜く。

「誰が、何を解くんだ」

「百合子ちゃんよ。彼女が解くの。……謎を」

「何の……謎だ」

「……ふふ」

十和田の挑発的な語気を伴う問いに、神は、凛とした声で答えた。

「鏡面堂《ここ》の、謎よ」

「…………」

十和田は、口は閉じたまま、すう、と鼻から静かにやけに長い息を吸い込んだ。

それから、視線を少し下げると、神への問いを続けた。

「……君はなぜ、僕がここにくると解った」

「神だから」

「手記《そいつ》を、読ませようとしているのか」

「それは、違うわ」

神が、小さく首を横に振る。

ふわり、と重力に逆らう黒髪が、ふくよかな丸い空間を作る。

「十和田さん。あなたは手記の中身を知っている。この手記を書いた人間に、あなたはすでに会っているのでしょう？」

「…………」

十和田は暫し、酷く動揺するかのような無言をはさんでから、しかし、決して動揺を露にはしない低い声で、問いを続けた。

「……偶然か？」

「必然よ。手記《それ》が私たちを引きあわせた」

「それは不可能だ」

「いいえ。可能よ」

神は、あくまでも毅然と言った。

「今、時間は混濁しているの。過去も、未来も、現在もなく、ただここに綯い交ぜのまま存在している。百合子ちゃんという、光を媒介として」

「百合子くんが……」

十和田が一瞬、百合子を見た。

その底知れぬ瞳の奥底にある「何か」――吸い込まれそうになりながらも、百合子は、逃れるように言った。

「必然ではありません。ただ、作られただけです。作られたんですから、おかしなことは、何もありません」

「……ふふ」

慌てたような百合子の言葉に、神は、さもおかしそうな笑みを口元に零しつつ、続けた。

「百合子ちゃんは、私の妹よ。私のことを十分に解っている。そう、十和田さんと同じくらいにね」

「…………」

神の言葉に、十和田はしかし——。

微動だにしない。

まるで屍のごとく、瞬きひとつせず、色素の薄い瞳で、ただじっと中空に視線を置き続けるだけだった。その態度が、許容を意味するのか、拒絶を意味するのか、あるいはそれ以外の何かなのかは、まるで解らない。

けれども、神は——。

「十和田さん。覚えてる？」

十和田のことなど意にも介さず、ごく自然な問いを投げる。

「去年のこと。あの日は……寒かった」

「…………」

「昨日のことのようね。何もない、誰もいない雪の五覚堂で、私はあなたを待った。待ち続けた。何のためにそうしたか。それは、去るためよ。あなたから去るために、あなたを待っていた」

「…………」

「あなたはドミノのコマのひとつだった。あなたが現れた瞬間に、ドミノがすべて思い描いたとおりに倒れるであろうことが、確定した。だから……私は立ち去った。確定してしまった事柄に、私はもう興味がないから。因果が決定してしまえば、それは証明された問いと同じだから。でも……今は、違う」

神は不意に、真剣な眼差しを向けた。

「今、私は、すべてを見届ける必要がある。なぜなら、私の五覚堂ではないから。ここは、沼四郎の鏡面堂だからよ。あなたも、百合子ちゃんも、もちろん私も、もうドミノのコマじゃない。引きつけられるべくして引きつけられた、神の一員にしかすぎない」

「……神」

十和田が漸く、言葉を発した。

「倒される神か」

「そう。倒す神よ。あなたがそう望むのならば」

「…………」

十和田は再び、沈黙した。

抽象的な神の言葉。その意味を静かに咀嚼していた百合子に、やがて、真剣な眼差しはそのままに、神は身体をゆっくりと彼女に向けた。

「百合子ちゃん」

「……はい」

「私には……いえ、私たちには、義務がある。それは、あなたを最後まで見届ける義務よ。あなたが手記を読み切り、そこから真実を拾い上げる、そのすべてを見届けなければならないの。だから……」

「解くんですね。私が」

「そうよ」

神が、優しく微笑んだ。

「さあ。謎を解いて。百合子ちゃん」

「…………」

百合子は——。

三たび、手記に視線を落とした。

神の言葉に促されたのではない。あくまでも自分自身の自由意思に基づき、百合子は、今まさに目の前で繰り広げられている二十六年前の世界へと、三たび、自ら望んで飛び込んでいったのだった——。

2

沼四郎の書斎は、大広間から大食堂を抜けた、その次の部屋にあった。

部屋は短い廊下によって大きく二つに分けられ、南側に4号室とわたしが常駐する事務室が、北側に沼の書斎があった。

来客がある前、広大な鏡面堂をほぼひとりで管理していたわたしは、週一回、掃除をするために書斎に足を踏み入れることがあったが、今でも、あれほど奇妙な書斎にはついぞお目にかかったことはない。

というのも、書斎は四面をびっしりと本棚で埋め尽くされていたからだ。もちろんドアのある部分を除くが、それ以外は分厚く頑丈な木で作られた本棚が頭の高さよりも上まで段を作っている。その癖、本棚には一切の本がなく——まだ収納されていなかっただけかもしれないが——細長い空虚な口を、ぽかんと開けていた。

加えて、他の部屋と同じ市松模様の固い床に、天井も他の部屋と同じくドームまでの吹き抜け——1号室から4号室まで、事務室にも天井はあるのに、なぜか書斎だけは開いているのだ——である。まさしく一目見ただけで異様な部屋だと解るのだが、その異様さに拍車を掛けたのが、部屋の中心に置かれているひと組の製図台と椅子だった。

すなわち、斜めに傾けられたスチールの製図台と、黒い革張りの椅子とが、部屋のど真ん中に、床にねじ止めされ据えつけられていたのである。

ここが建築家の書斎なのだ、という前提があるならば、これは必ずしも奇妙なものではないのかもしれない。むしろ、何もない無機質な部屋で、本に囲まれ、製図台と真摯に向きあうという状況こそ、建築家をして作業に没頭させ、着想を生み出させていくのだろうとは思う。

とはいえわたしは、実は、かつて沼自身からこんな台詞を聞いたこともあるのだ。

——私はベッドでは眠らない。横になって眠ることができないのだ。だから私は、睡眠をこの椅子に凭れて取っているのだ。

——もっとも、睡眠とはいっても、私が眠るのはせいぜい一日で二時間ほどなのだがね。

その言葉が本当なのかどうかは解らない。

単なるブラフだったのかもしれない。だが、確かめようはなかった。そもそも沼が鏡面堂に宿泊していくことはなく、したがって沼が自分の言葉どおりの睡眠を取っているのかどうかも解らなかったからだ。

だが、もし沼の言葉が本当だとすれば、わたしは少しそれを嫉《ねた》ましく感じた。なぜならたった二時間、言わばうたた寝程度の睡眠さえ取れれば、十分な知的活動ができるのである。幼少時から十分な睡眠を取らなければ体調を崩してしまうようなわたしからすれば、まったく想像もつかない、なんとも羨《うらや》ましい体質である。

ともあれ――。

ちょうど時刻が正午を迎えたころ、わたしたち四人は、こぞって書斎へと向かっていったのである。

目的は、ただひとつ。

沼四郎に、問い質すことであった。

――この館をよく知り、しかもあらかじめ未知の仕掛けを作っておくことができたような人が、何かを知っている。

松浦の言葉はおそらく、誰もが考えつきながらにして、誰もがあえて考えようとはしなかった――したくなかったか、できなかった――ことだったろう。すなわち――。

深夜に発生した、二つの惨劇。

それら惨劇は、ほかでもないこの閉ざされた館で起こっている。この館をよく知る者はほとんどなく、まったく未知の世界で起こった事件である。もちろん、犯人が犯行に館のなんらかの構造を利用したかどうかは解らないが、少なくとも、館の備品——ボウガンが犯行に活用されたことだけは確かである。

だとすれば、まさしく松浦自身が述べたように、彼が「何かを知っている」のではないかと考えるのは、当然のことなのだ。館を熟知するのはただひとり、「鏡面堂の設計者、沼四郎その人」しかいないのだから。

「……ここだな」

竹中が、ドアを前にして厳かに呟いた。

黒い木材で作られた立派なドア——漆黒は塗装ではなく、木材本来の色だから、黒《くろ》柿《がき》か、それとも黒檀か、どちらにせよ高価な木材一枚から造作を彫り出した、重厚な扉だ。

この向こうに、沼四郎がいる。

わたしたちは、お互いの顔を見あわせると、視線だけで思いを交わした。

先刻、沼はこう言っていた。

——書斎に戻る。放っておいてくれ。

——彼らのことは君に任せる。以上だ。

これらの言葉が正しければ、沼四郎は間違いなく、ここにいる。

「誰が、確かめるんだ？」

竹中が、わたしたちに問う。

わたしが松浦の顔を見ると、当の松浦は、藤に許しを請《こ》うような表情を向けた。

藤は、そんなわたしたちのあたふたとした様子に対し、まるで面白がるように目じりに皺を寄せつつ、ややあってから、指名した。

「君がしたまえ」

海溝の底を思わせる黒い瞳が、わたしに向いた。

「わ……わたし、ですか」

「そうだ。君だよ」

困惑しつつも、しかしわたしは、藤衛に名指しされれば断ることなどできないのだと即座に腹を括った。

扉に向き直り、手の甲を、黒い表面に当てる。

そして、手首のスナップを利かせるようにして二回——。

コン、コン。

ゆっくりと、ノックをした。

だが——。

「……ないな」

返事がない。竹中が、少し不安そうに呟いた。

「もしかして、書斎にはいないのか？」

「いえ、わたしも聞きました。沼さんは確かに、書斎に戻ると言っておられました」

「ということは、向こうにいる」

「……とは、思うんですけれど」

不安が伝染したように眉根を寄せつつ、松浦が、わたしを見つめた。

意図を察したわたしは、小さく頷くと、再度、さっきよりも間隔を開けて、ノックをした。

コン――、コン――。

ごく小さな、しかしはっきりとしたノックの音。それは鏡面堂のドームのあちこちに跳ね返り、不穏な長い余韻を作った。

鏡面堂の秘密を垣間見たような気がして、今さら背筋に寒気を覚えたわたしは、しかし数秒後、ドアの向こうで何かが蠢く気配を感じ取った。

「あっ」

「……いらっしゃいますね」

やっぱり、と松浦が、落ち着いた口調で呟いた。

なおも息を潜めていると、やがてその気配は、カツン、カツン、という足音へと変わり、少しずつドアへと近づいてきた。

そして――。

『……誰だ』

くぐもった声が、ドアの向こうから聞こえた。

それは紛れもない、沼四郎の声。

竹中と松浦が、目を丸くしてお互いに顔を見あわせた後、まるで示しあわせたように、再びわたしに視線を送った。

ひとつ息を継いで、わたしは問うた。

「わたしです。沼先生、今、よろしいでしょうか」

『……何か、用か』

「はい。まずはこのドアを、開けていただけませんか」

『…………』

不意に、ドアの向こうから緊張感が伝わる。

脳裏にありありと、額に深い皺を刻む沼の険しい顔を想起しながら、わたしはなおも、一言一言をゆっくりと、かつ可能な限り明瞭《めいりょう》にしながら、ドアの向こうに向かって話しかけた。

「沼先生にお聞きしたいことがあるのです。その……考えてみたのですけれど、この鏡面堂で起こったことは、やはり、沼先生からお話をお聞きしない限り、何も理解できないように思えるのです。ですから、沼先生。開けていただけませんか？　そして、わたしたちと話をしてくださいませんか？」

しかし、沼は――。

『……そこには、誰がいる』

「全員揃っています。わたしと、竹中先生、松浦先生、そして……」

『藤先生もか』

「はい」

『…………』

それを問うたきり、再び、緘黙に徹した。

だが、息遣いか、布ずれか、あるいはもしかすると心臓の音か――とにかく誰かがいる気配は終始、すぐそこに感じられた。沼四郎は間違いなく、なおもそこにいて、ドアにはりつきながら、耳を澄ましているのである。

しかし、出てはこない。

一体どうしたものだろうか――困惑したわたしは、今一度指示を仰ぎたいと言わんばかりに、藤を見た。

だが、藤は――。

「……残念だ」

静かに頷くと、首を左右に二度、振った。

「どうやら沼君は、ここにいないようだな」

「えっ？　いない……？」

「ど、どういうことですか、藤先生」

言葉の意味が解らず、戸惑ったように目を見開く松浦が問いを投げる。

しかし藤は、一拍を置いてから「解らないのかね？」と、眉を険しく顰めた。

「すでに砕かれてしまった。思考を止めてしまったのだよ」

「し……思考を？」

「屍になったのだ。彼は」

それだけを言うと、藤は、滑らかな動作で踵を返し、そのまま書斎から離れていった。

「あ、待ってください」

わたしたちは慌てて、藤の後を追い掛けた。

そして結局、わたしたちは、沼から何かを聞き出すこともできないまま、藤に引きずられるようにして、書斎を後にしたのだった。

背後には、沼四郎のあまりにも悲痛な沈黙を残しながら。

わたしたちは結局、またも見慣れた大広間へと戻ってきてしまった。

行ったりきたり、行ったりきたり。「堂々巡り」――まさにそんな言葉が、わたしの頭にも忍び寄るように浮かび上がってくる。

きっと、そんな状況は同じだったのだろう。

「な、なあ……」

竹中が、昼を過ぎてもなお染み入るような冬の冷気にも、額に大粒の汗を浮かべると、喘ぐように言った。

「やっぱり、呼ぶべきだと思うんだが……」

誰が、という主語を欠いた提案。

何を、という目的語すらない問題提起。

そもそも誰に問いかけているのかも解らない独り言のような言葉だ。だが、にもかかわらず、わたしたちには、そんな竹中の言わんとしていることが、ありありと理解できていた。

わたしは、憔悴《しょうすい》したように俯く竹中のやや薄くなった頭頂部から、酷く疲弊した様子の松浦へと、視線を移した。

目の周りにさすがに疲労感を感じさせる隈を作りながらも、なおも目に仄暗い光を宿し続ける松浦は、わたしの無言の問いかけに、「……そうですね」と小さく頷くと、数秒、逡巡するように視線を伏せた後、意を決したように、顔を上げた。

「竹中さんのおっしゃるとおりです。もう、警察を呼ぶべきではありませんか？」

すがるような松浦の言葉。彼女の視線の先にいるのは――。

藤衛だ。

松浦はなおも、藤への懇願を続けた。

「わたしも、竹中さんの意見に賛成です。沼先生に出てきていただけないのであれば、やはり、公権力の力を借りる必要があると思うのです。ええ……もちろん、わたしたちが謎に対して持ち続けるべき探究心を放棄するつもりはありません。挑戦し得るものなら挑戦し、この謎を解くべきであろうと考えています。しかし……わたしの思うところ、謎はすでに、望まれない形で解かれていると思うのです。崩れてしまった、というべきかもしれません」

「……………」

「いずれにせよ、こうなってしまえばわたしたちが挑むべき余地もありません。この謎を解こうとする行為は、もはや何かを解決しようというのではなく、無様《ぶざま》な隠蔽行為を無理やりはぎ取るような、無益なものにしかならないと思うのです。ですから

「……藤先生」

仏頂面の藤。松浦は最後に、まるで腫れ物に触るような丁寧さで、おそるおそる言った。

「警察を、呼びに行ってはいけませんか？」

松浦の問いに、藤は、暫し無言のままじっと目を伏せていたが、やがて、一言だけ――吐き捨てるように言った。

「……つまらない」

「え？　今、なんと」

「臓腑の中には謎などなかったということだよ」

藤は、眉間に指先を当てつつ、大きな溜息をひとつはさむと、半ば呆れたように言った。

「私が謎だと考えたものは、どうやら、すべて彼の妄想だったようだ。知力か、武力か、その如何《いかん》にかかわらずなんらかの闘争を行おうとするならばまだしも、戦うことすら放棄し、逃げ出し、自己防衛の殻に閉じこもるなど、見下げ果てたものだ。せっかくの謎を無意味なものにするとは……」

「ふ……藤先生？」

「こうなってしまえば、我々が探究者である必要ももはやない。後は野蛮な連中にでも、すべて放り投げてしまいたまえ」

「え、ええと……それはつまり、警察を呼びにいってもいい、ということでしょうか？」

「そうしたければ、そうしたまえ」

何かに憤慨したようにそう言うと、藤はそれきり目を瞑り、口を真一文字に結んだまま、沈黙してしまった。

藤の突然の豹変に、暫し困ったようにお互いの顔を見回すだけのわたしたちだったが、やがて竹中が、「だ、だったら善は急げだ」と、困惑しながらも勢い込んで言った。

「警察だ。警察をすぐに呼ぼう」

「そうですね。でも、そのためには一旦、鏡面堂を出ないといけません」

「ああ……そうだったな」

「ええ。あ……いや、でも……」

「……？」

松浦は、少し疑わしげな表情を眉じりに浮かべると、ややあってからわたしのほうを向いた。

「管理人さん、すみませんが、この建物には本当に、どこにも電話はないんですか？」

改めて問われたわたしは、もちろん本当に電話が存在しないのは確かなので、可能な限り誠実な表情で「はい」と頷いた。

「実際にご覧いただければ解ります。本当に、どこにも電話はないのです」

「書斎にも？」

「え……書斎、ですか？」

「沼四郎の書斎は、もちろん管理人さんも掃除のために入っていらっしゃることと思いますけれど、本当に記憶にはありませんか」

「え、ええ。割ときちんと掃除はしていましたけれど、あそこに電話は……」

「あるかもしれない」

「そう言われると自信がありません。どこかに隠してあるのかも。いや、でも……」

今度はむしろ、わたしが首を傾げた。

「松浦さん、どうしてその点にこだわってらっしゃるのでしょうか。先ほどはむしろここに電話などないとおっしゃっていたような記憶があるのですが……」

そう、松浦はこう言っていたのだ。

――これだけ意思を明確にしている砦です。あえて内外の連絡手段を残しておくとは、思えない……。

電話がないことを半ば確信していた松浦が、にもかかわらず、なぜ今、電話の存在を疑うのか？

そんなわたしの疑問に、松浦は――。

「ええ。確かにわたしはそう言いました。でも……」

瞼の上に小さな斜めの皺を寄せると、淡々と答えた。

「少し考えを変えたんです。あの沼さんの態度を見ていて……」

「どういうことです？」

「それが……なんというか、正直に言ってわたしにもうまく説明はできないんですけれど」

「……？」

もどかしげに顎を引くと、松浦は続けた。

「沼先生、本気だったんでしょうか？」

「……本気？　どういう意味ですか」

「その、なんというか……うまく説明できないんですが、つまり、これだけ鏡面堂が明確な意思を示しているというのに、肝心の沼さん自身が、その意思にまったく追いついていないような気がしたんです」

「うーん……よく解りませんが、それは沼先生が冷めている。もう本気じゃない、ってことですか？」

「かもしれません。あー……昨日までは確かに沼さんはこの館の主だったと思います。でもさっきは……なんというか……覇気も一切なくて……悲愴感のようなものを、感じるというか……要するに、この砦の主というよりは、取り残された指揮官のような感覚を覚えるんです」

「取り残された……」

「だからこそ、わたしがさっき自分で言ったことを、その、舌の根も乾かないうちに翻すようで申し訳ないんですが、今のあの沼四郎を見ていると、どこかに連絡手段を残しておいてもおかしくはない……というか、そのほうが自然だ、と感じたんです」

「…………」

松浦の言葉に、思わずわたしは沈黙した。

しかしそんなわたしと松浦の間に、苛立ったように竹中が割って入った。

「君たちはさっきから何を話してるんだ。要するに、四の五の言っても電話はない、あってもどこにあるかなんて解らないということなんだろう？」

「え、ええ。まさしく」

頷くわたしに、竹中が盛大に唾を飛ばしながら言った。

「ならば、自分から警察に行くしかあるまいよ。そのほうが手っ取り早いからな。

……で、最寄りの警察署はどこにあるんだ？」

「森の道を抜ければ県道に出ます。それをたどれば町に出て、そこにＹ警察署もあります。しかし……」

「遠すぎるな。町までは十キロはある。歩いていけないことはないが、自分から行く気にはならないな……それ以外に、どこか近くに交番はないのか」

「交番でしたら、森を出て二十分ほどの場所に派出所があります」

「それだ。具体的にはどのあたりだ」

「県道を南に行くと郵便局のある五差路が見えます。そこを斜め右奥の道に進むと、商店のある四つ角があります、そこを左に進んで……」

「随分とややこしいな」

「集落の中にある派出所ですから」

「ちっ……そんなの、土地鑑のない僕じゃあ道に迷っちまうよ。うーん、だったら……君に頼むよ」

「えっ。わたし、ですか」

「ああ。場所が解っている君なら、迷うことなく行けるだろう。それが最短だ」

「じゃ、じゃあ……竹中さんたちは？」

「僕らは待っている。死体とともに閉じ込められっぱなしは気分のいいものじゃあないが、警察がくるまで帰るわけにもいかないし、だったら、じっと待っているほうが合理的だ」

「…………」

竹中の意見に、異を唱える者はいなかった。

かくして――。

午後二時。

わたしはひとり、鏡面堂を出たのだった。

＊

はばったい印象のその警察官は、当初、わたしの言葉をまるで信用してくれなかった。

「あんたなあ……昼間っから、冗談も大概にせんと、ためにならんぞ？　一晩世話になるか？」

徽章《きしよう》からすると巡査部長の階級にある、おそらく現場の叩き上げであろうと思われる警察官。わたしよりも十は上と思しき彼は、わたしのことを、警察官を困らそうとしている迷惑な酔客かなんかだと勘違いしたのだろう、犬猫を追い払うようなしっ、しっという失礼な仕草《しぐさ》を見せた。

しかしわたしも引くことはできない。

これは冗談ではないのだ。本当に昨晩、二人が亡くなったのだ、しかも殺されたのに違いないのだ、と涙ながらに訴えると、初めは懐疑的だった警察官も、さすがにこれは冗談などではないと解り始めたのだろうか、不意に、浅黒く焼けた顔に、深い皺を寄せた真剣な表情を浮かべると、低い声で問うた。

「……事件はどこで起こった？」

「森林公園です。その奥に、建物があるんです」

「公園の奥だと？　あんなの、山裾の森ばかりの場所じゃあないか。あんなとこに建物なんかあるわけが……いや、そういえば今年の頭に、ミキサー車が毎日山ほど入ってった記憶があるが、まさか、新しく建てたのか？」

「ええ、たぶん、それです。建物はついこの間竣工《しゅんこう》したもので、『鏡面堂』というんです」

「鏡面堂……聞いたこともないな」

「とにかく、そこで大変なことがあったんです。嘘じゃないんです」

「…………」

警察官は十秒ほど、首を捻《ひね》りつつ、口を開かずにじっと唸るような低い音を喉で鳴らしていたが、やがて、静かに黒電話の受話器を取り上げた。

「……本署の刑事課ですか、すみません、川岡《かわおか》の庄《しょう》派出所です。実は、死亡者が二名いるとの通報があったので、まずは一報お知らせします。……え？　事件性ですか？」

ちらり、と警察官は、わたしの表情を窺うと——おそらく、その真剣度を確かめていたのだろう——ややあってから、小さく首を縦に振った。

「はい。おそらくは殺人の可能性も。とにかく署の応援と、急ぎ係の人間をお願いします」


そこからの警察の動きは、迅速だった。

ものの十分で、Y警察署所属の警察官たちが森の入り口に当たる集落に集合した。長閑《のどか》な集落は突然、これまでに経験したことのない喧噪《けんそう》に包まれた。住人たちも何事かと窓から顔を出し、こちらを不安そうな表情で窺っていた。

何十人もいる警官たちを束ねていたのは、二人の男だった。

どちらも背広を着ているが、その雰囲気は対照的だ。

ひとりは——おそらくはこちらが上司になるのだろう——四十前と思しき、痩せていて背の高い男だった。細面の輪郭に、ポマードで丁寧に撫でつけた四六分け、加えてすべてがやけに細い顔の造作を持っている。特に、面相筆ですっと線を引いたような一重瞼《ひとえ》の目は、左右に吊《つ》り上がり、その細い隙間からやけに鋭い眼光を覗かせていた。

まるで、蛇のようだ――わたしはその男に、直感的に、そんな印象を抱いた。

もうひとりは、少し緊張した面持ちの、三十手前の男だ。中肉中背だが、聡明そうなさっぱりとした顔つきをしていて、外国人のような彫りの深い目の周りが印象的だった。きっと、まだ若手なのだろう。いかにも師事しているといったように、蛇の男の傍をついて離れることはなかった。

どちらも管轄であるY警察署の刑事なのだろう――そんなふうに、わたしが推察していると、派出所の警察官から事情を聴いていた蛇の男が突然、わたしに歩み寄り、背広の内ポケットから一瞬だけ、淀みのない動作で警察手帳を取り出して見せた。

「辺見《へんみ》だ。Y署の刑事をしている。こっちは部下の毛利だ。で、あんたが第一発見者か？」

しゃべり方にも一切の隙がない。まさに、所轄署のベテラン刑事、警部補クラスの係長刑事といった雰囲気だった。

とりあえず「はい」と頷くと、蛇は――辺見刑事は、わたしのことを疑うような視線と口調で、矢継ぎ早に問うた。

「場所はどこだ？」

「ええと……森の奥です。あっちの……」

「Y森林公園だろ。それは聞いている。二人死んだそうだが、両方ともあんたの知り合いか？」

「あ、いえ……知人といいますか、わたしも昨日会ったばかりで……」

「昨日会ったばかり？　はっきりせんな。君はもちろん当事者なのだろう？　そもそもどんな状況だったんだ」

「はい。それが……」

わたしは、精いっぱい、沼四郎のこと、鏡面堂のこと、集められた人々のこと、昨晩から今朝に掛けての出来事のこと、そして――二つの死体について、しどろもどろになりながらも説明した。

じっと、口を開くこともなく――それこそ、まるで獲物を狙う爬虫類《はちゆうるい》のように、今にも口を開けそうな様子で静かに聞いていた辺見刑事だったが、やがて、一言だけをぽつりと零した。

「……妙だな」

「妙？」

「ああ。キナ臭いぞ」

小さな穴が二つ開いているだけのような鼻をひくつかせつつ、辺見刑事は、背後の後輩刑事に言った。

「お前、どう思う」

「詳しくは解りませんが、関係者の姿がよく見えてきません」

「だな。俺に言わせれば、人間だけじゃあなく、事件そのものがよく見えん。もちろん、この男の話を聞いているだけでは情報が不足しているのもあるが……」

「早速、行ってみましょう」

「そうだな。百聞は一見に如かずだ」

辺見刑事は、細い目の奥からわたしのことを見つめて言った。

「あんた、道案内してくれ」

「解りました」

もとより鏡面堂に戻るつもりでいたわたしは、当然のことのように頷くと、辺見刑事と毛利刑事、そしていつの間にか二十人は集まった警察官たちを引き連れ、再び、鏡面堂に続く森への道を、戻っていったのだった。

鏡面堂に到着した刑事と警察官たちは、きっと、少なくとも三度驚いたに違いない。

一度目は鏡面堂の外観を目の当たりにした瞬間だ。午後の淡い光の中、銀色に輝く巨大な半楕球に、啞然としない者はいなかっただろう。

二度目は鏡面堂の中に足を踏み入れたときだ。無機質な壁、市松模様の床、何よりもドームまで吹き抜ける天井には、さぞ度肝を抜かれたに違いない。

そして——三度目にして最大の驚きはやはり、二つの死体だ。

特に、久須川の死体を目の当たりにしたときの二人の刑事の驚くさまは、まったく絵に描いたようだった。

もちろん刑事だから、尻餅《しりもち》をつくような無様な驚き方はしない。だが、密室となっていた部屋Aで、久須川の異様な死にざまを見てしまえば、いかに海千山千の刑事といえども、その驚きを隠すことはできようもなかった。

まず、毛利刑事が「わっ」と無意識の小さな声を上げ、一歩たじろいだ。

その横で辺見刑事は、無言で手を口に当てたまま、しかしその細い目は笹《ささ》の葉の形に開かれ、小さな四白眼をこれでもかとむいていた。

間違いなく、驚いていたのだ。

凶器は何なのか。なぜ密室なのか。そもそもどうしてこのような現場が生まれたのか——理解しがたい死体の現状に、さすがの蛇も暫し固まったままでいたが、やがて、額をそっとハンカチで拭うと、誰にともなく小声で言った。

「予感的中だぞ。こいつはなんとも……キナ臭い」

繰り返される「キナ臭い」の意味が、正直に言えばわたしにはよく解らなかった。言葉どおり「妙な気配を感じる」かもしれないし、もっとほかのニュアンスが込められているようにも思えた。しかし、少なくともその言葉が、彼らの豊富な経験と照らしても、まったく尋常なものではない、という意味であったことは、まず間違いないだろう。

辺見刑事と、毛利刑事、そして多くの警察官たち。彼らは見たこともない現場の様子に驚愕の表情を浮かべつつも、しかしすぐさま、自らに与えられた職務をまっとうすべく、迅速かつ手慣れた様子で実況見分に取り掛かった。

副官である毛利刑事の指示に即応し、ある者は警棒を手に建物の外を捜索し、ある者は鏡面堂の寸法をメジャーで細かく計測し、またある者は、白い手袋を嵌めると、死体の周辺の壁と言わず床と言わず、目を皿のようにして遺留品を探し始めた。

こうしたとき、指示に対して一糸乱れぬ統制を見せる警察は、まるで組織化された軍隊のようである。見る人が見れば不快感を覚えるのかもしれないが、それだからこそ、日本の治安を彼らに安心して任せられるのだともいえる。

着々と進められる現場検証の一方、指揮官である辺見刑事と毛利刑事は、当事者であるわたしたちへの聴き取りを開始した。

わたしの事務室が仮の取調室とされ、ひとりずつ取り調べを受けた。

竹中、松浦、藤の順に、それぞれ三十分から一時間ほど事務室で何かしらの尋問を受けた。その後に漸くわたしが呼ばれ、まずは毛利刑事から、取り調べに先んじて黙秘することができる旨を告げられた上で――そうか、わたしも容疑者なのだな、とここで知った――二人の刑事からさまざまなことを問われたのだった。

例えば、鏡面堂での一部始終。

例えば、被害者である久須川、村岡の様子。

例えば、わたしも含めた人間関係について思い当たること。

そして――。

「あんたがやったんじゃないのか？」

単刀直入、かつシビアな質問が飛ぶ。

わたしはもちろん、すぐ「まさか」と手を顔の前で横に振った。

「わたしは彼らと面識がありませんでした。そもそもわたしのような者には、こんな大それたこと、思いつくにずもありません」

「嘘じゃないだろうな？　正直に話すなら今のうちだ。天網恢恢疎《てんもうかいかいそ》にして漏らさずだぞ」

「もちろん、正直に申し上げています」

疑わしげな辺見刑事に、わたしは一生懸命、何度も首を横に振ったのだった。

それからも、辺見刑事の問いが鋭い視線とともに続いた。その問いの内容からわたしは、彼らが、誰がこのような事件を起こしたのか、すなわち犯人《フー》よりも、不可解な事件がどのように実行されたか、すなわち手段《ハウ》に興味を持っていると推察した。要するに、彼らはまず事実を解明しようとしているのだ。そうやって客観的事実という舞台を確定しさえすれば、その舞台で踊ることのできる人間が誰か、ひいてはその人間の動機をも推し量ることができると考えているのだろう。

もっとも、手段に関する手掛かりをわたしが話せたわけではない。わたしはそもそも、この事件については不可解だという感想しか、彼らに伝えることができなかったのだ。

だからかは解らないが、聴き取りはものの三十分で終わってしまった。

上記供述に相違ないと誓約し、署名をしていたわたしの正面で、ふと――。

「ふー……」

辺見刑事が、やけに大きな溜息を吐いた。

それを聞いた毛利刑事が、すぐさま言った。

「先輩、もうひとりのことですか？」

もうひとり――？

「ああ、それもあるな。奴《やっこ》さん、いつになったら部屋から出てくるのかね」

ああ——沼四郎のことか。

「あいつ、何か知ってるぞ」

「そうですね。とりあえず任意で出てきてもらえればいいですけれど、あくまでも拒《こば》むようなら、突入するしかありませんね」

「そうだな。あの先生、吐かせたらたぶん、何か出してくるぞ。もっとも、何も吐かない可能性もそれと同じくらいありはするが……」

「どういうことです？」

「いや、解らなきゃいいんだ。それよりな、毛利。俺は別に、奴さんのせいで溜息を吐いたんじゃないんだぜ」

「えっ？」

「お前、あの男からちょっと尋常じゃないものを感じなかったか？」

「あの男……もしかして」

「ああ。藤衛だ」

辺見刑事が、まるで何かに聞かれまいとしているような、ひそやかな声で言った。

毛利刑事もまた、ごくりと唾を飲み込むと、小声で辺見刑事に頷いた。

「藤衛……あの、数学者の先生ですね。確かに、わたしも感じました。なんというか、うまく言えないんですけれど……」

「見透かされている」

「ええ、まさしくそれです。なんというか、わたしたちの問いがあらかじめ解っているような、そんな感じもしました」

「それだけならいいが……俺はもっと、底知れないものに触れた気がしたぞ」

「……底知れない、というと」

「お前、感じなかったか？　あの男、たぶん、コントロールしてやがるぞ」

「コントロール。何をです？」

「俺たちをだ。俺たちが何を言うか、何と問うか、しまいにゃ何を思うか……すべてコントロールしてやがった。俺たちはな、まるで掌の上で転がされるように、自在に操られていたんだよ……あの藤衛という男に」

「………………」

無言になる毛利刑事。

何か、禍々《まがまが》しいものでも見たかのように、眉間に険しい縦皺を刻んだ辺見刑事に、わたしは何も言わず、そっと、署名を終えた調書を、差し出したのだった。

やがて――夜七時になった。

昨日は、夕食を摂《と》るために一同が食堂に集まった時刻だ。あのときは久須川がテーブルについていた。厨房でも村岡が腕を振るっていた。彼らがまだ、自らの身に数時間後訪れる悲劇を予想することもないまま迎えた、最後の夕食の時刻だったのだ。

そして二十四時間が経過した、今。

辺見刑事は、わたしたち全員を、大広間に呼び出したのだった。

すでに丸一日以上この館に留め置かれたままの彼らの表情には、さすがに疲労の色が浮かんでいたように見えた。

竹中郁夫。彼の頬にはいつの間にか青々とした髭が浮かび、目の下には重苦しい二重のたるみも生まれ始めていた。

松浦貴代子。一見すると昨日と同じ、さばさばとした態度の彼女だったが、しかしその眉根には、小さな二本の縦皺が存在感を示していた。

きっと、二人とももういい加減に解放してほしいと願っていたのだろう。事件に対して怯えていた竹中はもちろん、好奇心に満ちていたはずの松浦でさえも、ほとほと疲れたと言いたげに、額に手を当てていたのだった。

そしてそれは、わたしも同じだった。

わたしもまた、率直に言って、もうこの事件そのものが終わってほしいと考えていた。事件が発覚してから半日以上が経過し、そろそろ死体と同じ空間にいるという事実自体にも重荷を感じるようになっていた。鏡面堂に住み込んでいたわたしでさえもそう思っていたくらいなのだから、竹中と松浦はなおのこと、この状況にはストレスを感じているに違いなかった。

その意味ではたぶん、館の主人にしてわたしの雇用主である沼四郎も同じだったのだろう。この期に及んでも決して外に出ようとはせず、終始書斎に閉じこもったままの態度ではあったが、今にして思えば、彼もまた事件の重圧に耐えかね、予想外の出来事に対して抱いていた精神的ストレスを、「閉じこもる」という形で解消していたのに違いない。

そんなわたしたちの中で、しかし、ただひとり藤衛だけは平然としていた。

昨日から一切態度が変わらない。疲労や憔悴も一切ない。時間の経過も、拘束されているという事実も、目の前で起こった殺人事件でさえも、特段どうということもない、そんなごく普通の表情で、静かにたたずんでいた。

だから、わたしは思った。藤にとって、このような出来事でさえもすべて予定調和の中にあるのだ。だからこそ、感情を揺り動かすこともなく、超然としていられるのだろう、と――。

「……皆さん、お集まりか」

辺見刑事が、わたしたちの目の前に現れた。

大広間にて、関係者であるわたしたちは内側に。その外側を取り囲むように、毛利刑事と警察官たちが並んだ。

もっともその囲み方は、さして厳重なものではない。だからわたしは直感で悟った。

彼らは、おそらく犯人がここにはいないと考えているのだ、と。

だが、ここにいない男——沼四郎は？

「沼四郎は、まだ書斎だ」

きょろきょろと周囲を見回すわたしに気づいたのか、辺見刑事は補足するように言った。

「なかなか自発的に出ようとしないのだ。もちろん彼にも、最終的には知っていることをすべて話してもらわなければならないが、とりあえずこの場では、関係者であるあんたがただけに、まずは小職の見解を話すつもりでいる」

「それは、つまり……刑事さんがたには犯人が誰か、解ったということか」

「知らん」

おずおずと問う竹中を、辺見刑事は鋭い目でキッと睨んだ。

「それは、これから解明すべきことだ」

「は、はあ……」

冷血動物のような視線にたじろいだ竹中が、一歩後ろに下がった。

辺見刑事は、仕切り直すようにひとつ咳払いを打つと、わたしたちの前で語り始めた。

「率直に申し上げるが、この事件、どうにも不可解なことばかりだ。この仕事を始めてから長いし、殺人《コロシ》事件について言えば二桁……いや、三桁の単位で携わってきたベテランだと自負しているくらいだが、それでもなお、奇妙なことがあまりに多すぎて、困惑していると言わざるを得ない」

「手段が解らないということですか」

「それもある」

松浦の発した問いに言葉では頷きつつも、しかし辺見刑事は、首を横に振った。

「だが、それだけじゃない。たとえ手段が解ったとしても、事件全体としては、なんと表現するのが適切かは解らないが……強いて言えば、全容を摑ませない不気味さがある。要するに、気持ち悪い事件なんだよ。当事者として、松浦さん、あなたもそうは感じているんじゃないのか？」

「それは……」

言葉を失うことで、松浦は、かえって肯定の意をありありと示した。

辺見刑事は、改めてわたしたちに向き直ると、その不気味さ、気持ち悪さの所以を、ひとつひとつ具体的な言葉と疑問に翻訳していった。

「まず、よく解らないのは、久須川剛太郎が殺害された小部屋だ。そう、あんたがたも泊まっていた1号室から3号室のある部屋の、すぐ北側にある部屋だな。あの部屋は事件当時、密室になっていたという。それを無理やり開けて、殺人事件の現場を発見したのは、あんただったな」

「……はい」

じろりと見た辺見刑事に、わたしは静かに首を縦に振った。

「もちろん緊急行為だから、ドアを破ったことは非難しない。そもそもあんたがたがそう証言したとおりの痕跡が残っていたから、そこは問題にならん。問題なのは、閉ざされていた部屋そのもの。そして、その内側で殺された久須川剛太郎だ」

「つまり、密室の謎ってことですか」

呆然としたように言った竹中に、辺見刑事は「ああ、そうだよ」と、忌々しげに表情を歪めながら答えた。

「あの小部屋は四面を高い壁に囲まれているから、そいつを乗り越えて出入りしたということは考えづらい。もちろんなんらかの方法でよじ登った可能性はあるから、壁の上端を丹念に調べてはみた。だが、一面うっすらと埃が積もっていてな。人は誰も乗り越えていないと結論づけるしかなかった」

確かに、よじ登って越えたのなら、その埃は消えているだろう。

「念のため、あの小部屋だけじゃなく、建物のすべての壁の上端を調べたが、何者かが壁を乗り越えた形跡はなかった。もっとも、壁を乗り越えずとも、ドアを堂々と出入りしてから、なんらかの仕掛けをして後から鍵を掛けた可能性もある。特にあのドアの鍵はどちらも単純で仕掛けのしやすいかんぬき錠だからな。だとすれば問題は痕跡だ。仕掛けをすればその痕跡は必ず残る。糸くず、テープ、水滴、小さな傷といったものがな。だから当署の鑑識たちが目を皿のようにしてその痕跡を探したんだが……」

辺見刑事は、肩をすくめた。

「何もなかったんだよ。磁石を使ってドアの外からかんぬきをスライドさせた可能性まで調べたが無理だった。そもそもかんぬきはステンレスで磁石にはつかなかったしな。これらの事実から導き出される結論とは、つまり……久須川が殺されたその前後において、誰かが小部屋に出入りしたということはなかった、ということだ。もちろん、久須川自身を除いてだがね」

「や、やっぱり完全密室だったのか」

竹中の言葉に、辺見刑事は首を横に振った。

「いや、実はそうでもない。あの小部屋は完全な密室ではなく、スリット状の窓があるからな。二十センチほどだが、あるのとないのとでは大違いだ。したがって我々はこの事件を、あのスリットが関係しているものと考えた。そして、それによって事件は簡単に理解できるものと考えた。そこしか事件の解明の糸口はないわけだからな。ところが……調べるうち、その目論見《もくろみ》が浅はかなものであったと、我々は気づかされる羽目になった」

はー——と浅い溜息をはさむと、辺見刑事はなおも続ける。

「最初に我々が考えた構図は、こうだ。すなわち、久須川はボウガンの矢で殺されていた。したがって犯人は、小部屋にいた久須川を、スリット越しに、小部屋の外から撃ったのではないか？」

「なるほど、ガラスが嵌め込まれていないスリットの窓であれば、そういう犯行も可能だと考えたわけですね」

相槌を打ちつつ、松浦はすぐさま、疑問を呈《てい》した。

「であれば、犯人はまず中庭に出て、そこからボウガンを小部屋にいる久須川さんめがけて撃ち込んだということになる……でも、それは難しいと、わたしたちは考えたんですが」

「そのとおりだ。まさしくそれは、あり得ない」

辺見刑事は、首を横に振った。

「この妙ちきりんな館には、中庭に出るドアがない。あるのは細いスリットだけだが、もちろん広げようにもびくともしないから、人が通り抜けることは不可能。かといって、さっき言ったように壁を乗り越えた形跡もない。もうひとつ言うと、中庭の芝生があるが、あの芝は柔らかく、誰かが歩けば必ず跡が残るはずだ。だが、芝生にはどこにも、誰の踏み跡もなかった。要するに、誰かが中庭に出て、久須川をボウガンで撃ったということは考えられなくなるというわけだ。もちろん、中庭に出ずとも、久須川を撃つ方法がないわけじゃない。例えば、この大広間にも北側の中庭に面したスリットがある。そこから小部屋を狙うことも考えられるわけだ。しかし……結論としては、それもまた物理的に不可能だ。なぜなら……」

「柱に遮られているから、か」

「そうだ」

竹中の言葉に、チッと舌打ちをすると、辺見刑事は、スリットに目を細めながら、忌々しげに言った。

「あの小部屋のスリットは、どこから見ても必ず中庭の柱の裏側にある。ここでなくとも、東側の小広間からでも同じだ。二本の柱が小部屋のスリットを隠してしまう。これじゃあボウガンで狙うこともできないというわけだ。それにしても……こんな構造が偶然とは思えん。おそらく意図的なものなのだろうが、いずれにせよ設計者が我々に対して随分と『意地の悪い』設計をしたものだ」

意地の悪い、という部分に含みを持たせた言い方をしつつ、辺見刑事はなおも続ける。

「ともあれ、ボウガンを発射する起点を失った我々は、久須川の殺害方法解明の出鼻をくじかれた。もっとも、こうは言うものの、実は、我々が気づいていないボウガンの発射点があるのかもしれない。だから、この問題はさておき、なんらかの発射方法があるという前提で解明を進めようとしたわけだが、それでもなお、我々はあっさりとつまずかされることとなった」

「それは……明かりの問題ですね」

「そうだ」

松浦の指摘に、辺見刑事は吐き捨てるように頷くと、のっぺりとした顔を歪めた。

「この館は午前〇時から六時までは自動消灯するそうだが、ドームには開口部がないから、そのときにはまったくの暗闇になったことだろう。そんな明かりがない状況下では、たとえ距離が数メートルであったとしても、正確に対象を撃ち抜くことは難しい。ましてや、久須川の心臓を的確に射抜くなんて芸当はな。あるいは、久須川自身が目印になる小型の懐中電灯か何かを自分で持っていたのかもしれんが、それでも説明が難しいことには変わりない。懐中電灯は手に持つもので、常に胸の前、特に心臓の位置にあるわけではないし、そもそも久須川は懐中電灯など持っていなかった」

「むう」

竹中が低く唸る。

自分たちが一度行った推測を、辺見刑事が、まさにそのままなぞるように言葉を継いでいったからだろうか。

わたしもまた、半ば感心しながら固唾を飲みつつ、こう思う——だとすれば当然、「あの問題」についても触れるだろう。

はたして、辺見刑事は言った。

「光の問題だけじゃないぞ。もしボウガンが使われたとするならば、当然応接室に飾られていたものが使用されたと考えるべきだが、あのボウガン、スコープが歪んでいてまるで使い物にならんのだ。それに、実のところ、そもそもボウガンが使われたのかさえ疑わしい。何しろ、矢じりがないんだからな」

辺見刑事は空中に、矢印のような図形を描きつつ続けた。

「矢じりはどこに行った？　あんな鋭利な傷があるんだ、間違いなく先端には金属の矢じりがあったはずだ。あんな先の丸い矢軸だけで人を貫けるわけがないんだからな。あるいは、矢じりだけがどこかに外れたのか？　ならば付近に転がっているはずだが、見つかららん。もちろん体内に残されてもいなかったし、この館の中を隈なく探してもらった。あるいは、あんたがたが発見したときに、誰かが拾ったのかとも考えたが、身体検査、持ち物検査をしてもさっぱり見つからん。要するに……凶器が消えてしまったというわけだ」

そう、凶器は忽然と消えたのだ。しかも、久須川の殺害に使われた凶器だけではなく――。

「村岡の死体についても事情は一緒だ。村岡の傷は明らかに、千枚通しかアイスピックか、ともかく細長く鋭利な金属棒によるものだ。にもかかわらず、肝心の凶器が見つからん。こいつも、館内から中庭から、あんた方の身体から荷物から、すべて隈なく探せど、どこにも見当たらんのだ」

「………」

辺見刑事は、苛立ったのか、撫でつけた頭を無造作にバリバリと掻き毟《むし》った。

「もちろん、犯人が館の外に捨てた可能性も考えてはいる。だから今、応援の手を借りて外の周囲の森の中を調べてはいるが……おそらく、そこにはないだろうと思っている」

「誰も、この館からは出なかったからですか」

「そうだ。それに、これだけ周到な犯行を行った犯人であれば、そもそも外のどこかに捨てるなどという『ありがちな』処分方法など取りゃせんだろう」

「………」

沈黙する一同。

辺見刑事は、こめかみを揉《も》みながらハァと温度感のない息をひとつ吐くと、十分な時間を置いてから、「要するに、だ」とさらに話を続けた。

「我々はさまざまな不可解を前に、合理的な解釈をする術を失い、結果として、犯行の方法も、犯行者も、特定できずにいる。そもそも、あんな密室が小部屋に作られた理由さえ不可解、なんでそんな場所に久須川がいたのかも解らんままだ。まったく……二十年選手ともあろうこの俺が、謎だらけの迷路で行く先を見失うなどとは、まったく情けない限りだ。……だがな」

辺見刑事は、顔を上げると、冷酷な目をギラリとむいた。

「この謎を埋める何かが、もうまったくなくなっているというわけでも、ない」

「それは……」

ごくり、と唾を飲み込むと、松浦は答えた。

「……沼さんですね」

「そう。沼四郎《あの男》だ」

ギロリ、と辺見刑事は、大広間の東の壁――沼の書斎がある方向を睨んだ。

「確かに凶器はどこからも見つからん。誰の所持品にも含まれてはない。だが、まだ一ヵ所、調べていない場所、調べていない人間がいる。この訳の解らん建物の主……沼四郎という男がな」

再び冷酷な視線をわたしたちに戻すと、辺見刑事は続けた。

「わたしは、沼四郎が少なからず何かを知っていると考えている。殺人の方法、動機、あるいは犯人の心当たり、いや、もっとダイレクトに……犯人は誰かについても、沼自身が、嫌というほど知っているはずだと、半ば確信している」

「それは、もしや、沼さんが犯人だということか」

「そうは言っていない。だが……」

呟くように言った竹中に、辺見刑事は、小さな笑みを——笑うというよりも嗤《わら》うに近い、歯をむくような歪みを口元に浮かべた。

「……限りなく、クロだとは考えている」

限りなく——クロ。

その見方は、今にして思えば、おそらく、ここにいた人々の多くが抱いていたものと同じだったに違いない。

何しろ、ひとつひとつを突き詰めるように考えていけば、どうあがいても、すべての不可解が沼四郎という男にたどり着いていくのだ。方法の疑義は建物に知悉する彼が解答を持つ。動機の疑義も人々を集めた彼が解答を持つ。失われた凶器もまた、いまだ書斎捜索と身体捜索を拒む彼が解答を持つに違いない、と。

すなわちこの結論は、わたしたちの誰もが、どうあがいても回避することはできない、むしろ、必然的解釈でもあったのである。だから――。

最後に、辺見刑事は、部下である毛利刑事に――もちろん、この場所に集うすべての人々にも向けて、努めて静かな口調で言ったのだった。

「令状を取れ。沼四郎を丁重に署にお連れしろ」


この逮捕令状は、ものの一時間で鏡面堂に届いた。

警察機関と司法機関とは、わたしたちが思うよりも緊密、かつ蜜月《みつげつ》な間柄にあるのだろう。一刑事の判断のみに即応して裁判所が許可する強制力の大きさに、わたしは少々驚かされた。

だが一方で、それも当然のことだと感じていた。

なぜなら、これほど「明確」な事件に対し、それでも「捜索」を拒む人間があるとするならば、それは「犯人」以外にはあり得ない。その人間に対して強制力を発揮し、自白を試みるべきと判断するのは、公の機関としてはむしろ当然であろう。

午後八時半。令状の読み上げとともに、書斎のドアが強制的に破られた。

わたしたちは、その様子を――もしかすると、関係者が当該事件の強制捜査の一部始終を見ることができたというのは、かなり異例のことだったのではないかと思うが、ともあれ——目撃した。

捜査員たちが書斎のノブを破壊し、鍵を無効化すると、それから四人がかりでゆっくりとドアを開けた。その向こうに現れたのは——。

本のない本棚に四面を囲まれた部屋。

その中心に据えつけられた、斜めに傾けられたスチールの製図台と、黒い革張りの椅子。

そして——。

「…………」

無言のまま、椅子に仰向けに横たわる沼四郎の姿。

沼は、胸の上で手を組むと、口を真一文字に結んだまま、ドームの頂点めがけて、カッ、と目を見開いていた。

辺見刑事と毛利刑事は、そんな沼に歩み寄ると、慣れた手つきで令状を示し、淡々と述べた。

「午後八時三十六分。沼四郎、あんたを殺人容疑で逮捕する」

しかし、沼は——。

「…………」

血走った目を瞬きもせず、見開いたまま、いつまでも、刑事たちの言葉に答えることはなかった。

その後、沼四郎は素直に、かつ粛々と、警察署へと連行されていった。

そんな様子に、人々は「意外だ」という言葉を口にした。確かに、意外ではあった。もし沼が犯人なのであれば、なんらかの抵抗を試みてもよかったところだからだ。それでなくとも、鏡面堂の書斎にいつまでも頑《かたく》なに閉じこもっていたのだ、少なくとも、なんらかの態度を——暴れるか、悄然とするか、抗議するか、とにかく何かしらの言動を見せるに違いない、そう思われたにもかかわらず、沼の言動は、そのどれとも異なっていたのだ。

目は血走っていた。頬にも無精髭が浮かんでいた。だがそれは、単に疲れているからで、自分の本心はまだくじけてはいないのだ。そう言いたげに、淡々としてはいるが、なおしっかりとした様子で——ある意味では余裕の部分も見せながら——沼は手錠を嵌められたのである。

そんな沼の態度の謎は、事件が終わり、警察が撤収し、解放されたわたしたちが鏡面堂を去って暫くしてから明らかとなった。

沼四郎が、釈放されたのだ。

しかもその後、在宅起訴されたのでも、不起訴処分となったのでもなかった。そもそも送検すらされず、沼は警察署のすべての拘束を解かれた。

すなわち、完璧な無罪放免となったのである。

その理由は、今から振り返っても、実のところよく解らない。通常、誰かを逮捕した警察機関は、どんな形にせよ検察庁への身柄送致を行うものだし、それすら行わないというのは、まったく異例の事態で、まさしく警察での不祥事か、あるいは政治レベルでの横槍でもなければ、あり得ない話である。

実のところ、関係者は皆、犯人は沼だと確信していたと思う。

刑事たちだけではない。竹中も、松浦も、そして藤も、そう考えていたのだ。こうして逮捕された後、もちろん沼は、殺人犯として検察庁に移送され、起訴され、そして裁判を経た上で、罪びととして収監されるに違いない、そう考えていたはずだ。

しかし、現実は違った。

実際には、沼は何ひとつ罪に問われることもなく、解放されたのである。

その後の噂話だが、警察はどうやら、この事件を次のように結論づけたらしい。

——村岡幸秀が久須川剛太郎を殺した後、自殺したものである。

まったく、殺害の方法も動機もへったくれもない解釈である。わたしですらそう思うのだから、当の警察自身が、こんな結論には納得などしなかったに違いない。それでもなお、そうせざるを得なかったのだという苦しい事情は、本来は内部情報であるはずのこの結論が噂として外部に流れ出した事実からも、十分に慮ることができた。

そして――。

沼の釈放。

事件の中途半端《ちゅうとはんぱ》な終結。

これらもまた、ただでさえ謎に満ちた事件に輪を掛けて存在する謎となり、そして、謎は謎のまま解かれることなく、誰も手を出すことのできない金庫の中に、大事にしまわれることとなったのだった。

ともあれ――。

沼四郎が無罪放免となったという話を耳にしたときには、すでにわたしは鏡面堂を離れ、自宅に戻った後だった。

警察からは、鏡面堂を事件現場として保全する必要があるのでと退去を求められたし、二人の人間が無残に死んだ現場にたとえ仕事であるからとはいえなお住まう気にもなれなかったのだ。

そもそも、雇用主である沼四郎が逮捕された時点で、わたしの身分も給料も宙ぶらりんな状態となってしまっていて、今後どうするかは、とにかく沼に話を聞いてみなければならないと思われた。

しかし、沼が無罪放免となった後も、当の沼からの連絡はまったくなかった。だからわたし自身、次の勤務先さえ決めることもできず、ぶらぶらと毎日を過ごしているしかなかったのだ。

ともかく、こうして無為にひと月が過ぎたころ、自宅にいたわたしのもとに突然、沼四郎からの書留が送られてきた。

やたらと分厚い書留の封を訝りながら切ったわたしは、中を見て仰天した。

中身は、札束だったのだ。

指が切れそうなピン札。帯封も切っていない一万円札は、数えてみれば、わたしの鏡面堂における半年分の給料に相当する現金だった。特に手紙が添付されるでもなく、したがってその金銭の意味するところは不明だったが、おそらくわたしは、この金はまだ払われていなかった分の給料に、解雇の慰謝料と、さらに退職金も加えたものなのだろうと、勝手に推察した。

そしてこのとき、漸くわたしは理解したのだった。

わたしは、鏡面堂の管理人を解雇されたのだ、と。

＊

私的な記録は、これで終わりだ。

私的であるからには、あくまでも主観に基づくものであることは、今さらながら弁明させていただきたい。

しかも、わたし自身の判断により、ここまでの事実関係には、記録すべきかせぬべきかの取捨選択がいくつか行われている。それがために、この手記が実録として求められる資格あるいは要件を欠いている可能性があるのだということについても、心からご容赦をいただきたく思う。

もっとも、この手記はあくまでも、わたしが、わたし自身のために、わたしの思うところを残すものであって、誰かに、正確な何かを伝えるためのものではない。何かの拍子にこれを読む者があったとしても、解りにくく包み隠された箇所があるということが、不都合ではあるが許容されるべきものなのだ——少なくともわたしはそう判断している——という点については、僭越ながら、理解をしていただけるかと思う。

いずれにせよ、これで事件記録は終わるのだが、手記としてはまだ終わりではない。しつこいようだがあといくつか、言及をしておくべきことがあるのだ。

そのひとつは、物質は朽ちるが、記述は朽ちないという事実についてである。

古代ギリシャにおける思想の内容は、今に至るまでさまざまなものが細かく知られている。プラトン。アリストテレス。ユークリッド。アルキメデス。ピタゴラス。彼らが考えていたことは、古代ギリシャの言葉で記されたものによって、二千年以上を経た現代でもなお、みずみずしい感触とともに残されている。

源氏物語もそうだ。紫式部が空想した宮廷世界の文学は、殿上人の生々しさとともに、今も多くの人々を魅了している。

それだけではない。人類の歴史において、その黎明期《れいめい》——それこそエジプト人がピラミッドを建設し、殷《いん》の人々が甲骨に占いの結果を記し、シュメール人が取引を粘土板に残していた時代から現代に至るまでのさまざまな事柄が、すなわち人が何をして何を考えたかが、まるで、まさに今起こっている出来事であるかのように、竹簡、石碑、書物や巻物によって、山ほど記録に残されているのだ。

重要なのは、これらの原本はとうに失われているということだ。

一部のパピルス、骨、鉱物はかろうじて残っている。しかしほとんどの原本は、焼却され、破壊され、あるいは自然の中で朽ち果て、失われている。それでもなお、それらの内容が生き生きと伝わっているのはなぜだろう。

それは、記述の本質が、データにあるからだ。

そしてそのデータこそが、言葉として人間も媒介できるものであるからである。

データの保存は、物質になんらかの形で「刻む」ことにより行われる。

しかし、その媒体は、必ずしも無機物である必要はない。

脳という有機物に刻んでもよいのだ。

このようにして人類の歴史は、無機物と有機物のどちらか一方、あるいはその双方を次々と経ることにより、物事の記録は何百年、何千年の時を経て、今まさにこの瞬間に現れるのである。

だからこそ――わたしは記録するのだ。

わたし自身の脳はいずれ失われる。けれど、この脳に刻まれた事実をこの手記に転記すれば、その保存期間を、少しでも先に延ばすことができる。

わたしは、確実に朽ちていく。

鏡面堂も、確実に朽ちていく。

骨になり、灰になり、土になる。くすんだ鏡が破損し、コンクリートが劣化して崩壊し、雑草や苔に覆われる。森の奥に閉ざされたまま、すべてが土の下に埋もれ、やがては自らが森となり、そして――何もなくなる。

すなわち、この事件も、確実に朽ちていく。

だからこそわたしは、経年による不可避の逸失《いっしつ》に少しでも抗うべく、この記憶をデータとして残しておくのだ。わたしが終始感じていた、事件に対する後ろめたさとともに。事件を掘り返す人々に対するわたしの真心と悔恨を、ほんの少しでも残しておくために――。

もちろん、わたしや鏡面堂と同じように、この手記だって朽ちていく。紙は破れ、虫に食われて穴だらけになり、湿って腐り、インクも流れ落ちるだろう。けれど、もしこの手記を、失われる前に読む者があったとすれば、彼の、あるいは彼女の、つまりは、あなたの脳が、新たな媒介となる。

その脳が朽ちるまで、少なくとも記録は保存される。

その脳が朽ちても、うまくすれば記録は失われることなく、すなわち新たな転記があるか、後世に語り継ぐかされる期待さえあるのだ。

とはいえ――。

率直に言って、こうした記録が永遠に伝達されることを、わたしが心から期待しているというわけではない。

記録が手記とともに生きながらえることを望みながら、同時に、手記とともに記録が朽ち果て土へと還ることを望んでもいるのだ。

わたしはどうして、こんな矛盾をあえて述べるのだろうか?

その理由として、やはり人間の表層には建て前があり、その内側には、内心で思う本音があり、しかしその本音は、実のところ意識的に望む自分であろうとする偽性であり、その内側にはさらに、無意識の自分である本性があるからなのだという、わたしの勝手な解釈を、再度提示したい。

この定義によれば、建て前のわたしは、この事件は風化させてはならぬと言う。あまりにも謎に満ちた事件を、十年後、二十年後、あるいは百年後に解くべきものとして届けたい。そう見せたいと考えている。

一方、そんな建て前の奥に隠された本音のレベルでは、やはり事件は闇に葬るべきだと考えている。事件の当事者であったにもかかわらず、具体的な行動を起こすことなく、あくまでもこうして私的な手記にのみこっそりと書いていることこそがその証拠だろう。わたしはこの事件を、あくまでもわたしの私的な世界にのみ留めておきたい――そう意識的に考えているのだ。

けれど、それとて、偽性なのだ。

わたしの本性は、違う。

本性のわたしは――この事件をはっきりと、記録しようとしている。

明確に、かつ簡潔に記録し、そして、実行しようとしているのだ。

何を実行するのか？

それは――告発のようなものだ。

そう、わたしはきっと、それをしようとしているのだ。この手記を通じて、この一連の事件の謎にかかわる「男」の存在を、浮き彫りにしようとしているのだ。

だからこそわたしは、建て前などではなく、その本性から――つまり、真心から

——こうして今も、この手記に、わたしの脳の中にある記憶をひとつひとつのインクの記号に変換し、その総体として記録を残そうと試みているのであろう。

さらに、もうひとつ。

極めて重要なことについても、わたしは、きちんと言及しておかなければならないと思う。

それは、ほかでもないわたし自身のことだ。

わたしはかつて、数学を研究していた。

「なぜの君」として幼少期を過ごしたわたしが、青年期になり、究極のなぜの世界である「数の神秘」を追い求めたのである。まさしく、これこそがわたしの生きる目的なのだという深い充実感、あるいは陶酔感の中で、わたしは数学——特にあの謎めいたリーマン予想の世界に、深く没頭していたのであった。

しかし、わたしはそれをあっさりと放棄した。

理由は、ひとえに、わたしの愛すべき家族——妻と、子とともに生き、わたしたち家族の生活を支えていく義務が生まれたからである。

数学は、わたしの人生と等価だった。

けれど、そんなわたしの人生などよりもはるかに、家族が価値を持つものだと知っていたのである。だからこそわたしは、その義務に人生をなげうったのである。もっとも――。

落ち着いた頭で考えてみれば、これもまた、わたしの偽性のひとつであったのだろうと思う。

要するに、本性においてはやはり、わたしにとって数学とは、わたしの生と一体不可分のものだったのだ。たとえあらゆる言い訳をそこに持ち込み、顔を背け何くれと理由をつけて距離を置けども、結局、いつか再び愛してしまうものだった。

すなわち、わたしが生来《ア・プリオリ》の「なぜの君」である以上、数学こそが、いつかはまた後ろめたさと背徳感とともに抱いてしまう、艶《なま》めかしき女王にして、魔性の王女だったのだ。

だからこそ事件の後、わたしは再び、惹かれていくことになったのだろう。

そのきっかけを作ったのは、ほかでもない、天皇と呼ばれたあの男だった。

すなわち、藤衛。

鏡面堂で、同じ事件をわたしと共有した、老齢の数学者であった。

あの出来事を経て、わたしは、藤の持つ叡智こそが、人間のそれを軽々と凌駕していくものなのだと悟った。

言いすぎではない。人間の限界値の上にリーマン予想があるとするならば、藤だけが間違いなく、その上限を飛び越えていける可能性を持つ、超越した存在であると信じられたのだ。

　わたしの「なぜ」にもすべて、答えてくれるに違いない――そういうふうに、わたしは期待し、胸を躍らせたのだった。

　こんな心情を、世間では何と表現するのだろう。

　慕情だろうか。

　心酔だろうか。

　あるいは――。

　隷属だろうか。

　しかし、どんな言葉を使ったにせよ、わたしは、思い知ると同時に、はっきりと予感もしていたのだ。

　おそらくわたしは、藤の忠実な僕《しもべ》となるのだろう。

　藤につきしたがい、藤のために働き、藤のために生き、そして、藤のために死ぬだろう。彼と、彼だけがひっそりと手中に収めている世界の神秘――すなわち、王女の清らかな裸身を抱く栄誉と、引き換えにして――。

　そう自覚した時点で、わたしはすでに、骨の髄まで覚悟を決めていたのだと思う。

だからこそその予感が突如として現実のものとなったときにも、まったく驚きもしなかったのだ。

あの事件から、三年が経ったとき。

つまり、昨日だ。

藤衛から突然、わたしのもとに連絡があったのだ。

その不確定な日が確定的にくるだろうことを待ち望んでいたわたしは、是も非もなく要請に応じ、妻と息子とともに、彼のもとへ——すなわち、彼の所有する島へと向かうことを決めた。

ほかに選ぶ道がないわけではないのだと思う。しかし、その道が選べないことをわたしはもう自覚しているし、おそらく藤もそのことを理解してわたしを誘ったのだと思う。彼がそう望むときには、わたしはすでにシュヴァルツシルト半径の内側にいる。もはや逃れることのできない世界で、特異点に向かって、永遠の螺旋《らせん》を描き始めるしかないのだ。

そう考えたとき、わたしは——。

ふとこんなふうに感じた。

藤衛は、すべてを吸い込む特異点。まさに、数学者が使う言葉で言えば「原点」のようじゃないか。

だから——そのことに気づいたからこそ、わたしは、この手記を書いている。厳密には、その動機がなぜなのかはよく解らない。本性の世界から湧き出る欲求なので自覚できないのだ。だが、いずれにせよわたしが、無意識の世界でははっきりと、その必要性を感じ取っているのだ。すなわち——。

わたしは、手記を書かねばならない、と。

さもなくば——ひとかけらの肉、髪の一本さえ余すことなく吸い込まれてしまうからだ、と。

そう、だから——。

わたしは、ペンを執ったのだ。

すべてを、後世の神に託すために。

さて、これで漸く、わたしはペンを置くことができる。

なぜなら、わたしはもう、すべきことをしたからだ。

そう、すでに十分、義務を果たしたのだ。だからこの先、わたしにどういう人生が待っていようとも、もはやわたし自身にさえどうでもいいことになってしまった。そもそもそんな未来のことなど、原点以外には知りようもないのだから、考えるだけ無駄なのだ。

けれど、ひとつ確実なこともある。

それは、生きれば「なぜ」の答えが得られるし、死ねばもはや「なぜ」もないということだ。

その意味することは、深く考えるまでもなく、わたしに損はないということだ。人生には勝利はあるが敗北はない。敗北した時点で人間は命を失い、すでに敗北を感じずにすむのだ。それであればこそわたしは、その選択肢を選ぶ権利だけを、ただ従順に行使すればいいのである。

そう、わたしは、後悔などしていないのだ。

たとえその選択肢が、初めからただひとつしか用意されていないものだとしても。

3

残りのページは、すべて空白で埋め尽くされていた。

その空白に、もはや百合子が読み取るべき記録が存在しないのは明白だった、目が痛くなるほど眩しく輝く白紙から、だから百合子は、静かに顔を上げた。

明るさに慣れた目が、暗闇の中で、なんの姿も捉えられないまま、宙を泳ぐ。

その一瞬、ふと——百合子は妄想する。

闇に沈む、鏡面堂。

金属と石とコンクリートがもたらす酷薄な冷気が、すべてをなかったことにしようとするかのように、私たちの存在の上書きを試みている。

そんな不穏な大広間に、椅子を三脚向きあわせ、互いの顔が見えるようにして、三人が腰かけているのだ。すなわち——。

宮司百合子。

善知鳥神。

そして、十和田只人。

あるいは、三人の姿が、忽然と消えているのではないか?

神と十和田の姿だけではない。ほかならぬこの私の姿までが——。

——けれど。

数秒で目が慣れ、現実が浮かび上がる。

黒一色の世界に、二人が浮かび上がる。

神と十和田。彼らは依然として、そこにいた。

ほっと、百合子は安堵の溜息を吐く。

よかった。私だけが取り残されたのでは、なかったんだね。

そんな百合子に、神がふと思い出したように、柔和な表情で問いかける。

「終わった？」

時刻は——夜。

たぶん、どの夜よりもなお夜らしい、夜。

誰も知らない夜、誰も知らない森にある、誰も知らない鏡面堂の、誰も知らない一室で、誰も知らないまま、百合子以外は誰も知らないこの問いを投げたのだ。

だから——百合子は。

暫し沈黙していたが、ややあってから意を決したように手記の最終ページを閉じ、二十六年前の世界を紙の束の合間にしっかりと封印すると、神の瞳を真っ向から見返しつつ、大きく頷いた。

「はい。読み終わりました」

「では、解った？」

間隙《かんげき》なく、さらに問われる。

百合子はしかし、その問いに正確に答えるために——問いに、問いで返した。

「解りません。わたしに何を解けというのですか？」

「……ふふ」

にこり、と口元に満足げな笑みを浮かべると、神は百合子の目にじっと、底知れぬ漆黒を送り込みながら、百合子の疑問に答えた。

「問いは、極めてシンプルなものよ。その手記に記録された二十六年前の事件を、誰が、なぜ、どうやって、起こしたか」

「誰が《フー》、なぜ《ホワイ》、どうやって《ハウ》……」

「そうよ。ね？　十和田さん」

不意に、神が十和田に小首を傾げてみせる。

滑らかな絹を思わせる黒髪が肩を滑り、オーロラのごとくワンピースの夜空に翻る。それら異なる色あいの黒、そのどれよりも深く濃い黒が、十和田の色素の薄い瞳を射抜く。

十和田は暫し、打ち捨てられた死体のように、生きている気配を発せず、微動だにもしなかったが、やがて、ほとんど口を動かさないまま、ごく小さな声で言った。

「……この問題には、複雑な構造がある」

「構造……？」

構造――とは、なんだろうか。無意識の独り言で問い返す百合子に、十和田は、決して視線をあわせないまま、なおも無感情に続けた。

「問題は三つある。難易度レベルはA、B、C。それぞれが均等に混ざりあっている。そして、そのどの解もすでに明白なものとなっている」

「解けている、ということですか」

「だからこそ厄介だといえる。むしろ、問題群解決の基礎にある問題……言わば問題全体を包む問題を提示するからだ」

「問題全体を包む問題……」

「まさしく、難易度レベルSの未解決問題。それが、事件全体を大きく包みながら、かつ、根本と深いかかわりを見せている」

「……………」

無言の百合子の斜め前で、神が、静かに頷く。

そう――その問題が何なのか、神にもすでに解っているのだ。

手記を読めば当然、行き当たる疑問。

それこそが、十和田が言うように、事件全体を大きく包み、根本と深いかかわりを見せる、難易度Sの問題にほかならない。

そう言いたげに、神は微笑んでいる。

けれど――。

「百合子くん。それらははたして、君に解けるのだろうか？」

十和田の問いに、百合子は――。

「……………」

何も、答えなかった。

何も、答えられなかったからだ。

この事件の三つの問題と、それらを包む大問題。そのどれもが、百合子にはまだ十分に理解できているとは言えなかったのだ。

つまり、解らなかったのだ。

あと少し——そう、あと少しで解りそうなのは間違いないのだが、解らないことには変わりがない。

数学の世界は、正か誤、その二つのいずれかしか存在しない。厳密な排中律が成り立つ世界に生きる限り、解るか解らないか以外の、例えば、もう少しで解るなどというものは存在しないのだ。

だから、百合子は——。

「…………」

解らない。

その結論を、沈黙にして返した。

そんな百合子に——。

「解らないの」

「解らないのか」

神が――十和田が――同時に言った。

その声色はどちらも淡々としていて、無感情で、まったくどうということもないと言いたげで、だからこそ百合子は、むしろ責められているような気がしてならなかった。

なぜ、解らないのか？

――解らないものは、解らないのだ。

考えた？

――もちろん。

推理した？

――当たり前だ。問題を目の前にして十分に知力を尽くさない者などいない。

ならば、どうして、解らないの？

――…………。

自問自答。

誰に問われているわけでも、誰に答えを求められているわけでもない自問を自ら繰り返す百合子は、しかし、心の中でさえ最後は沈黙でのみ答えるしかないことに、深く――傷ついていた。

「…………」

「…………」

いつしか、神と十和田も、口を閉ざす。

その沈黙こそ、彼らと百合子との存在を分け隔てる沈黙だ。彼らの世界と、百合子の世界は、もはや言葉が通じることなどない。そう突きつけられたような気がして、百合子は思わず、目を閉じた。

悔しかったのだ。解けないことが。

下唇を噛んだまま、百合子は俯く。

首が動き、身体が動く。

ふと——。

「……ん?」

何かの違和感。

今のは——なんだ?

気のせいだろうか——百合子は今一度、身体をほんの少しだけ、動かした。すると——。

再び、違和感。

気のせいじゃない。

何かがある。

百合子は、その違和感が波打ち広がる中心――ポケットに、そっと手を入れた。

指先に、何かが触れる。

これは――。

何か、硬いものだ。けれど、とても脆い。

そっと人差し指と中指ではさみ、それをポケットから、注意しながら引っ張り出すと、そっと、掌に乗せた。

それは――。

「一円玉？」

アルミニウムでできた、直径二センチ、重さ一グラムの、紛《まが》うかたなき日本の硬貨だった。

しかしどうして、こんなものがポケットに？

「……ああ、そうか」

百合子は、思い出す。

この鏡面堂にきたとき。

あの、懐中電灯を取り落としたとき。

床を転がる懐中電灯を拾おうとしたとき。

百合子のポケットから小銭入れが落ち、弾みで小銭をばら撒いてしまったとき。

慌てて拾った小銭のうち一枚が、無意識のうちに、小銭入れではなくポケットに戻されていたのだ。

だが――。

「……なぜ？」

百合子は驚いていた。

そう。なぜだ？　なぜこの一円玉は、こんなふうになってしまった？

掌に載る一円玉。その表面はぼろぼろに崩れていた。肌に伝わる感触は、明らかに腐った木材のように頼りなく、試しに人差し指でそっと一円玉を押すと――ほとんど力を入れていないのに、一円玉は真っ二つに折れてしまったのだ。

なぜ一円玉は、こんなことになってしまったのか？

小さな謎に直面した百合子は――。

「……あ」

ふと、気づいた。

待てよ。

もしかして、これは――？

「どうしたの？　百合子ちゃん」

神が、問う。

その声色は、優しさに満ち溢れながら、確信に満ちたもののように聞こえる。

「解けたのか。百合子くん」

十和田も、問う。

その声色は、つっけんどんなようで、救いを求めようとしているようにも聞こえる。

そんな二人の問いに、百合子は――。

崩れた一円玉――この、まるで二十六年の時を超えて朽ち果てたかのようなアルミニウムの硬貨を、まるで大事な宝物ででもあるかのようにそっとポケットに戻すと、百合子はひとつ小さく息を吸い、すぐに吐く。

それから、ぐっと腹に力を込めると、そのまま椅子から立ち上がり、ゆっくりと顔を上げた。

そして、目の前にいる対照的な二人に、百合子は――。

「……はい」

おもむろに頷くと、自分でも驚くほどよくドームに響く透きとおった声色で、明瞭に告げたのだった。

「たぶん、解けました。……すべての謎が」

ここにこそ、おおいなる神秘《しんぴ》がある。小さな王子さまが大好きなきみたちにとっても、僕にとっても、誰も知らないどこかで、僕らの知らないヒツジが、バラを一輪食べたか食べないかで、世界のなにもかもが、これまでとはすっかり変わってしまうのだから……

空を見あげてみてほしい。そしてこうたずねてみてほしい。〈あのヒツジはあの花を、食べたかな、食べてないかな?〉するとなにもかもが変わって見えるのが、きみたちにもわかるだろう……

でもそれがどんなに大事なことか、おとなには、ぜんぜんわからないだろう!

——『星の王子さま』より

第Ⅴ章　鏡の館Ⅱ

1

鏡面堂。錆《さ》びつき、朽ち果て、今もなお崩壊を続けながらも、本来の「閉じ込める」あるいは「秘匿する」機能を二十六年前と同じように保ち、彼女たち三人を夜の下に隠し続ける、館。

その内側で、百合子は——。

——たぶん、解けた。すべての謎が。

背筋を伸ばし、そう宣言した。

その凛とした態度に、神と十和田は——。

「…………」

「…………」

同じように百合子を見つめたまま、同じように沈黙し、しかし、それでいてまったく同じとは到底呼べない表情を、それぞれに浮かべていた。

片や、彼女特有の悠然とした微笑み。

片や、彼特有の苦々しげに顰めた眉。

相反する顔つきは、まさしく相反する感情の表れに違いない。それでも、手記の主が本音と建て前、本性と偽性は異なるものなのだと洞察したように、今、この二人もまた、その百合子に対して見せている正反対の表情とは裏腹に、心の中では実は同じことを考えていることは間違いがなく、したがって百合子もまた、ありありと感じ取っていたのだった。

二人が彼女に、何を言いたいのか。

そして、それらがまったく同じ趣旨のものであることも。

つまり――。

神は問うている。

十和田も問うている。

「謎の答えを教えよ」と。

だから、百合子は――。

「…………」

二人と同様の、しかし二人とは異なる沈黙を返すと、ひとり誰にともなく頷き、それから、静かに立ち上がった。

まさしく、そうなることがあらかじめ解っていたように——百合子の思惑も、意図も、すべてを見通していたように——神も、十和田も、すっと席を立った。

百合子は、沈黙のまま、二人を見る。

——この場所には、解はありません。

神と十和田は、沈黙で答えた。

——ええ、解っているわ。ね？　十和田さん。

——ああ、解るとも。もちろん、これから百合子くんの向かおうとしている場所も、ありありと解るのだ。

そんな沈黙に、百合子は——。

——よかった。

思わず、安堵の笑みを返した。

片手には手記。もう片手には懐中電灯。

沈黙の鏡面堂で、今、百合子は一歩を踏み出す。

二十六年前、この鏡面堂に封印された解を、ひとつひとつ、拾い上げるために。

そして今、すべての謎を詳らかにするために。

三人が、鏡面堂を進む。

先頭で、行く手に懐中電灯を照らす百合子。

その後ろを、神が、そして十和田が――静かに、ゆっくりと、それでいながら、ひりつくような緊張感とともに、歩いていく。

あくまでも視線を、暗闇と、暗闇を照らす光の輪と、その輪が浮かび上がらせる市松模様の床に置きながら、百合子は漸く――。

ふと思い出したように、自らの解答を述べ始めた。

「解は、もっとも易しいものから解いていくべきかと思います。すなわち、難易度レベルC……二十六年前、この鏡面堂で、犯人はいかにして、久須川剛太郎と村岡幸秀の二人を殺したのかという、ハウの問題について」

「…………」

「…………」

二人の反応は、ない。

それでも確実に、聞いている。

だからきっと、私の考えに誤謬《ごびゅう》はないのだ――沈黙を自信に変え、ひとり小さく頷くと、百合子は続けた。

「整理するために、事件を担当されていた辺見刑事の疑問に沿って考えてみます。事件を目の当たりにしてひとことおりの捜査を終えた辺見刑事は、沼四郎を除く関係者を集め、大まかに、このような疑問群を提示しました。つまり……」

——疑問の一、久須川が死んでいた小部屋——手記の書き手によれば「部屋A」は密室になっていた。したがって、久須川を殺そうと思えば中庭に出てボウガンで撃つしか方法がないが、状況証拠が、それは不可能だと示していた。だとすれば犯人は、一体、どこからどうやってボウガンを撃ったのか。

——疑問の二、仮になんらかの方法で撃ったと仮定しても、夜の鏡面堂は真っ暗となり、久須川がどこにいるかさえ解らない。また、ボウガンのスコープを覗いても酷く歪んでいて使い物にならない。こうした状況で、一体、犯人はどうやって正確に久須川を撃ち抜いたのか。

——疑問の三、そもそも凶器はどこにいってしまったのか。すなわち、久須川を殺害したボウガンの矢じりはどこにあるのか。また村岡を殺害した凶器はどこにあるのか。

——疑問の四、そもそも、久須川が死んでいた部屋Aはなぜ、密室となっていたのか。そして、なぜそんな場所に久須川はいたのか。

「……以上四点です。これらの疑問は、私たちが手記を通じて抱いたものと同じです。したがって、ハウの問題を解決するためには、このひとつひとつを吟味、検証し、解消すればよいということになります」

「……なかなか、数学的だ」

顔は依然として歪めたまま、十和田が呟いた。

そんな十和田に、ほんの少しだけ口角を上げてみせながら、百合子は議論を先へと進めていく。

「まず、疑問の一です。いくつかの可能性を辺見刑事は検証し、否定的な結論を下しています。すなわち、犯人は中庭に出ていないこと。スリットから撃つことは、柱に遮られて不可能であること。私はさらに、ここでもうひとつ、放物線を利用した可能性を検討しておきたいと思いました。すなわちボウガンを上に向け軽く撃つことにより、壁を越えて久須川さんを射抜いたのではないか。この点、結論は……」

「不可能。その理由は二つあるわ」

神が、黒髪を指で梳《す》きつつ、百合子が言おうとしたことを先に述べた。

「放物線のような曲線の弾道で的確に標的を射抜くことは極めて難しい。また、そもそも放物線を描く弾道では矢自体が弱すぎて、人体を射抜くことができない」

「……そのとおりです」

まさしく神の述べた理由により、放物線で壁を越えた可能性はまずないのだ。

百合子は、なおも続ける。

「それでも久須川さんは、応接室にあったボウガンで確実に狙われ、そして、心臓を射抜かれたのは事実です。このとき重要なのは、『直線的で強い弾道が作られている』ということです。すなわち犯人はボウガンを持ち、ある射出点に立つと、そこから、部屋Aにいる久須川さんを、直線的な軌道をもって撃ち抜いたんです。しかし、その軌道にはいずれも壁や柱が立ちはだかります。これらの壁や柱をいかにして超える弾道を作ったか……その具体的な方法は後述しますが、この射出点を仮に『地点B』としておいた上で、先に疑問の二について検討しましょう」

緩慢に、しかし確実に——百合子は鏡面堂を進み、議論を進めていく。

「疑問の二については、仮になんらかの方法でボウガンを撃つことができたとしても、夜の鏡面堂は真っ暗だし、スコープも使えない、ということです。そういうふうに辺見刑事も考え、疑問として挙げたわけです。ところが……事実は違いました。犯行当時は真っ暗ではなかった。久須川さんは明るい光で照らされていたんです。もちろんスコープもきっちり使うことができた。だからこそスコープを覗いて確実に心臓を射抜けたんです。ではなぜ光があり、スコープも使えたのか？　そのヒントとなったものが、これでした」

百合子は、ふと立ち止まると、背後のリュックサックからあるものを取り出した。

それは——。

図面だった。

毛利署長から預かった、鏡面堂の図面――百合子は、神と十和田の前でそれを開いて見せながら続けた。

「この図面を見ていて気づいたことがあります。それは、鏡面堂のドームが半楕球であるということです。半楕球とは、楕円を長軸の周りで一回転させて作った楕球を半分にした形です」

「それはいいが百合子くん。鏡面堂の形、この事件とどう関わりを持つというんだ？」

唐突に反論する十和田。

「それは単なる図形の性質だろう。事件の秘密を明らかにするものだとは、到底理解できないぞ」

まるで怒っているような、十和田の口調。

だが、百合子には十分解っていた。十和田はすでに、解いている。楕球は事件と大きなつながりを持っている。だからこそ――わざと、私に反論を投げかけているのだ。だから――。

「十和田先生のおっしゃるとおりです」

百合子は、にこりと微笑みながら、十和田の問いに答えた。

「楕球は単なる数学的な図形にしかすぎません。しかし、数学的な形であるからこそ、明確な性質を持つのだということも、私たちは知っています」

「つまり？」

「楕球は、二つの焦点がある。犯人は、その性質を事件に利用したんです」

「…………」

沈黙する十和田。そんな様子に、神が「……ふふ」といかにも楽しげな笑みを零した。

――いつの間にか、百合子たちは応接室にいた。

偶然ではない。百合子自身が神と十和田をこの部屋へと連れてきたのだ。そして、この場所へとやってきた、その目的こそが――。

「……鍵となったものは、これです」

――スワンだった。

表面がざらつく不透明のガラスで作られたスワン。嘴が欠け、二十六年間、ずっとこの場所で忘れ去られていたスワンの――ランプ。

膝くらいの高さまであり、持ち上げればきっと、ずっしりと重いもの――しかし百合子は、片手で懐中電灯と手記を持つと、もう片方の手でためらうことなくスワンの首を摑み、持ち上げた。

そして、再びどこかへと歩き出した。

「どこへ行くんだ？」

「焦点です」

十和田の問いに、百合子は端的に答えた。

「久須川さんは焦点の作用によって照らされ、暗闇の中でその居場所を明らかにしました。そのおかげで犯人は、明るく照らされた久須川さんを、ボウガンを使って射抜くことができたんです」

「でも、それは無理というもの。なぜなら、スコープが使えないから」

「はい」

冗談でも言うかのように軽い口調の神に、百合子は素直に首を縦に振った。

「スコープの画像は酷く歪んでいます。でもその理由は、実は壊れているからではなかった。単に、レンズの焦点があわないだけだったんです」

百合子は、重いスワンを運びながらも、言葉を継ぐ。

「スコープは画像を拡大する働きを持っています。そのために、スコープの内側には、双眼鏡や望遠鏡と同じように、凸レンズや凹レンズを複数組みあわせて、画像を拡大する仕組みが備わっています。問題は、このスコープからは、本来あるべき凹レンズが一枚失われているという事実です。これにより、スコープは全体として、ただの凸レンズに近い状態となっています」

「凸レンズは覗いても焦点があわずにぼやけてしまう。スコープの像が歪んでいたのは、そのためだったというのね」

「そのとおりです」

神の言葉に、百合子はなおも続ける。

「しかし、裏を返せばこのスコープは、適切な凹レンズを一枚はさむことによって、歪まない像を結ぶということでもあります。こうして考えることによって、実は、スコープを適切に利用できた人がひとりいたのだということが解るのです」

「それは、誰？」

楽しげに問う神に、百合子は、一秒の間を置いて答えた。

「村岡幸秀さんです」

「…………」

誰も、正しいとも、誤っているとも答えない。

けれど百合子は、淡々と言葉を継いでいく。

「村岡さんは眼鏡を掛けていました。遠視用の非常に強い凸レンズです。瞳がギョロリと大きく見えたのがその証拠です。それだと、眼鏡を掛けなければ、ほとんど何も見えないくらい悪い視力でしょう。でも、本当にそうだと少しおかしいくだりがありました。それは、村岡さんが料理をするときに、曇る眼鏡を外したにもかかわらず、包丁で食材を細かく切ることができたという事実です。極端に視力が悪いはずの村岡さんに、なぜそれほど細かい作業ができたのでしょう？」

「………」

なおも無言の二人に、百合子は、その理由を述べた。

「もちろん、目を瞑っても仕事ができるほど優れた料理人だったという解釈もあるでしょう。しかしもっと合理的な解釈があります。それは、村岡さんが、実は眼鏡の凸レンズを相殺する凹レンズのコンタクトレンズもつけていたのではないか、というものです」

「コンタクトレンズか……」

ぼそりと呟くと、十和田は、ずり落ちた鼈甲縁の眼鏡を指でそっと押し上げた。

「なぜ、コンタクトをつけて、かつ眼鏡も掛けていたか。それは、村岡幸秀のもともとの視力が、決して悪くなかったということを示唆する」

「はい。つまり、ごく普通の視力の村岡さんが、凹レンズのコンタクトをして、さらに凸レンズの眼鏡をすることによって、結果的に視力調整をプラスマイナスゼロにしていたということです。料理をするときには眼鏡を外していましたが、そのときは同時にコンタクトも外していた。だから普通に料理ができた。また、料理を終えて眼鏡を掛け直した村岡さんが目を痛そうに何度も瞬かせていましたが、それもまさしくつけたばかりのコンタクトに違和感があったから、というわけです。しかし問題は、なぜわざわざコンタクトの上に眼鏡を重ねたのかという理由です。その理由は……コンタクトの凹レンズにあります。このレンズこそが、実は、スコープの歪みを補う凹レンズと同じものだった、ということです」

コンタクトの凹レンズと、スコープの凹レンズが同じ。

この事実がもたらすものは、ただひとつ。

「すなわち……あのスコープは、眼鏡を外し、コンタクトのみをつけた村岡さんが覗けば、正常に使うことができたということです」

「…………」

十和田は——。

顔を歪めるだけで、やはり何も答えない。

一方の神だけが、くすくすと楽しげな微笑を口元に浮かべて言った。

「ということは、犯人は、スコープを使うことができた、村岡さんだということ？」

「いいえ」

百合子は即座に首を横に振った。

「そうではありません。なぜなら村岡さんの死体はコンタクトレンズをつけていませんでした。もしつけていたならば、松浦さんが死体の瞳孔を調べたときに気づいたはずです」

「つまり、結論は？」

「村岡さんを殺してコンタクトレンズを奪った者がいた。まさしくその人間が犯人だということです。そしてそれこそが、村岡さんが犯人に殺された理由でもあったと思われます」

「…………」

百合子の推理に満足したかのように、神は口を閉ざした。

──静かに、百合子たちはなおも移動を続ける。

いくつかのドアを開け、いくつかの部屋を通過する。

スワンを運びながら、百合子は、なおも続ける。

「スコープが使えるとなれば、あとは光です。この点についてはすぐに説明しますので、先に疑問の三に移ります。久須川さんを殺害した矢じり、そして村岡さんを殺害したアイスピック状のものは、一体どこにあるのか。これを理解するために、先に、凶器を作るために必要だったものを説明します。それは……紙です」

「……メモ用紙か」

溜息混じりに言う十和田──きっと彼も、すでにメモ用紙が何に使われたか、理解しているのだろう──に、百合子は「はい」と首を縦に振った。

「事件後、応接室のキャビネットの上にあったメモ用紙のうち一枚が、少し丸まっていたそうです。私はこのメモが、凶器に使われたと考えています」

「まさか、紙を円錐状に丸めて凶器にした？」

神が、面白そうに言った。

もちろん、そんなはずはない。紙を丸めて尖らせ凶器にできるわけがないのだから、それは冗談に決まっているのだ。だが――。

百合子もまた、くすりと笑いながら答えた。

「はい。それを使って、凶器を作りました」

そんな――馬鹿な。

紙が凶器になどなるものか。普通はそう思うだろう。

だが、百合子は大真面目だった。凶器の真実は円錐状に細く丸めた紙にある。もはや、そう確信を抱いていたからだ。

だから――。

「……着きました」

ある場所で、百合子はそう言うと、静かに神と十和田に振り向いた。

「ここが、久須川さんを殺したボウガンの矢の射出点にして、鏡面堂の焦点。『地点B』です」

そこは――。

沼の書斎がある部屋の、スリットの前だった。

スワンのランプを静かに市松模様の鏡の部分に置くと、百合子は、ほっと小さな溜息をはさんで、なおも言葉を続けた。

「この地点Bは、部屋Aのある場所とともに、どちらも鏡面堂という巨大な楕球の焦点をなしています。楕球とは、数学的に必ず二つの焦点を持つ図形であって、かつ、この二つの焦点に、ある重要な性質が備わります。それは……もしも楕球の内側が鏡であるとすれば、焦点から出た光が、必ずもう片方の焦点へと集まっていくというものです」

――焦点。

字義のとおり、それは光が集まり、その場所を「焦がす」点のことである。

特に楕球においては、片方の焦点から発せられた光は、楕球の内面を反射し、必ずもう片方の焦点へと集まっていくのだ。

これこそが、楕球の持つ重要な性質であり、そして――。

「私は、こう考えます。久須川さんを殺すとき、犯人はこの性質を利用して、久須川さんを明るく照らしたのではないか。まさしく……このスワンのランプによって」

百合子は、足元のスワンを指差すと、なおも言葉を継いだ。

「犯人は犯行のあった夜、スワンのランプを持ち出すと、まさにこの地点Bに据えつけました。ランプは携帯用で、単体で明かりを灯すことができるものです。そこで……もし真っ暗な鏡面堂でランプを灯したら、どんなことが起こるでしょう？　もちろん、こんなランプがひとつついたくらいでは何も照らすことはできないでしょう。しかし、このランプが置かれたのはまさしく焦点のひとつだったのです。すると……」

百合子は、暗闇のキャンバスに楕円と、光が取るであろう軌道を描きながら言った。

「焦点である地点Bから放射状に出た光は、吹き抜けとなった天井を抜けると鏡面堂のドームに反射し、再び地面まで戻ってきます。その戻ってくる地点こそが、もうひとつの焦点、すなわち部屋Aなんです」

「……つまり？」

神の促しに、百合子は即座に答えた。

「あの小部屋は焦点にあった。そして、事件の夜は、その中にいた久須川さんごと、別の焦点から光で照らされていたんです」

※　図４「地点Ｂから部屋Ａへの光の軌道図」参照

図４　地点Ｂから部屋Ａへの光の軌道図

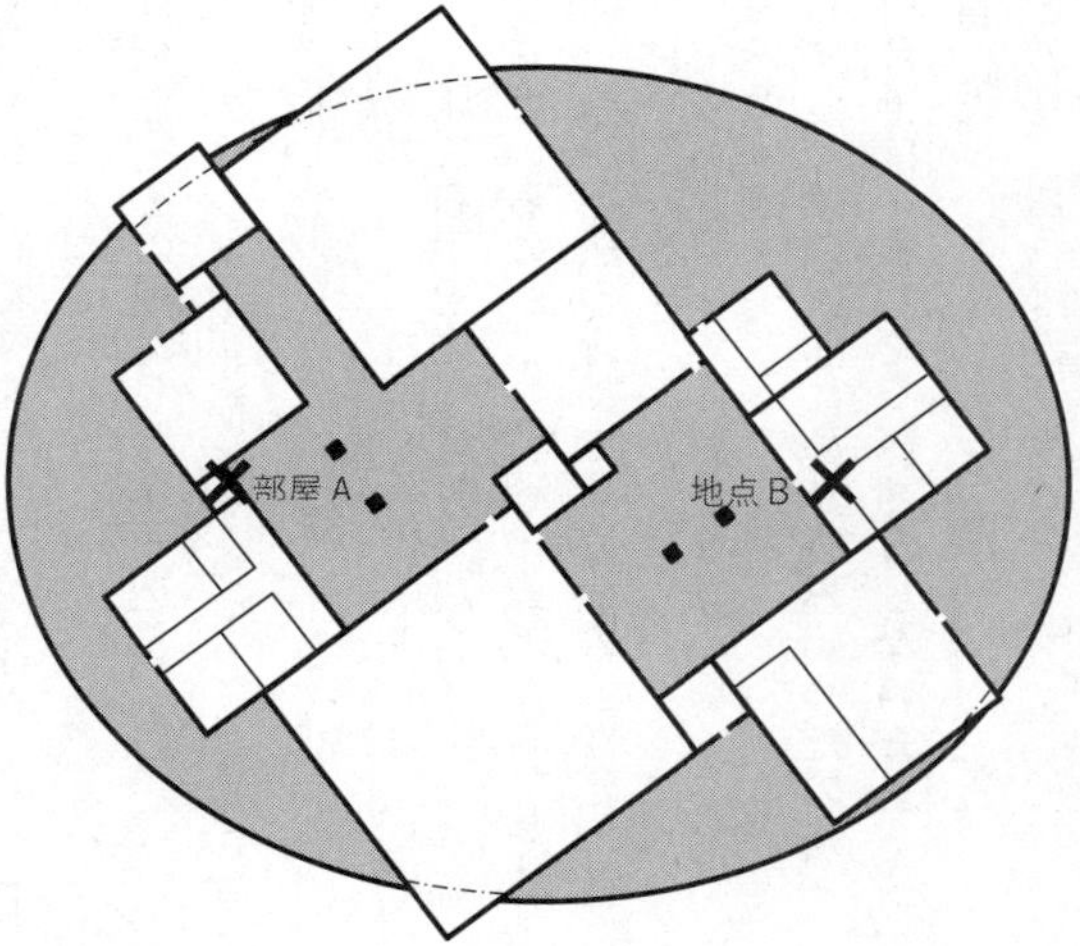

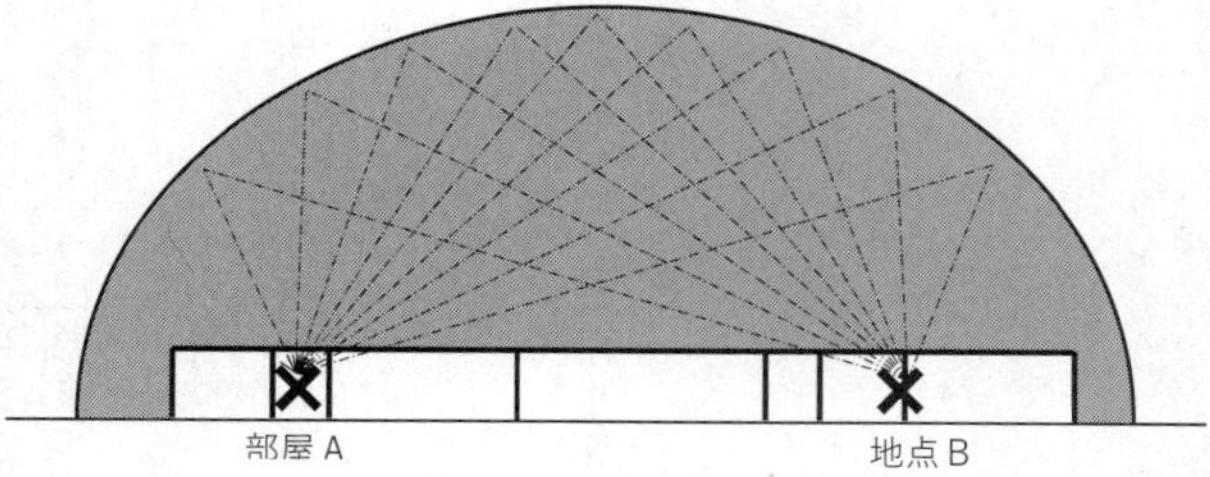

「そしてもうひとつ。明かりをつけたスワンは、白熱電球によって熱を帯びます。スワンの底も体温ほどに温められ、もちろん、市松模様の床も同じように温まっていきます。そう……こんなふうに」

百合子は突然、その場にしゃがみ込む。

それから、スワンを少し横にずらすと、まさにその場所——市松模様の鏡の部分に、右の掌を置いた。

そのまま十秒ほど。

じっと——床に右手を当て続ける百合子。

一体何をしているのか？　普通の人間なら、そう訝るに違いない。だが十和田も、神もまるでそれが当然の行動であるかのように、百合子を見守っていた。

やがて——。

奇妙なことが起きた。

掌が少しずつ、鏡の表面にめり込み始めたのだ。

しかし百合子は、まったく驚きもしないまま「やっぱり」と、むしろ得心したような表情で言った。

「思ったとおり、これはガリウムです」

——ガリウム。

それは、奇妙な性質を持つ物質である。

原子番号三十一。アルミニウムと同じ族に属する金属元素であり、銀色に輝く光沢のある表面を持つ。年間の産出量は高々二百トン程度という、極めて希少な金属でもある。

だが、何より奇妙なのは、このガリウムの温度に対する性質にある。すなわち――。

「ガリウムの融点は摂氏約二十九・八度。すなわち、ほぼ常温で液体に変化するんです。常温で液体である金属には、ほかにも水銀がありますが、水銀の融点は摂氏約マイナス三十八度、地球上ではほぼ液体としてしか存在しません。一方、ガリウムの融点は摂氏約三十度と常温帯にあります。これにより何ができるかというと、例えば、固体のガリウムを手の熱で溶かして液体にすることが容易にできます。そう……こんなふうに」

銀色に輝く鏡の一部を、左手でつまむ。すると鏡は、まるで粘土のように千切れ、百合子の手に収まった。

立ち上がると、液体化し、柔らかな玉となった鏡の一部を掌で転がしながら、百合子は、にこりと微笑んで見せた。

「ガリウムにはもうひとつ、他の金属を腐食させるという性質があります。特にアルミニウムについては、触れただけでぼろぼろにしてしまいます。私がこの場所で落とした一円玉がぼろぼろになっていたのは、まさにそのせいだったんです」

そして、だからこそ百合子は、気づけたのだ。

まさにこの床が、ガリウムという特別な金属でできているのだということに――。

「熱によって溶けたガリウムは、液体ですから、自在に形を変えることができます。そして、ここが大事なことですが、冷やしさえすれば、元の硬い固体へと戻るんです。このことを踏まえれば、次のような推理が成り立ちます。つまり……これこそが、凶器となったのではないかと」

「ガリウムが……凶器になった」

「はい」

十和田の呟きに、百合子は相槌を打った。

「メモ用紙を丸めて円錐状にします。そこに、手の熱で溶かしたガリウムをほんの少しだけ垂らして冷やせば、先端が尖った円錐の矢じりを作ることができます。もちろん、もっと細長く丸め、多めにガリウムを入れて冷やせば、アイスピック状の形も作ることができます」

「つまり……凶器は、紙を丸めて作られた」

「はい。使用後のメモ用紙は再び応接室に戻され、だから丸まっていたというわけです」

つまり――こういうことなのだ。

犯人は深夜、暗闇に沈む鏡面堂で、ひそかにボウガンとスワンのランプをこの地点Bへと運ぶと、ガリウムを手の熱で溶かし、丸めた紙に流し込むことで、矢じりとアイスピックを作った。

それから犯人は、厨房にいた村岡を後ろからアイスピックで刺し殺し、コンタクトレンズを奪った。

地点Bへ戻ってくると、犯人はスワンのランプのスイッチを入れた。鏡面堂の焦点である地点Bで輝くスワンの光は、数十メートル離れたもうひとつの焦点である部屋Aへと集まり、明るく照らした。

最後に犯人は、コンタクトレンズを嵌めると、ボウガンを構えてスコープを覗き込み、地点Bのスリットから、部屋Aで照らされる久須川に向けて、ガリウムの矢じりを持つ鋭い矢を撃った。

「……かくして一連の犯行を終えた後、犯人は凶器の処分に取り掛かります。アイスピックは再び溶かされこの床に戻されました。久須川さんを殺したガリウムの矢じりも、久須川さんの死体の熱で床に溶け落ちています。犯人は死体発見時、皆が死体を確認した際の混乱の中でひそかにそれを拾って回収すると、この場所に戻しました」

「探しても見つからなかったのは、そのためか」

「ええ。そして、隠されたのは凶器だけではありません」

百合子は再び、ガリウムの床に掌を当てて溶かすと、その奥にある何かを探る。ややあってから、百合子がガリウムの中から見つけたものは——。

コンタクトレンズと、綿のキャップ。

「このように事件に関係し、鍵となる物証もまた、この場所に隠蔽されたんです」

「鏡の外に出すことなく、ガリウムの闇に、すべてを葬ったのね」

百合子の推理の証拠となる二つの品に、神は、楽しそうに笑った。

しかし百合子は、なおも首を振る。

「でも、これだけじゃありません。このガリウムの底にはさらにもうひとつ、隠されたものがあります。それが……これです」

百合子が掻き分けたガリウムの床。その底に見えたのは——。

正方形のボタン。

すなわち、何かのスイッチだった。

百合子は一旦立ち上がるも、なおそのボタンを見下ろししつつ続けた。

「ひとつ私は問題を先延ばしにしています。それは、弾道の問題です。地点Bから部屋Aまでボウガンを撃つことは、現状では物理的に不可能です。なぜなら、壁や柱で遮られているからです。すなわち、壁や柱をボウガンがいかにしてすり抜けていったのかという問題が残されているんです。久須川さんを照らす光があっても、凶器をガリウムから作ることができたとしても、肝心の弾道が確保されなければ、この問題は解けない。この点をどうすればいいかが、最大の謎であったわけです」

「しかし……百合子くん。君は、その謎を解いた」

またもずり落ちた眼鏡を押し上げる十和田に、百合子は、神妙な表情で「はい」と頷いた。

「私は、この謎を解いています。つまり……」

「……つまり？」

「鏡面堂は、『回転』するんです」

――回転。

鏡面堂は――回転する。

その言葉を噛み締めるような数秒の後、百合子は、説明を始めた。

「建築家沼四郎は、この鏡面堂に、他の堂と同じような……というよりは、おそらく他の堂の原型となる回転構造を、初めて作ったのだと考えます。回転する場所は、鏡面堂の一部分、中心部分の壁です」

百合子は再び図面を取り出すと、鏡面堂の真ん中、大広間と小広間の間を指差した。

「ここを見てください。中庭に面するスリットが四つ存在しています。スリットは壁の上端までありますから、別の言い方をすると、この中心部分の壁は自在に動かせるということになります。加えて、この四つの点にはある性質があります。それは、四つの点がすべて正円の上に載っているという事実です。ここまで解ってしまえば、結論づけるのは容易でした。すなわち、スリットがある部分を円周にして回転すれば、鏡面堂の中心部分をそのまま回すことができる……」

「回すことができるのはいい。問題は、それが何を目的とする回転であるかだ」

十和田の言葉に、百合子は力強く答えた。

「もちろん、弾道を確保するためです。どのように確保されるかは、スリットで切り取られた部分を、円周に沿って三十度ほど時計回りに回転させてみれば解ります。つまり……」

※ 図5「鏡面堂の回転図」参照

「このように壁面を回転させることにより、地点Bから部屋Aまで、三つのスリットを介した一直線の軌道が確保されます。犯人はボウガンを、この軌道に沿って撃った

図５　鏡面堂の回転図

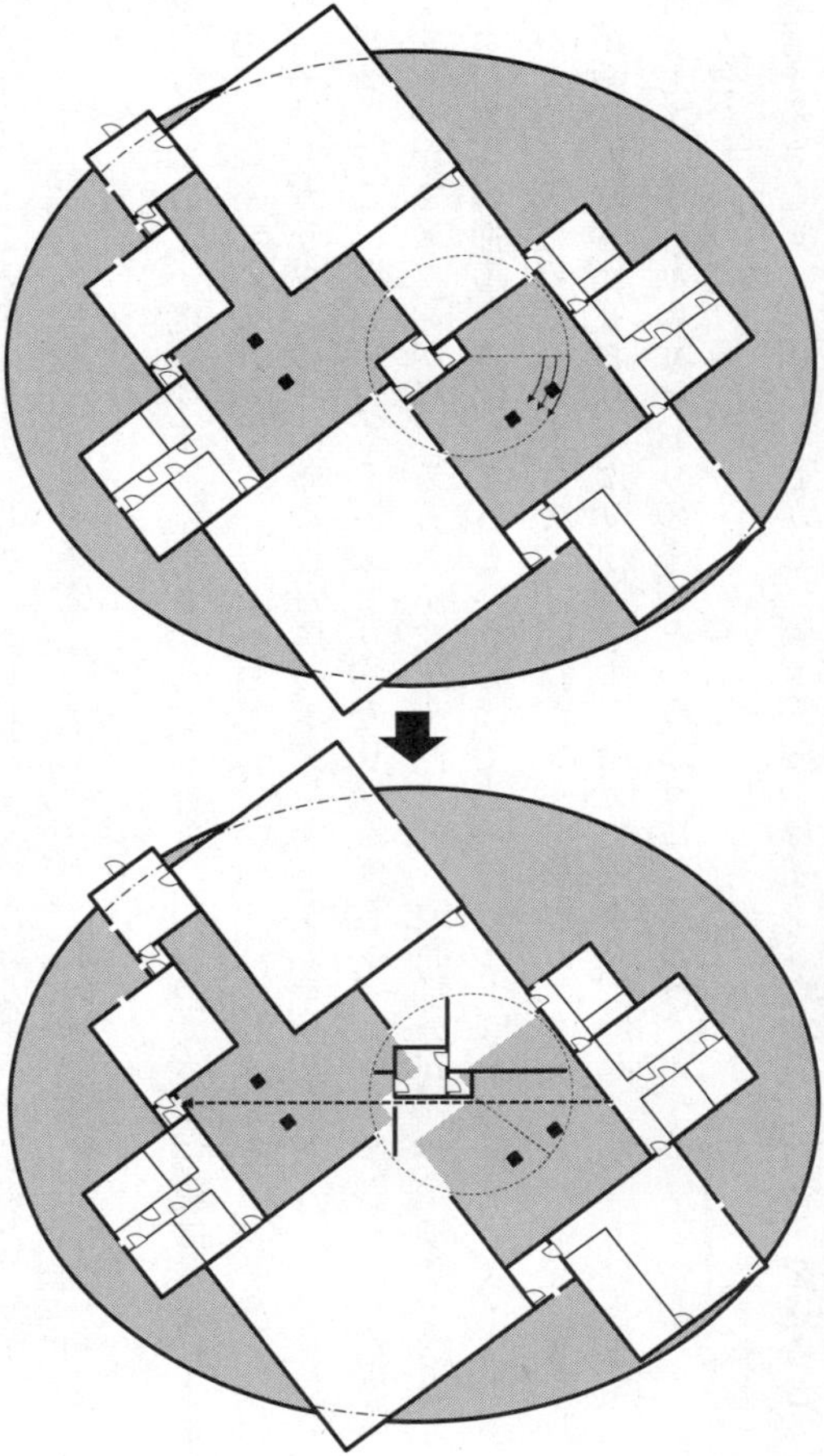

のだと考えられます」

「……なるほど」

十和田が、渋い表情のまま、しかし感心したと言いたげな声色で頷いた。

「しかしまだ問題が完全に消えたわけじゃない。一体、何を動力として、誰が回したというんだ」

「動力はもちろん、電気です。起動させたのももちろん、犯人です。現に、起動スイッチもここにあるんですから」

百合子が、ガリウムの底にある正方形のボタンを指差す。

「スワンをここに置いて灯すことにより、ガリウムは溶け、スワンが徐々に沈んでいきます。やがてスワンが底にあるスイッチを押すと、鏡面堂の回転が始まり、結果としてボウガンの弾道を確保できるというわけです。この三十度の回転は、スイッチが押されている間だけ起こるものです。犯行がすべて終わり、犯人がスワンを撤去すれば、鏡面堂の壁も元どおり、ガリウムもまた冷えて固まり、鏡へと戻っていきます。全体として、事件前の元どおりのままというふうになるわけです」

「…………」

言葉を返さない十和田は、しかし一瞬、睨みつけるような視線で百合子を見ると、パン――と大きく、柏手《かしわで》を打った。

その所作には、解答者を称《たた》えるようなニュアンスがあった。

当の解答者である百合子は、そこはかとない喜びを覚えつつも、しかし、決して表情をゆるめることはなかった。

なぜなら、問題はまだすべて解けたわけではないからだ。

だから百合子は、改めて表情を引き締めつつ、なおも続けた。

「最後に、辺見刑事が述べた疑問の四が残りました。そもそも、久須川さんが死んでいた部屋Aはなぜ密室になっていたのか、なぜそんな場所に、久須川さんはいたのかということです。しかし」

「この点は、まさしく動機と関わる部分でもある」

「……はい」

十和田の言葉に、百合子はにこりと微笑んだ。

「ですから、ひとまずここまでを難易度レベルC、ハウの問題の解答とした上で、次の問題に移っていきたいと思います」

「よかろう」

十和田もまた、鼈甲縁の眼鏡を不安定に揺らしながら大きく頷いた。

「次は難易度レベルB。ホワイの問題だな」

「ええ。久須川さんと村岡さんは、なぜ殺されたのかについて、です」

居住まいを正すと、百合子は問題の解答を、より先へと——徐々に、しかし確実に、さらなる核心へと向けて進めていった。

「これまでの議論のとおり、具体的な方法を確定していく過程で、私はいくつかの事柄を当然の前提として話を進めました。しかし、それらは『なぜそんなことになったのか』という点では極めて奇妙なことでもあります。例えば……」

——深夜、どうして久須川は部屋Aにいたのか。

——なぜ部屋Aは密室にされていたのか。

——村岡のコンタクトが、どうしてボウガンのスコープにあわせられていたのか。そもそもなぜコンタクトと眼鏡を装着していたのか。

「……これらの状況は、事件の謎と大きく関わりつつ、しかしどれも被害者の身の上に起こっているものであって、かつどの事情もそれなくして事件の謎が構成されることのないものです。このような実情ははたして、偶然に発生したものなのでしょうか？　……いえ、もちろんそうではありません。これらの状況はなるべくしてそうなっていた、図られるべくしてそう図られていたものなのです。『なぜそうすべきであったか』という理由があったからこそ、こんな不可解な状況に陥った、ということなんです。ではその理由とは一体、何なのでしょう？」

そこまでを一気に言い切ると、百合子は、改めて息を整えてから、おもむろに言った。

「ホワイを探るヒントになったもの。それは、沼四郎の言葉です。つまり……」

――明くる朝が、楽しみだ。

「この言葉を、沼四郎は前日午後十一時過ぎ、関係者が就寝する直前、口にしています。言葉どおりに捉えれば、単に次の朝が楽しみということです。しかし私は、ここに妙な含みを覚えました。つまり……もしかすると沼四郎は、事件が起こることを、この時点で知っていたのではないか？」

「…………」

神は、十和田は、何も言わない。

ただじっと、瞬きもせず、百合子のことを見つめている。

百合子は――だから、努めて誠実に、なおも言葉を継いでいく。

「沼が事件の発生を予め知っていたとすれば、この事件は明確に理解することができます。そもそも事件を遂行するには、ガリウムの存在や鏡面堂が回転する仕掛けを知っていることが必要です。これを、鏡面堂にきたばかりの人間が推測することは極めて困難です。それこそ全知全能の神でもなければ不可能でしょう。そう考えると、むしろ仕掛けについて犯人は初めからすべてを知っていた、と考えるのが自然だということになります」

「つまり……事件は沼四郎が仕掛けたものだった」

十和田が、目を眇めた。

しかし百合子は、ややあってからその十和田の言葉に「……いいえ」と首を横に振った。

「もしそうだとすれば、その後の沼四郎の挙動があまりにも不可解です。狼狽し、現場から逃げ出した挙げ句、警察の捜査も拒否するなんて。しかも、まるで自信を喪失し、殻に閉じこもるかのように……こんな態度、自分で事件を起こした者のものだとは到底思えません。むしろ、これは……」

「……これは？」

「自信を砕かれた者の態度に見えます」

「…………」

沈黙の中に一拍を置いてから、百合子は慎重に言葉を選びつつ、言った。

「このヒントから、私は、あるシナリオを推理しました。それは、この事件が『もともとは自作自演だった』のではないか、というものです」

「もともとは……自作自演」

「ええ。この事件の起点にあったものは、沼四郎の自作自演……すなわち、沼が脚本を書き、演者は久須川さんと村岡さん、彼ら三名による自作自演の演劇だったのではないか、ということです」

「つまり、彼らはグルだったということね」

「はい。もともと、彼らはただの殺人事件『劇』を演じようとしていたにすぎなかったんです。もちろん実際に殺すつもりなんてこれっぽっちもなかった。久須川さんは旧知の仲である沼四郎に頼まれて、一方村岡さんは、たぶん少なくない報酬で演者となって、沼四郎の書いた『殺人劇』のシナリオを粛々と演じようとした……ただ、それだけのことだったんです」

百合子は、淡々と答えた。

しかし神は、そんな百合子に、腕を組みつつ挑戦的な口調で言った。

「確かに、三人があらかじめ示しあわせていたという前提があれば、疑問にもシンプルな解が生まれるわ。深夜どうして久須川が部屋Aにいたか。なぜ部屋Aは密室にされていたか。それは久須川が自ら部屋Aに赴き鍵を掛けたから。村岡のコンタクトがボウガンのスコープにあわせられていたのも、まさしく村岡が仕掛け人だったから……でもね、百合子ちゃん。そんな細かい謎が解けたところで、謎そのものが消え失《う》せるわけじゃない」

「解っています。問題は、そもそも彼ら……沼四郎たちが、どうしてそんな殺人劇を演じようとしたのか、です」

「そう。彼らの目的は一体、何？」

百合子は、神妙に顎を引くと、その神の問いに、静かに答えた。

「彼らの、いえ、沼四郎の目的は……挑戦です」

「……挑戦？」

「はい。挑戦です。藤衛への」

——藤衛。

その人物の名前に、神と十和田、二人の瞳がすっと低温の色を帯びる。

同時に、改めて気づく肌寒さ——無意識に二の腕をさすりながら、百合子は、なおも続ける。

「沼四郎は、藤衛に挑戦するために、この事件を起こしました。久須川さんが被害者役、村岡さんを犯人役として事件を作り出し、藤衛に問いかけるつもりだったんです。『あなたにはこの事件の謎が解けるか？』と……もちろん、だから本当に殺すつもりもなかったし、久須川さんも村岡さんも、まさか本当に死ぬようなことになろうとは、これっぽっちも思ってなかったはずです。ボウガンの矢に綿のキャップをつけていたのも、撃ち出した矢の殺傷能力をなくすため。久須川さんが赤いインクの万年筆を持っていたのも、それを血糊《ちのり》代わりにしようとしていたからです」

「久須川が小部屋を密室にしたのも……」

「問題の難易度を高めるためです」

十和田の言葉に、百合子は明快に答えた。

「沼四郎の出題内容、つまり本来のストーリーは、まず村岡さんが久須川さんを、メモを使って部屋Aに誘導し、自ら部屋Aを密室にさせる。その上で村岡さんが館を回転させ、地点Bからボウガンで矢を射かけるというものだったと考えます。事実、村岡さんは『横の小部屋に』と書かれたメモを持っていましたが、紙の左上の隅に書かれていました。村岡さんはなぜ、そんな隅に書いたのか？　それは、まだ書こうとしていたことがあったからだと思われます。そう、例えばこんなことを……」

——横の小部屋に行き、二つのドアに鍵を掛けろ。さもなくばお前の秘密をバラす。

「……もちろん久須川さんの秘密を村岡さんが本当に知っているわけではなく、単なる演出にしかすぎません。シナリオではその後、村岡さんは久須川さんがいた3号室に赴き、ドアをノックした後、メモだけを残して消えることで、久須川さんが部屋Aに密室を作る必然性を作ったものと思われます。またメモそのものも、翌朝までに村岡さんが回収しておき、例えばどこかに隠したり焼却してヒントとなる燃えかすを残したりする手筈《てはず》となっていたはずです」

「しかし……その前に、村岡さんは殺されてしまった」

「はい」

神の言葉に、百合子は真剣な表情で相槌を打った。

「早々にこれが単なる殺人劇であると見抜いた人物によって、先回りして殺されたんです。劇のトリックでは、回転のスイッチを隠す役割を果たすはずだったガリウムのアイスピックによって」

「つまり、犯人は先手を打った」

「ええ。村岡さんからのメモがないことを訝りつつも、久須川さんはおそらく、シナリオどおり部屋Aへと行き部屋を密室にしたはずです。そしてシナリオどおり部屋Aはスワンのランプによって照らされたことで安心した久須川さんの胸に、シナリオどおりボウガンの矢が飛んできた。久須川さんはその後、シナリオどおり赤インクを胸に散らして死体を演ずる予定だったはずです。しかし……」

「シナリオとは異なり、その矢には殺傷力があり、久須川さんは殺された」

「そのとおりです。犯人はすでに村岡さんを殺してコンタクトレンズを奪っていた。ボウガンのスコープを利用して、的確に久須川さんの心臓を射抜くことができたんです」

「……なるほどね」

意味深な笑みを口元に浮かべると、神は言った。

「犯人はまさしく、沼四郎のシナリオをなぞった。沼が鏡面堂の仕掛けを利用して描いたシナリオをそのままたどっていった。ただ、シナリオとは異なり、登場人物たちを本当に殺しながら……」

――シナリオをそのままたどっていった。

――登場人物たちを本当に殺しながら。

百合子は――自分で推理しておきながら、改めてぞっとした。

これはまさしく、出題者に対して、その解を正しく答える以上の衝撃を与える行為。あまりに凄惨で残酷な意趣返しであったからだ。何よりも、そのためとあらば二つの生命さえあっさりと犠牲にできる、その冷酷さ――。

そう、だからなのだ。

「だから……沼四郎は『認めないぞ。こんなことは』と激怒した後、『あまりにも、おそろしい』と言ったきり、書斎に閉じこもってしまったんです」

――自らの出題意図をすべて見透かされていたばかりか、その意趣返しとばかりに

――いや、実のところ、単なる意趣返しではなく、殺すことによる利益もあったと思うのだが――二人の仕掛け人も見せしめのように殺されてしまった。

そのとき沼四郎が受けた衝撃は、はたして、どれほどのものだっただろう。

それこそ、あまりのおそろしさに、殻に閉じこもってしまいたくなるのも、無理もないのではないか。

「動機はよく解ったわ。二十六年前、なぜあんな事件が起きたのか。それが、なぜこの場所であったのかもね。でも……」

神は、胸の前で長い黒髪をそっと指で梳きながら、しかし真剣な口調で問う。

「まだひとつ、あなたは重要な『なぜ《ホワイ》』を説明していない。……ねえ、百合子ちゃん。沼四郎はなぜ、藤衛に挑戦しようとしたの?」

「それは……」

端正でもあり、無邪気でもあり、妖艶でもある神の顔を真っ向から見返しながら、百合子は——。

口角を上げると、おもむろに答えた。

「それはきっと、私たちと同じ理由です。そうでしょう?　……お姉ちゃん」

2

たぶん——。

今だ。

今まさに、日付が変わった。

まったく確信はない。けれど——。

百合子には解っていた。そんな気がする。いや、きっとそうに違いないと。

この、現在と二十六年前とが混濁した鏡面堂において、あまりにも早く、かつあまりにも遅い時の流れは、確実に、かつ曖昧に、百合子たち三人を包んでいた。

十和田は——。

口を歪めたまま、沈黙していた。

何も言いたくはない、そうありありと訴える表情は、しかし同時に、こう述べてもいた。

——何も、僕に言わせないでくれ。

だから——。

その代わりとでもいうように、神が、言った。

「あと二つ。問題が残っているわ。レベルA、そしてレベルSの問題が」

「はい」

頷くと、百合子は、自らの解答に打つべきピリオドに向けて——自分でも解らないのだけれど、どうしたわけかほんの少しだけ名残惜《なごり》しさも抱きながら——言葉を進めていった。

「難易度レベルAの問題。それは……フーです。一体、この事件を誰《フー》が起こしたのか」

「そうね。でもそれは、もう明らかになっているようにも思える」

「ええ。それでもこれは、いまだ明らかとは言いがたい実像を隠してもいます。なぜなら、解とは、矛盾を取り除いた先にしか存在しないものですから」

「……ふふ」

口角を上げると、神は、百合子に譲るように、細めた目でその先を促した。

「百合子ちゃんの言いたいことは解るわ。どんなに明白なことでも、論理の先にしか解は存在しない。それが数学のルールだものね。……それで、あなたはどんな矛盾を消去しようとしているの？」

「はい。手記によれば、あの日鏡面堂にいたのは、沼四郎、竹中郁夫、松浦貴代子、久須川剛太郎、村岡幸秀、そして藤衛です。このうち沼はシナリオライター、久須川と村岡は演劇者にして被害者ですから除外します。残るのは竹中郁夫、松浦貴代子、藤衛です。この中から、矛盾を生ずる者を除いていきます」

「例えば？」

「まず……松浦貴代子です。彼女は犯人ではありません」

「なぜ？」

「彼女に関しては、手記中、こんな記述がありました」

――松浦いわく、実は彼女は、金属に触れると酷くかぶれてしまう体質であるらしい。

「……おそらく彼女は、金属アレルギーであったのだと思われます。事件が起きたとき、彼女はすぐさま白い手袋を嵌めましたが、そんなものを持ち歩いていたのも、できるだけ金属との接触を避けるための習慣でしょう。しかし、この事実こそが、彼女がこの事件を起こせない理由を示します。つまり……ガリウムもまた金属である以上、彼女にはそれを扱えないのだということです」

ガリウムは、金属。

したがって、金属アレルギーを持つ松浦には、ガリウムを扱うことはできない。

しかしこの事件では、まさにガリウムを扱うことが、大きな役割を果たしている。

だとすれば――。

結論はひとつ。松浦は犯人ではないのだ。

「もちろん、彼女がガリウムを素手で扱わなかった可能性もあります。しかし、今回の事件では、ガリウムを一旦溶かして再成形する必要があった。熱を伝えてガリウムを溶かすためには、どうしても素手で扱う必要が出てきます」

「もしそうしたのならば、彼女自身がそう言ったように、手には酷いアレルギー症状が生ずるはず。けれど、そんな形跡はなかった。すなわち……」

「松浦貴代子が犯人である可能性は限りなく低いということになります」

「……………」

なるほどね、と言いたげに顎を引くと、神は、さらに百合子を促した。

「次は？」

「はい。次は……竹中郁夫です。彼も犯人ではありません」

「なぜ？」

「それは……彼が鳥目だったからです」

「……鳥目？」

二度、素早く目を瞬く神。

神にしては珍しいそんな愛嬌のある仕草を、内心でほのかに可愛《かわい》らしいなと思いつつ、百合子は続けた。

「はい。彼は好き嫌いが激しく『野菜と乳製品。それと肉全般』を『僕の口と胃がまったく受けつけない』と言っていました。そのせいで医者に『特にビタミンA』が足りず『すでに日常生活にも支障が出ているんじゃあないのか？』と言われたくらいです。ビタミンAが不足することによるもっとも大きな症状が、鳥目……すなわち、夜盲症です」

「ロドプシン欠乏による症状ね」

「はい。暗部視覚にはロドプシンという物質が関係していますが、これはビタミンAから作られます。すなわち、ビタミンAの不足により、人は鳥目になるということです。ともあれ大事なことは、鳥目である彼は、明かりがない状態ではまったく活動することができなくなるということです。実際、彼は就寝前に、真剣な表情でこう言っていました」

――ただでさえ館の作りがよく解らないんだ。真っ暗にされたら……遭難してしまうぞ。

「実際に死活問題であったのだろうと思います。ですが、この事実こそ、彼……竹中郁夫が犯人である可能性が限りなく低いということの証拠となるのです」

「事件は、スワンのランプを灯すまではほとんど暗闇の中で行われている。そんな状況で、よもや鳥目の人間が行動できるはずがない、ということね」

「はい」

「よく解ったわ」

頷く百合子に、神は、一拍の間を置いてから続けた。

「松浦貴代子も、竹中郁夫も、犯人ではなかった。こうなってしまえば、犯人は残るひとりしかいないわ。つまり……藤衛しか」

淡々と、結論のみを述べる神。しかし――。

「…………」

百合子は、言葉を返さない。

納得はできないとばかりに苦々しげな表情を浮かべたまま、暫しの沈黙を貫いていた。そして――。

「どうしたの？　百合子ちゃん」

「……たぶん、違います」

百合子は、首をゆっくりと左右に振った。

「その結論は、間違っています」

「どうして？　犯人が残る藤衛ではないと言うのなら……本当の犯人は、誰だと言うの？」

「それは……」

百合子は再び、視線を下に向けた。そこにあるのは――。

スワンのランプ。

役割を終えたランプが、静かに、欠けた嘴を壁に向けている。

百合子は、そんなスワンの頭に手をそっと置いた。

「事件の遂行には、このスワンのランプが一役買っていました。でも……正直に言うと、私、このスワンを初めて見たときには、これはただの置物だと思っていました。近くでよく見て初めて、これがランプだと気づいたんです。そう……このスワンがランプだと解るということは、まったく当たり前のことじゃないんです。そう考えてみると……手記には、少しおかしな部分があることが解ります」

百合子は、持っていた手記を目の前に掲げた。

「そこでは、ある人物が、この一見してランプとは思えないものを、終始ランプだと表現し続けているんです。その人物は、『わたしでさえ、この応接室に足を踏み入れたことはほとんどない』と明言し、掃除すらしていません。だとすれば、スワンに実はランプの機能があることも知らなかったはずなのです。なのに……なぜその人物は、スワンがランプだと当然のごとくに述べているのでしょう。理由は、たったひとつです」

「……つまり？」

「その人物が、本当は犯人だからです。……この手記の書き手である、鏡面堂の管理人が」

「…………」

鏡面堂の管理人が——手記の書き手が——犯人。

百合子自身でさえも驚きを隠せないその言葉。

神もまた、若干の沈黙をはさんでから、静かに問うた。

「……手記を書いた管理人が、犯人だった。……面白いわ。でも、その証拠としてスワンのランプだけを述べるのは不十分よ。すべてが詳らかになった後でしたためられた手記ならば、書き手が無意識にスワンをランプだと書いてしまうこともあるでしょう。百合子ちゃん、あなたの解を確かなものにするには、もっと直接的な証拠が必要よ。そんな証拠が、どこかにあるのかしら？」

「それは……ここにあります」

百合子は不意に、手記の第一ページ目を開いた。

「そこに？」

「ええ。この手記には、読みようによっては犯人の後悔とも思えるような記述が散見されます。例えば……」

もっとも、だからこそ、わたしの運命がかくも暗転したのだと、言えなくもないのだが——。

わたしは後悔しているのだ——どうして、こんなことになってしまったのだろうか、と。

この記憶をデータとして残しておくのだ。わたしが終始感じていた、事件に対する後ろめたさとともに。事件を掘り返す人々に対するわたしの真心と悔恨を、ほんの少しでも残しておくために――。

「……どれもまるで、犯人が自らの罪を悔《く》いているとでも言いたげな言葉たちです。もちろん、それだけじゃありません。この手記には実は、何よりも確実といえる証拠、すなわち犯人の自白があるんです」

小さく咳を払うと、百合子はその一文を指差した。

「これは、手記の冒頭文です。まず初めにこう書かれています……」

西暦一九七五年十二月。

この手記を、後世のためにしたためる。

わたしの真心を、西に残しつつ――。

「……巻頭に置く文言としては、なんとも意味深で不思議なものです。特に『真心を西に残す』というのはどういう意味なのでしょうか？　……この一文について、私は、こういうふうに考えたのです。真心とは『自白』の言い換えなのではないか。そして……西に残すの『西』とは、文頭の『西暦』に掛かっているものなのではないか」

「……つまり？」

「手記の書き手は、暗にこう言っているんです。『わたしは、文章の頭に自白を残している』と」

——そうだ。

まさしく、そうなのだ。

手記はいくつかのセクションがあり、それらは『＊』——アスタリスクによって分けられている。文章の頭が自白であるならば、＊で分けられたブロックごとに、最初の一文字を拾っていけば、まさにそれらが自白になるのだ。

すなわち——。

——『真』理とは何か。

——『犯』罪の足音は、いつも忍び足でやってくるものである。

——『人』間というものは、本性の外側に、偽性とでもいうべきものを先天的に身に着けているのではないか——よく、そんなふうにわたしは想像する。

——『は』ばったい印象のその警察官は、当初、わたしの言葉をまるで信用してくれなかった。

——『私』的な記録は、これで終わりだ。

これらの最初の一文字を順に拾っていくと——。

「『真犯人は私』……これが、手記の書き手の自白であり、懺悔《ざんげ》です」

「……ふふ」

神は、満足したようににこりと口角を上げると、直後、横にいる男に身体を向けた。

「十和田さんなら、何点をつける？」

問われた十和田は、仏頂面のまま、しかしどこか諦《あきら》めにも似た声色で答えた。

「……0点だ」

「得点なし？　辛辣《しんらつ》ね」

「いや、逆だ。神との戦いに人間が勝利することはできない。マイナスではない0点は、最上の結果だ」

「……ですって、ふふ」

唇に人差し指を当てると、神は、百合子に目くばせをした。

「でも、だからこの事件の犯人は、手記の書き手であったのだ……というふうに短絡的に終わらせるつもりも、もちろんないわよね？　百合子ちゃん」

「はい」

百合子は、首を縦に振りつつ、問いに答えた。

「手記の書き手が真犯人としてこの事件を実行に移したというのは、確かだと思います。けれど……この人物が自ら沼四郎のシナリオをすべて洞察できたのだとまでは思いません。つまり……書き手である『わたし』が直接の犯人であり、かつ、その『わたし』を影で操っていた者がいたんです。それが……」

「それが？」

「……『私』です」

「つまり？」

「登場人物の中で唯一、『私』という一人称を用いていた人物……藤衛です」

——藤衛。

そう、やはり物語は、戻ってくるのだ。この男が立つ地点——すなわち、原点に。

「『真犯人は私』……これが、手記の書き手である『わたし』の懺悔です。でも、もしもすべてが書き手の企みだというのなら、これはおかしい。なぜなら、『わたし』は『私』ではないからです。もしそうであるならば『真犯人はわたし』と書かれるべきなのです。にもかかわらずなぜ……『真犯人は私』なのか？　……それは、この一文が懺悔であるとともに、告発でもあるからなんです」

「その告発の相手が『私』……藤衛なのね」

「はい。つまり……沼四郎は殺人劇で挑もうとした。その意図を見抜いた藤衛が意趣返しを企んだ。その企みを実行に移したのが手記の書き手であったというわけです」

手記をそっとトン、と閉じ、百合子は続けた。

「藤衛はおそらく、この鏡面堂にきた瞬間から、なんらかの事件が起こると推測していたのだと思います。そして鏡面堂の特徴的な構造と、人々の振る舞いから、沼四郎の企みと、その夜に何が起こるのかまでを洞察し尽くし、しかもその企みに残酷な意趣返しで応えたんです。けれど……この意趣返しにおいて、藤は自ら手を下そうとはしなかった。この館の管理人であった手記の書き手である『わたし』に、それを実行させたんです。つまり、『わたし』にすべての方法を示し、この悪魔のような意趣返しをさせた……そう、事件前夜、人々が解散し、二人きりになったとき、藤衛は『わたし』に指示をしていたんです。不思議なのは、『わたし』が、沼四郎の雇われびとであるにもかかわらず、その指示に従容としたがったことです。けれど、それは実は不思議でもなんでもないことなんです。なぜならば……」

「指示したのが、藤衛だったからね」

「……はい。『わたし』の『なぜ』にすべての答えを与え得る藤衛は、まさしく『神』だった。雇用主である沼四郎を裏切ってでも、『わたし』にとって、彼はしたがうべき相手だったんです。そして……」

「そして？」

百合子は、大きく長い息を吐きながら言った。

「これが、二十六年前の事件の実像です」

そう。

これが――二十六年前にこの場所で起きたことのすべてだ。

沼四郎の企み。それすらも凌駕する藤衛の陰謀。そして、それらに翻弄され、時には殺され、抵抗することさえ許されなかった哀れな人々。

ある意味ではこの手記こそが――手記に含まれた懺悔と告発が――あるいは、ささやかな抵抗だったのかもしれない。

だが――。

こうして、事件の実像が明らかにされても、まだ明らかでないことは残っている。

そう――それこそが。

「まだ、ある」

十和田が、静かな口調で問うた。

『『私』の企みに加担した『わたし』なる人物。百合子くん。君には……それが誰だか、解るか」

そう、『わたし』とは誰なのか、という問題もまだ、残っているのだ。

その問題に、百合子は――。

「…………」

無言で、首をゆっくりと左右に振った。

その解を、百合子は持っていない。

いや――。

正しくは、認めたくないのだ。その解を。

不完全性定理の例を引き合いに出すまでもなく、論理的に突き詰めた先に望ましくない結論が待っていることは、ある。

もちろん、論理的正しさは認めつつも、しかし、ひとりの人間の信念として、それを認められない。認めたくないことも当然、ある。

百合子はまさに、今、その葛藤《かっとう》の中にいたのだ。

だから——。

「その解は、私が導くわ」

神が——唯一、超然とした視座に立ち続けている彼女が、無言の百合子の代わりに述べた。

「手記の主は最後に、事件の後で藤衛から要請があったことを述べた。そして、その要請に応じ、藤衛が所有する島へ、妻と子とともに赴くことを決めた。この島こそ……二十三年前に事件があったあの忌まわしい島。私と、百合子ちゃんと、十和田さん。三人が生き残った、あの島よ」

「…………」

「だから私は、こう結論づける。これは誰でも解ること。それこそ年端もいかぬ子供でさえ解ること。それでも私は……私でさえも、言うのをためらってしまう結論。百合子ちゃん。ほかでもない、あなたの前ではね」

「…………」

なおも沈黙したまま、それでも悲痛な表情で次の言葉を待つ百合子に、神は——。

「真犯人にして、手記の主。それは……」

静かに、告げた。

「あなたのお兄さんのお父様。宮司潔《きよし》よ」

3

宮司潔——。

その人の名前を、もちろん百合子は知っていた。

百合子の父、潔。その名は母、章子《あきこ》の名前とともに、兄である司から聞かされていたのだ。

——お父さんとお母さんは、まだ百合子が小さいときに、不幸な事故で死んでしまったんだ。

——だからお兄ちゃんは、君のお兄ちゃんとしてだけじゃなく、お父さんとして、お母さんとして生きてきた。百合子、君は……そのことを悲しく思うかい？

――……………。

――そうか。ありがとう。君の笑顔を見れば、俺も頑張れる。

――だから君も、どうか健《すこ》やかに育ってくれ。君がいる限り、お兄ちゃんは、いつでも、君を守る。お父さんとして、お母さんとして、君といつまでも一緒にいるよ。

なぜなら、君は……俺の、たったひとりの妹なのだから。

涙が一筋――すっと、百合子の頬を伝う。

今さら、思い知る。父と母の存在を忘れさせてしまうほど、兄は――司は、いつでも百合子のたったひとりの兄だったのだということを。

だからこそ兄の死は、両親を同時に失ったのと同じだけの悲しみを、百合子の心の中に生んだのだということを――。

――けれど。

両親は、確かにいたのだ。

百合子にも、もちろん――兄である司にも。

すなわち、宮司司の父宮司潔と、母宮司章子。

そして――。

鏡面堂で事件を起こした真犯人にして、この手記の書き手こそが、宮司潔であったという事実。

一体、どんな言葉を吐けというのだろう?

「…………」

――ただただ沈黙するしかない百合子に、神は静かに、昔話を語りだした。

「宮司潔。そして宮司章子。この二人はかつて、同じ大学で研究を続ける数学者だった。潔が追い求めるのはリーマン予想。深い謎だらけの世界を解き明かすべく、彼は研究に没頭した。そして章子は、潔が所属していた研究室の後輩数学者だった。二人の関係は当然のごとく接近し、やがて命をひとつ授かった。それが……宮司司さんよ」

「お兄ちゃん……」

「子供ができるなんて、喜ばしいこと。でも、雀の涙ほどしかない研究者の報酬では、子供を育てることができない。だから二人は研究を諦め、ごく普通の夫婦として暮らし始めた。資格を取り、安定した収入を得て、子供を育てていった。でも、そんな彼らの未来を大きく変える二人が現れた」

「沼四郎と、藤衛……ですね」

「ええ。潔は沼四郎を紹介され、その館で住み込みの管理人を始めた。まさにその場所で、数学者にとっては神のような存在だった藤衛とも出会った。そして……いえ、だから、というべきね。それでなくとも、青年期から藤に心底魅せられていた潔は、この再会によって、深く、深く取り込まれた。底知れぬ、原点に。そして、抗うことなく藤の傀儡《かいらい》となり、ついには……実行犯となった。鏡面堂の殺人事件の」

「それは……『偶然』、だったんでしょうか」

百合子は、呟くように問う。

藤に魅せられていた「なぜの君」と、そのなぜのすべてを与える原点との再会。それは、偶然だったのか？

その問いに、神は――。

ややあってから、「いいえ」と首を横に振った。

「偶然じゃないわ。……宿命よ」

――宿命。

無意識に息を飲む百合子に、神は、なおも続ける。

「でもね……宮司潔はあくまでも、普通の人間だった。沼や藤のスケールに平常心でついていくことができなかった。たとえ指示されるがままであったとしても、人を殺してしまったという罪悪感は、彼にはあまりに大きかった。だから潔は……手記を書いた。自らの罪を懺悔し、自らを傀儡とした真の首謀者を告発した。いつか、この手記を誰かが解読してくれることを期待して」

「…………」

「それでも潔は、結局、手記を自分の手元から離す気にまではなれなかった。懺悔の書を人の手に委ねるにはまだ恐怖があったからよ。だから彼は、手記を島に持っていった。そう、私たちの運命を変えた、あの絶海の孤島に」

「…………」

「そして人々は死に、島は崩壊した。すべては瓦礫《がれき》の下に埋もれた。潔も、夫についてきていた章子も、巻き込まれ命を失った。すべては瓦礫の下に埋もれた……そう思われたけれども、潔の手元にあった手記はこのとき、偶然にも、騒乱の中である人物が拾い上げ、遺失をまぬかれた。……ね？　そうでしょう、十和田さん」

神が、十和田を見る。

十和田はしかし「そうだ」とも「違う」とも答えず、だからこそ雄弁にその事実を認めながらも、なお緘黙を貫いた。

諦めにも似た薄い笑みを口元に浮かべながら、神はなおも続けた。

「手記はその後、藤衛の息子である、藤毅《たけし》に受け渡された。宮司潔がW大学で師事していたのが彼だったという縁から、藤毅に託されたのね。けれど彼は、手記の中身には一度しか目を通さなかった。きっと、おそろしかったのね。だから、ただ父と教え子に縁のある品として実直に、そして誰にもその存在を明かすことなくひっそりと保管し続けた。こうして二十年以上、金庫の奥にこの手記は眠り続けた。でも……結局彼は、異母兄弟である私にこの手記を託すことになった。彼は私に、こう言ったわ」

――僕には父のことが解らない。あの事件をなぜ起こしたのかも、いまだに解らない。けれど……もしかしたらこの手記が、手記に書いてあることが、僕らが父を理解する手掛かりとなるのかもしれない。だから……。

『僕は、君にこれを預けたい。同じ父を持ち、神と名乗る君に……』と」

「…………」

「だからね、百合子ちゃん。あなたも、この手記を読む資格があるのよ。なぜなら、あなたも、神だから」

「私が……神？」

神だって？　そんな、馬鹿な。

百合子は思わず、強く反論した。

「違います。私はそんな大仰なものじゃない。私はただの人間、私は宮司百合子……宮司司の妹です」

「そうよ。あなたは司さんの妹、宮司百合子。でもただの人間ではない。なぜなら、あなたは藤衛の娘、善知鳥水仙でもあるから。その血脈には決して、逆らうことはできない」

百合子は——。

「…………」

それ以上、返す言葉を失った。

ふと——。

神が、天を仰いだ。

天——いや、鏡面堂の巨大なドームを見上げると、朽ちた隙間に浮かぶ星空に、なぜか——少し悲しげな片目を細めて、言った。

「鏡面堂は滅びる。あと百年もすれば、崩れ去る。あと千年もすれば、瓦礫を植物が覆い尽くす。あと一万年もすれば、土へと返る。初めから何ひとつ存在などしてなかったような、澄まし顔の自然に戻る。けれど……たとえそうなったとしても、宿命は朽ちることがない。運命へと昇華させるまでは、いつもすぐそこで、誰かを食い尽くさんとばかりに残酷な口を開けているの。だから……あの島はまだ、ある。今もまだ、あり続けている。藤衛とともにね」

神の、その宣託にも似た言葉に、百合子は——。

無意識に、手記を握りしめていた。

そうだ。宿命は決して、尽きることなどないのだ。

悪意はいつでも、私たちを取り込もうと手ぐすね引いている。狡猾《こうかつ》で残酷な蜘蛛《くも》のように、宿命という名の巨大で不気味な網を広げ、待ち構えているのだ。まさしく手記の主――宮司潔がそうなったように、粘着質な糸で搦《から》め取り、骨の髄まで食い尽くし、そして無に――ゼロに――還さんとばかりに。

だから――。

ふと、神が述べた言葉を思い出す。

――世界はいつも、二つの意思が戦い続けている。意のままにせんと欲する意思と、意のままにはされまいと抗う意思よ。これらの意思が、いつも人と人、神と人、神と神、あるいはそれぞれの心の内で戦っている。私たちがそこから逃れることは決してできない。それが、宿命というもの。

――でも、私たちがこの戦いに勝利することはできる。それが……。

「……『運命というもの』」

「そうよ、百合子ちゃん」

無意識に呟いた百合子に、神が微笑んだ。

「私たちは、運命に向かって生きるの。ゼロを掛けて抹消しようとする宿命に抗い、自らの道を、自らの手で選び、自ら摑み取る。それこそが、私たちの運命なの。……ね、そうでしょう？　十和田さん」

不意に、神が十和田に身体を向けた。

「十和田さんは、どうするつもり？　私たちと一緒に運命を摑み取る？　それとも、宿命に抗うことなく、幻に翻弄されながら、いつまでも私たちの敵のままでいる？」

その問いに、十和田は――。

「…………」

すぐには、答えない。

鼻先にずり落ちた鼈甲縁の眼鏡さえも、もうどうでもいいと言いたげに口を固く結んだまま、なおも顰めた表情で暫し沈黙していた十和田は、しかし――長い間を置いてから、漸く――。

「……僕には、解らない」

――静かに、問い返した。

「解らない？　十和田さんともあろう者が、何が解らないの」

「決まってるじゃないか。事件のことだ」

「事件？」

「ああ。鏡面堂の事件の謎は、まだ解けてはいない。もうひとつある。そのことはもちろん……君ならば理解できているんだろう。神くん」

「…………」

今度は、神が――沈黙した。

お互いを試すような数秒。深夜の鏡面堂に生まれる緊張感は、楕球の内側を幾度も反射し、そのたびに増幅し、やがては耐えきれないほどの張りつめた空気を生む。

やがて十和田は、百合子を見る。

「君も……いや、君なら、解るだろう？　鏡面堂の事件の謎を」

「…………」

鏡面堂の、謎。

百合子は思う。それはもうすべて解けているのではないか？　ハウ。ホワイ。フー。そして手記の主にして真犯人に至るまで、詳らかにされたのではないか？　いや――。

違う。

そうじゃない。十和田が指摘したとおり、まだ解けているとは言いがたいのだ。なぜならば――。

「……エレガントとは、言えません」

小さく、百合子は首を縦に振った。

「そうね。解としてこれは、十分に洗練されているとは言いがたい。……だから十和田さん、あなたも困惑しているのね。藤衛が『殺しすぎる』解を提示している理由が解らないから。あえて余計な解を選択したことが理解できないから」

「……ああ」

十和田は漸く、眼鏡を指で押し上げると、やや俯いたまま、訥々《とつとつ》と言った。

「真犯人は、鏡面堂の殺人を実行するのに、村岡幸秀からコンタクトレンズを奪う必要はなかった。なぜなら、自らレンズを作ればよかったからだ。大広間の水晶玉のうちひとつを選び、厨房の砥石を使ってレンズ状に磨き上げる。かつてガリレオ・ガリレイは自らレンズを磨き出して天体観測を行った。それくらいの技術なら、藤先生ほどの方なら当然のごとくに持っていて然《しか》るべきだ。にもかかわらず……そのエレガントな解は選ばれなかった」

「そうです。なぜか、村岡さんを殺すという選択をしてしまったんです」

百合子は、十和田の言葉を継いだ。

「藤衛には、久須川剛太郎を殺す理由があります。それは、彼がリーマン予想に肉薄していたからです。すでにリーマン予想の神秘を手にし、自分だけのものにしたいと考えていた藤衛には、それは許しがたいことだ。これは殺す理由になります。でも……もうひとり、村岡幸秀を殺す理由はどこにもない。彼は数学とは完全に無関係な、ただの料理人です。そんな人を、十分な必然性もないまま、ただコンタクトレンズを奪うためだけに殺すのは……」

「野蛮ね」

神が、黒髪をふわりとなびかせた。

「殺して奪う。まったくエレガントとはいえない方法だわ。レンズを自分で作ってしまえばいいのに。そうすれば、最小の犠牲で、最大の混乱と沼四郎へのダメージを作ることができたはず。少なくとも、そのほうが明らかに藤衛らしい方法よ。でも……なぜか、そうはしなかった」

「そうだ。だからだ」

十和田が、下唇を噛んだ。

「だから僕には解らないんだ。なぜ藤先生は、エレガントな解を選ばなかった？　なぜエレガントではない野蛮な解をあえて選んだ？　その野蛮なことになんの意味がある？　エレガントではないように見えて、実はエレガントだとでもいうのか？　それとも、エレガントではないことそのものに、特別の意味があるのか……僕は、まるで解らない。藤先生の意図が。この、未解決のままにされているレベルSの問題は、一体、どんな解を持っているというんだ？」

事件全体を大きく包み、根本と深いかかわりを見せるという問題。

さながら、素数世界を大きく包み、現実世界とも深いかかわりを見せるリーマン予想のような問題。これこそが――。

レベルSの未解決問題。

すなわち、エレガントな解をあえて捨て、些末なものを奪うためだけに人の命というより大きな代償を要求した藤衛の解に対する、本質的な疑問だった。

なぜ、藤衛はそうしたのか？

藤衛の解に、特別の意味はあるのか？

そうすべき必然性があったというのだろうか？

この問題に、十和田は悩み、苦しんでいるのだ。

だが――。

「……ふふ」

そんな十和田に、神はただ、悠然とした微笑だけを向けていた。まるで、自分にはすべて解っているのだ――そう言いたげに。

だから――。

「君には解けているのか？　この謎が」

十和田が問う。

神は――。

「もちろんよ」

ごく当然のごとくに、頷いた。

「私だけじゃないわ。百合子ちゃんにも、もう解けているはずよ。いえ、むしろ不思議だわ。こんな簡単な解、十和田さんともあろう者がどうして解らないのか、そこを疑問に思うくらいよ」

「……………」

「でも、それも仕方がない。なぜなら十和田さん。あなたはすでに原点に取り込まれてしまっているから。その前提を持ち続けている限り、私たちの解には永遠にたどり着けない」

「……………」

十和田が──無言のまま、傷だらけのレンズの向こうから、色素の薄い瞳で訴えた。

──その、解とは？

十和田の切実な問いに、神は──。

ただ一言だけで、答えた。

「藤衛は、神ではないから。……これが、答えよ」

懐中電灯が、チカチカと瞬いた。

電池がもうなくなろうとしているのだ。頼りなげな光であっても、失えば、この鏡面堂は、二十六年前のあの日と同じ、真の暗闇に閉ざされる。

けれど、神は――。

「……消しても、構わないわ」

もはやそんなことなど、まったく大したことではないのだとでも言いたげに、笑みを浮かべる。

「明かりがなくても、光は十分にあるから」

「…………」

――そのとおりだ。

こんなものに頼らなくても、今、光はここにある。

だから、百合子は――。

カチリ。

自ら、光を消した。

途端に、三人の姿が、闇の中に落ちる。

形を失い、存在だけになる。

それでも――。

存在だけとなりながらも、神はなおも、続けた。

「光……それは、空間と時間を超越した存在。過去、現在、未来、すべての時間を超え、すべての空間と相互に干渉しながら、すべてを照らし出す……まさしくこれは、数学そのものよ。その定理は宇宙のどこにいても普遍的なものとして存在し、現在も、未来も、そして過去のどの時代においても……宇宙の開闢以前でさえも、あまねく在り続ける。だから、誰かが数学を発見したなんていうのは幻想、ただのまやかしよ。ましてや発見者が特別の存在だなんてことも、超越することもない。超越しているのはただ、数学そのものなの。発見者が超越するはずがない……自らが、神なのだということもね」

「…………」

姿なき十和田は、沈黙する。

姿なき百合子もまた、沈黙する。

その静けさの中で、姿なき神は、姿なき誰かになおも語りかける。

「私は以前、宮司司さんと相対論の話をしたことがある。私はこんなふうに言ったわ。『絶対的に評価をすれば、必ず原点が生まれる。他者を定義不能にする原点が』と。でもこれは、あくまでも『絶対的な』世界を前提とした話よ。数学が光であることを前提とした『相対的な』世界であれば、この命題は誤りとなる。相対的に認めあう世界では、原点は存在することを大前提とはしない。特異点も当然の存在とはいえない。つまり、それこそが……」

「相対論《Theory of Relativity》の帰結、か……」

「そうよ」

呟く十和田に、神は大きく同意した。

「原点も、特異点も、私たちの前には存在しない。素晴らしい定理も、ザ・ブックも、私たちの命も、運命も、誰かに独占されることはない。それはいつだって、誰のものでもない、私たちのもの。この世界には絶対的なものなど存在しない、すべては相対的に作られている。それこそが相対論の本質であり、帰結であり、私も、十和田さんも、百合子ちゃんも、そして藤衛でさえも逃れることのない、この世界の本当の神秘なの。だから……藤衛が常にエレガントな解を独占する特異点であるなんて、幻想よ。全知全能の存在だなんて、そんなはずはない。あり得ないの。だって……」

闇の中、明瞭な声色で、神は、微笑みながら――そう、何ひとつ見ることのできない世界にもかかわらず、はっきりと、無邪気で妖艶な微笑を浮かべながら、断言したのだった。

「この宇宙には、原点など存在しないのだから」

4

それから、一年以上の沈黙を経た、二〇〇二年の四月――。

百合子のもとに、一通の手紙が届いた。

真っ白な封筒に、真っ白な便箋《びんせん》。細筆を使い、おそろしく達筆な字でしたためられた、その手紙の内容は、次のようなものだった。

宮司百合子殿。

先日、私は人類の念願であった「リーマン予想」の証明を完了した。

ついては、学術会議を行うので、貴殿を太平洋上に建設した我が城にご招待する。

六月十日正午に、丘珠空港に集まられたし。

そして、簡潔な文の末尾に記された署名は——。

——藤衛、十和田只人。

「十和田さん……」

半ば茫然と顔を上げつつ、百合子はふと、思い出していた。

あの朝——。

一晩を凍えるようなドームで過ごしてから、日の出とともに森を出た百合子たち。

十和田は、何も言い残すことなく、憮然《ぶぜん》とした表情のまま、冷たい風とともに去っていった。

神もまた、百合子に何を言うでもなく、悠然とした微笑を湛えたまま、背を向けた。

その背に、百合子は――。

「……勝てるのですか。藤衛に」

ただ一言だけ、問うた。

神は、ぴたり、と足を止めると、数秒の間を置いて、静かに振り返った。

無限の闇を照らす太陽の赤、それにさえ決して染まらぬ黒い瞳を、百合子のそれと交差させると、神は、彼女らしからぬ酷く真剣な表情で答えた。

「勝つことは、できないわ」

「勝てない……？　これは端から、諦めなければならない勝負なんですか」

「まさか。諦めはしない。なぜなら……私たちは、負けないから」

「……負けない」

「そう。勝つことはできない。でも……負けないことならできる」

ふ――と、彼女にしては珍しく、穏やかな心の内が露な笑窪《えくぼ》を作り、神は、続けた。

「もちろん、言うのは簡単だわ。負けないなんて、ほとんどの勝負ではあり得ない仮定でしかない。実行するのは困難を極める。それこそ、未解決の問題を証明することと同じくらい難しいこと。実際、この言葉を教えてくれた私の大事な人は、負けてしまった……勝つことも負けないことも、ともに戦うことも諦め、私たちのもとを今、無言で去ってしまった」

「……………」

「でもね、百合子ちゃん。それでも……私は思うの」

神は――。

朝日を浴び、同時にその光を自らの光で撥《は》ね除《の》けながら、断言した。

「だからこそ、私たちは、負けない」

毅然とした口調。

自信と、決意と――思いやりに満ちた彼女の言葉。

その強い意思の力に、百合子は――。

――漸く、覚悟した。

覚悟し、そして、決意した。

私は、負けない。あの男の島に、あの男の城に乗り込み、そして乗り越えるのだ。

あの男に負けないために。

すべての宿命に、決着を付けるために。

だから——。

百合子は、神と真っ向から視線を交わしながら、力強く答えた。

「はい。……お姉ちゃん」

「群れの連中は、あなたのことを〈偉大なカモメ〉ご自身の御子ではないかと噂していますよ」ある朝、上級のスピード練習を終えたあと、フレッチャーがジョナサンに言った。

「もしそうでないとすると、あれは千年も進んだカモメだなんてね」

ジョナサンはため息をついた。誤解されるというのはこういうことなのだ、と、彼は思った。噂というやつは、誰かを悪魔にしちまうか神様にまつりあげてしまうかのどちらかだ。

「きみはどう思うかね、フレッチ。われわれは時代より千年も進んだカモメかね？」

長い沈黙があった。

「そうですね。こういう飛行法は、それを見つけ出したいと願う鳥なら、誰でも、いつでもここで学ぶことができるものじゃないんですか。それは時代とはなんの関係もありませんよ。流行を先取りしてるとはいえるでしょうけどね、大多数のカモメたちの飛び方より進んではいますから」

「そういうことだな」ジョナサンは横転し、しばらく背面滑空をつづけながら呟いた。

「そのほうが、早く生れすぎたなんて言われるより、まだしもだ」

――『かもめのジョナサン』より

付記　沼四郎

沼四郎。

この異形の建築家に関する情報は、巷《ちまた》にいくらでも溢れているようでいて、実は、あまりにも少ない。

いわく、異能にして孤高の建築家である。

いわく、排他的な建築学至上主義者《アーキテクチュアリスト》である。

いわく、自殺という最期を遂げた狂人である。

いわくつきの言説はもちろん、いくらでもある。

しかし、そうした扇情的な文言が並ぶ奥に潜むべき、彼の本当の姿、まさしく実像というものを捉えた記述は、ほとんどない——というよりも、まず皆無なのが実情である。

それは、彼へのインタビュー記事のような建て前か、あるいは彼が書き記した論文のような「本音」すなわち「偽性」を示す文献ばかりが氾濫《はんらん》し、彼がなぜあのような人生を送ったのか、いや、送らざるを得なかったのか、その根底にあるものを示す資料がないところに、その理由がある。

もっとも、それは当然のことかもしれない。

なぜなら、彼は死の瞬間まで、沼四郎という人間を包み隠しながら、異形異彩の建築家を演じ続けてきたからだ。ただでさえ、彼の実像をありのまま写し取るために必要な情報、すなわち「本性」とは、宮司潔の手記にもあるとおり、沼四郎自身ですら知覚し得ない無意識の世界にあって、摑みづらいものなのだ。ましてや彼のように意識的に、かつ徹底的に包み隠してしまえば、もはや彼の本性など、シュレーディンガーの猫の生死のように、解りようもないこととなってしまうのである。

要するに、沼四郎に関する多くの伝聞は、ほとんどにおいて彼の表層にあるものを拾い上げただけの、口さがなく言えば「誤解」に近いものであると考えざるを得ないのだ。

けれど、すべてが終わった今――実のところ私たちは、私たちのもうひとつのルーツである沼四郎について、一定の真実を知ることができている。

彼の実像。彼の思想。彼の本性。すなわち、いくつも作り上げた彼の堂を破壊し、さらにアーキテクチュアリズムという重厚な武装をも脱ぎ捨てた後に残る、彼自身の極めて人間臭い生の姿を、私たちは、ありのままの彼として知り得ているのだ。

だから――事件を懺悔し、清算し、昇華し、完全なる自然に返してしまうその前に、私たちは、沼四郎の真実の断片を示し、私と、私たちと、彼と、彼らと、私たちと彼らを巻き込んだ一連の事件に関する真実を、明らかにしておきたいと思うのだ。

したがって――これは、客観的記録である。

沼四郎と、彼にまつわる人々の「真実」の。

*

一九七五年――。

新幹線が博多《はかた》まで伸び、三億円事件の時効が成立し、石油ショックの余波も不景気としていまだ残っていたこの年――それは、沼四郎が狂気に陥り「回転」にこだわる契機となった事件があった年でもある。

沼四郎という男の通底に流れているもの。

一言でいうならば、それは劣等感である。

決して勝ち得ぬ者の存在。その者に心からの憧れを抱き、師として崇《あが》めつつも、しかし、学べば学ぶほど凌駕することなど到底叶わないのだということを思い知らされた彼の一生は、まさしく、この根深い劣等感とともにあったといえる。

もちろん、沼四郎が非才だったわけではない。むしろ、誰よりも才気煥発といっていい稀有《けう》な男だった。ただ、彼が見上げる藤衛が、あまりにも高みにありすぎたというだけのことである。

それに、劣等感とは時には向上への原動力となるものでもある。人はひとつの尺度で比較されるものではない。数学の才でははるか藤には及ばずとも、沼四郎には溢れるほどの建築の才能があったのだ。藤が立つ頂を遠くに眺めつつ、自らはまた別の山を踏破すること——すなわち、劣等感を克服することだって、できたはずなのだ。

だが——沼四郎には、それができなかった。

なぜなら、彼の劣等感を決定的にする出来事があったからである。


沼四郎には、妻がいた。

名前を、善知鳥礼亜《れいあ》という。

ミス日本に選出されたこともある美貌に加え、アメリカの大学でいくつかの博士号を取得する聡明さを併せ持った、まさに才色兼備の女性であった。

礼亜と知りあった沼は、すぐに恋に落ちた。一年後には礼亜に求婚し、承諾を得た。もしかするとこのときこそ、沼にとってもっとも幸福な時期だったのかもしれない。

結婚生活——といっても、礼亜の希望により、それは「内縁関係」という形で行われたのだが——は幸せのうちに数年続き、着々とキャリアを重ねる沼四郎の人生もまた、順風満帆なものかと思われた。だが——。

ある日、沼は、おそろしい事実を知る。

それは、善知鳥礼亜がかつて藤の教え子であったという事実。その際に関係を結んでいたという事実。そして——その関係は今もなお、続いているという事実であった。

あまりのことに、沼は驚愕した。自分が愛した女が、他人のものであったと解ったのだから当然だ。しかもそれが、決して超えることのできない藤であったのだ。驚いて当たり前だろう。その上、輪を掛けて驚くべき事実までが判明したのだ。

実は、礼亜と沼が結婚したことそのものが、藤の差し金によるものであったのだ。

つまり——。

藤は、沼に近づき結婚するようにと、礼亜に命じていたのである。

沼は、愕然とした。

すぐさまこの関係を解消し、表舞台からも去ってしまいたいと考えた。当時はまだ二十代、引退するには若すぎる歳だったが、藤の掌の上で生かされ、いいように弄ばれる屈辱に耐え続けるよりは、いっそ潔く消え去ってしまいたい——そういうふうに思ったのである。

だが結局、沼はそうしなかった。

なぜ彼が踏みとどまれたのかは、解らない。しかし沼はこの衝撃と屈辱に耐え切ると、従前と同じ生活を——すなわち、礼亜との夫婦生活をこれまでどおりに続けることを、決めたのである。

なぜ彼が、自分の愛した女が実は藤のものだと知っていてもなお、その女と事実婚を続けたのか。その真意は解らない。だが、もしかすると、やがて生まれた娘の名前に、その気持ちが表れていたのかもしれない。

すなわち——善知鳥神。

藤衛を凌駕する存在に成長してほしい。そんな思いを、沼は、自分の娘に託したのである。

そんな願いを受けてか、神は、成長するにつれ、まさに「神の子」たる能力を示した。

生まれて一年も経たないうちに言葉を話し、二歳にはすでに小数点を含む四則演算を難なくこなすようになっていた。

彼女は、まさに神童だった。

率直に言って、このときの沼は、神が自分の本当の子だとは思っていなかった。礼亜が妊娠したときにもまだ彼女と藤との関係はあったのだし、当の神がこれほどの「数学的資質」を示しているという事実を考えるのならば、神がおそらく我が子ではないことは、歴然としていたからだ。

だが、それでも沼は、神を愛した。

もしかするとそれは、神が、彼の代わりに劣等感を打ち砕いてくれる存在であると期待したからかもしれない。血のつながりには目を瞑り、ただ「彼女の父である」という建て前の立場を利用して復讐《ふくしゅう》を果たそうとしていただけのことかもしれない。けれど、そんな打算も最初だけのことで、神が自ら立てるようになったころには、沼は、遺伝子の問題とはまったく無関係に、自分の手元にいる可愛い娘を、心から愛するようになったのである。

だからこそ、沼は激しく拒絶したのだ。

神の才能をいち早く見抜いた藤が、我が手元に置くため、神を沼から奪い取ろうとしたことを。

沼四郎は、ある意味では誰よりも藤衛のことを知っていた男だったといっていいだろう。

単に藤が人並み外れた数学者であり、日本の数学界を牛耳る《ぎゅうじ》る天皇と呼ばれるほどの人物であったというだけではなく、その実体が、独善的で、かつ自分以外の人間のことなど歯牙《しが》にも掛けないほどの傲慢《ごうまん》な男であるのだということも、沼は、自分自身の劣等感とともに、思い知っていたのだ。

だからこそ沼は、激しい危機感を抱き、そして決意した。

神は自分の手元から離さない。

絶対に、藤衛のもとへなどやりはしない。

なぜならば、解っていたからだ。それが、神にとって、将来的な破滅を意味する行為であるということが。才気煥発な神に、藤衛がどんな残酷なことをするかが。

かくして沼は、神を奪おうとする藤に、とことん抵抗した。

神を奪われまいと、あらゆる手段を講じた。

しかし藤は、その試みをすべて、いともあっさりと打ち砕くと、沼の目の前でにやりと笑いながら迫ったのだ。すなわち――「神をよこせ」と。

対抗手段を失った沼は、やがて、最後の手段に打って出ることにした。

それが、鏡面堂だった。

個人の建物としてはあり得ないほどの規模を持ち、かつ可動部分さえ持つ鏡面堂を、沼は、全財産を投じて森の奥に建築した。

目的はただひとつ。殺人事件を起こすためだ。

もちろん、本当に人を殺すわけではない。あくまで演劇、自作自演である。けれど沼は、この事件によって藤を阻止できると考えた。なぜなら、知力で勝つことができれば、神を手元に置く理由も生まれるからだ。すなわち、事件を通じて神を守ろうとしたのである。

そして沼は、藤にこう言い放った。

「神を連れていきたくば、館の謎を解いてみろ」

——こうして実行に移されたのが、鏡面堂の殺人事件だった。管理人をひとり雇い、藤を含む五人の人間を招待した。そのうちの二人の協力者とともに、沼が起こす事件が、藤に敗北をもたらし、その上で藤に譲歩させるきっかけを与えよう、神を藤の魔手から守ろう——そういう手筈であり、目論見だったのだ。

だが——。

結果は、協力者二名の死。

藤への抵抗は、無残な死によって購《あがな》われたのだ。

神を守る起死回生の試みも、あまりに多くの犠牲を払った挙げ句、藤の前に完全敗北を喫したのだった。

沼は完膚《かんぷ》なきまでに叩きのめされ、そして、崩れ去ったのである。

不可解さを残すこの事件は、当然警察機関から強い疑いの目で見られることになった。

しかし、ソ連――当時ロシアはソヴィエト連邦という共産主義国だった――の外交筋から掛けられたという強い圧力のため、中途半端で結論を明らかとはしない捜査を余儀なくされたという。

その結果、藤はもちろん、沼も無罪放免となった。

事件についてもその実像が決して明らかにされることがないまま、犯人自死という釈然としない偽の結果を付され、闇へと葬られたのである。

だがこの事件は、直接当事者であった沼四郎に、大きな変化をもたらした。

ひとつは、神の喪失である。

藤に敗北した沼には、もはや我が愛娘《まなむすめ》を差し出すよりほかに方法がなかった。いつか藤を打倒してくれるだろうと期待を寄せていた娘は、もはや藤の側にいる――この事実は、沼に大きな喪失感を与えたのだ。

そして、もうひとつ。

自我を崩された沼は、その後、強い罪の意識に囚われることとなった。すなわち、自分の企みによって、罪のない二人の命を失わせてしまったことに対する罪悪感である。

喪失感と、罪悪感――そして、劣等感。

今、当時の沼が置かれた状況を客観的に考えれば、彼がその後なぜあれほどの「狂気」に苛まれたのかが解る。「自分は欠陥品なのだ」と自虐的な言葉を吐いていたのもそうだ。「まともに子も守れない、繁殖において欠陥品なのだ」と自嘲《じちょう》していたのもそうだ。礼亜との結婚を「縁談だったのだ」と吐き捨てたのもそうだ。

何よりも――あの、回転に対する異常ともいえるこだわりもそうだ。

すべては、狂気の源泉となる喪失感と罪悪感とをもたらしたあの館――鏡面堂の仕掛けに、端を発するのである。

もっとも、ついには「自らこそが神ではないか」とさえ妄想するほどの破滅的な狂気こそが、アーキテクチュアリズムと、これに基づく数学と回転をモチーフとした特徴的な建築群を生み、結果として沼自身の名声をさらに高めていったことは、皮肉以外の何物でもないのかもしれない。

現時点でもうひとつ。あの事件についても、簡潔に言及しておかなければならないだろう。

陸地から遠く離れた太平洋上、北海道《ほっかいどう》の襟裳岬《えりもみさき》から百キロ以上、北方領土《ほっぽうりょうど》からも三百キロ離れた場所に絶海の孤島がある。

面積は約四平方キロ、島の周囲は約六キロで、ほぼ式根島サイズの火山島は、巨大なカルデラを形作り、島を囲む切り立つ外輪山の最高標高は約四百メートルにも及ぶ。

日本の領海内に存在し、もちろん日本の領土であると認められるその島は、しかし、ある個人の所有に属する島だった。

この個人が所有する島で、一九七八年、すなわち鏡面堂の事件から三年後、事件が起きた。

島の凹んだカルデラを満たす湖。

湖の中央に聳え立つのは、奇妙で巨大な建築物。

この館に当時、「ブック《BOOK》」と呼ばれた四人の数学者を含む人々を集めた島の所有者——すなわち藤衛は、彼らを一夜にして殺害すると、最終的には建物ごと破壊するという大事件を引き起こしたのである。

その後、罪に問われた藤がどうなったかは、あえてここに書き記すことはしない。

だが、この建築物を藤衛が当時何と呼んでいたかだけは、特記しておきたい。

藤衛は、島に建てたその館を、こう呼んだのだ。

——『大聖堂』と。

だから今では、あの事件は、こういう名称で語られているのだ。すなわち——。

——『大聖堂の殺人事件』と。

（了）

【主要参考・引用文献】

『元素118の新知識』……桜井弘編／講談社ブルーバックス
『鏡のなかの鏡――迷宮』……ミヒャエル・エンデ著、丘沢静也訳／岩波現代文庫
『星の王子さま』……サン＝テグジュペリ著、河野万里子訳／新潮文庫
『かもめのジョナサン』……リチャード・バック著、五木寛之訳／新潮社

あとがき

　このシリーズの主人公は、一体誰なのだろう。

『眼球堂の殺人』から律儀《りちぎ》に（忍耐強く、と言うべきか）お読みいただいている皆様は、押しなべて混乱しているのではないかと思う。放浪の数学者・十和田《とわだ》只人《ただひと》を主人公として始まったこのシリーズは、途中からその主人公の座を警察庁の宮司《ぐうじ》司《つかさ》、次いで彼の妹である宮司百合子《ゆりこ》へとシフトしていった。しかし前々作『伽藍堂の殺人』で、そのうちのひとりが視点人物たり得なくなり、さらに前作『教会堂の殺人』では、悲劇的な出来事とともに主要人物たちが舞台から去ってしまった。だとすれば一体、今後、誰が主人公となって物語は展開するのだろうか。

　――この点について述べる前に、まずは、謝罪と御礼を申し上げたい。

　前作『教会堂の殺人』を講談社ノベルスで刊行したのは二〇一五年七月のこと、それからかれこれ三年半近くになる。その間、続編を刊行できなかったのは、ひとえに僕の不徳の致すところで、本当にすみませんでした。そして、にもかかわらず長い時間をお待ちいただき、本作をお手に取っていただいたこと、心から感謝をしております。本当にありがとうございました。こうして、長い沈黙を経て、文庫書下ろしという形での続編刊行となったが、ともあれ物語が再開できたことは、誰よりも僕自身がほっとしているところだ。

さて——話を元に戻すが、本作には、二人の主人公がいる。

ひとりは、物語の視点人物である平仮名の「わたし」だ。その正体は本編未読の方のため伏せておくとして、その「わたし」が「鏡面堂」なる巨大建築物においていかなる経験をしたかが本作の肝であり、過去を繙《ひもと》く鍵ともなっている。

そして、もうひとりは、シリーズ全体を貫くキーマンである「あの男」だ。これも詳細は伏せるが、その人生がいかにして捻《ね》じれたかをご理解いただくことで、彼もまた紛れもないこのシリーズの「主人公」なのだと、きっとおわかりいただけると考えている。

かくして、物語はそれぞれの主人公が抱える「想い」と、人ではない主人公である「リーマン予想」と、それらを内包する「堂」らとともに、クライマックスへと突入していくのだ。

というわけで——問題の最終巻である。

すでに予告はされているが、最終巻『大聖堂の殺人～The Books～』が、年明け二月には刊行される予定となっている。このあとがきを書いている時点ではまだ校正の最中だが、すでに脱稿はしており、(僕の大好きな)煉瓦本《れんがぼん》とはいかずとも、なかなかの分量となりそうだ。

この物語の結末まで——どうか、今しばらくお待ちいただければと思う。

二〇一八年十一月　周木　律

鏡面堂の殺人　解説

辻《つじ》　真先《まさき》（作家）

子供のころから理屈っぽいものが好きだった。

それでいて中学にはいってすぐ、代数という教科が大嫌いになった。むろん嫌いになるのにも理屈がある。86歳のぼくの中学時代だから戦争の最中だ。英語は敵性語なので、たとえ学業の対象でも排斥された。野球で「ストライク」といえば叱《しか》られ、「よし」と言いなおす必要があった。音楽でさえ「ドレミファソラシド」ではなく「ハニホヘトイロハ」なのだ。

それなのになぜ、A＋B＝Cなんだ？　英語を使うなんて非国民じゃないか。そんな理屈をこねて勉強しなかったら、代数は赤点で追試を受ける羽目になった。

だがどういうわけか、勉強に関係なければぼくは数学が好きだった。理屈に合わないがとにかくそうなのだ。海野十三《うんのじゅうざ》（佐野昌一名義で出版）の『虫喰い算大会』を面白がり（SFの父として有名な作家が趣味で書いていた）、ガモフの『不思議の国のトムキンス』を愛読した。今でも「浜村渚」シリーズやコミックの『はじめアルゴリズム』を愛読している。だからといって、わかって読んでいるのかというと、実はぜんぜんわからない。

わからなくても面白ければいいという、大雑把な人間がミステリなんて書いているのだから、迷惑な物書きである。周木律作品を解説するのに、もっとも縁遠い男ではないだろうか。そんなぼくに白羽の矢が立った。注文を袖《そで》にできるほど売れていないので、ありがたくお受けした。「わからないけど面白い」とほざいたのを、誰かが小耳に挟《はさ》んだのかもしれない（もちろんこれはほめ言葉である）。

ご承知の通りミステリの解説はむつかしい。一番おいしい箇所を無視して、書かなくてはならないからだ。犯人の名前はおろか、動機も手段もすべてをスルーした上で、「読者のみなさん、この作品は面白いですよ」と声を高くするのが役目である。

今この一文を読んでいるあなたが作品の読了後ならいいが、買おうか買うまいか迷っている途中だったら、ぼくの文章に説得力があるだろうか、まことに不安だ。

幸いなことに『鏡面堂の殺人』は堂シリーズ第6作にあたる。余すところあと1巻で、シリーズの幕が下りるのだ。してみればあなたは、仮にまだ立ち読みの状況であったにせよ、ぼくごときを歯牙《しが》にもかけないシリーズの知識をお持ちのはずだ。いやいや、ご謙遜には及びませんよ。

硬軟とりまぜミステリの幅は広いけれど、タイトルからして〝堂〟をうたい、舞台の見取り図が豊富に挿入され、高らかにパズラーを宣言しているこのシリーズが、謎を愛するファン層に長く深く愛されていることを、知らぬあなたではないでしょう？

数学界の天皇たる藤衛《ふじまもる》、建築界の鬼才沼四郎《ぬましろう》、放浪の数学者十和田只人《とわだただひと》と、一癖も二癖もあるキャラクターを並べた上で、善知鳥神《うとうかみ》（うとう・かみの命名に、ぼくはほとんど戦慄した）なる天才まで登場する綺羅星《きらぼし》の布陣。ワトスン役にあたる警視正宮司司《ぐうじつかさ》と妹の百合子《ゆりこ》にせよ、これがほかのシリーズなら十分に主役を演じられる個性の兄妹だから、いかに奇想に満ちた物語世界が始まろうとも、読者はめったなことでは驚くまいと身構える。

そんな読者のひとりのぼくは、やっぱり驚いた。一巻ごとに驚いた。そろそろ驚くネタが尽きたかと思うのに、また驚愕させられた。それも〝堂〟という一定の枠を嵌《は》めた舞台で、変幻極まりない手妻《てづま》を見せつけるのだから、驚くと同時に感心させられる。

といった作者の芸の華やかさを、むろんあなたはご存じだろう。

これではもはや解説役の出る幕がない。スゴスゴ頭をかきながら退場すればいいようなものだが、それでは辻の面目は丸潰れである。シリーズの隙間を縫ってむりやり一席弁じようというのだ。可哀相だから最後までつきあってやってほしい。

歌にはサビと呼ばれる急所がある。生放送であったテレビの草創期に従事して、時報から芸術祭までやった昔のぼくが知る業界用語だから、今も生きているかどうか心もとないが、要するに聞かせどころだ。これはテクを尽くして歌いあげる歌謡曲の場合だが、小説にもコミックにも類似したツボがありはしないか。長編、ことにシリーズとなれば、どうしてもマンネリズムに陥りやすい。それはラブコメもホラーも異世界ものもミステリでも、前途には同質のバリアが待ち構えている。

そうした袋小路を突き抜ける工夫にはさまざまな形があり、明快な手段のひとつは新たに魅力ある人物を登場させることだ。大ヒットした長編マンガのいくつかを思い出してもらえばわかるだろう。スポーツマンガのアレです、アクションマンガのアレです。無限回延長の必要がある大河コミックでは、キャラをプラスしてゆく他ないが、予めゴールを決定しておける小説の場合なら、その真逆のやり方もあり得るのだ。

早い話が、重要キャクラクターを抹殺《まっさつ》すればいい。

ホームズの冒険談の途中で不動のレギュラーのワトスンが横死したらどうなるだろう。堂シリーズの場合がまさにそれであった。ご紹介したワトスン役のひとりが被害者になるのだから。

ネタバレではない。前作にあたる『教会堂の殺人』では、宮司司が殺される。彼をお兄ちゃんと慕っていた、百合子が号泣する場面で終わるのだ。百合子は司の実妹ではなかった。このまま彼女の慕情がつづけば、やがてふたりは結ばれるだろう。そんな期待をこめて堂シリーズを追った読者も多かったはずだ。

そんな読者に素知らぬ顔で、『鏡面堂の殺人』は宮司百合子の悲嘆と共に開幕したのである。

数学者の登場が複数に及ぶ上、犯罪の舞台はつねに〝堂〟であり、常識を超えた建築のかずかずだから、謎を愛し謎に飢えた読者は読む前から、超常識の数理で編み上げた「知」のミステリを期待するに違いない。実際、ここにいたる5棟の〝堂〟殺人は、水際立った建築トリックを核として計画実行されているし、本作も不可解不可能な殺人事件が現出することでは全く変わりない。

だが『鏡面堂の殺人』にサビとして高らかに奏《かな》でられるのは、ドラマを構成するもうひとつの側面、「情」である。

兄に死別した妹の「情」の高まりが、硬質のはずの堂シリーズで描かれたとき、百合子の号泣は可聴域を超えて読者の心にじかに届いたのではないか。紅い絨毯《じゅうたん》に広がる鮮血より、白亜の大理石に一点零《こぼ》れた真紅の方が、一段とリアルな犯罪の現場を幻視させるように。

雁行する「知」と「情」のせめぎあいが、堂シリーズのサビでありキモであったと、ぼくは推理した。平面的であった殺人物語に、二方向から迫ることで読者の前に立体化してみせる。そそり立つ懸崖を視界に浮かべた読者は、崖から転落するキャラクターにあますところなく感情を移入する。

そこまで導くのが作者の文章術だ。実線や点線、さては改行を多用した地の文と会話の組み合わせ。それが文体に独特の律動を与えて、読む者を揺さぶる。推理の間合いをイメージさせるにとどまらず、人物の感情の流れまで隠見させる周木節が、楕円《だえん》のふたつの焦点を形成する藤・沼の周囲で炸裂する有様は、なかなかの見ものといっていい。

竹中や松浦たち集められた学究の徒の問答は、堂ミステリの一章である以上に、ぼくにとって刺激的であった。こういう場面に接すると（ああ、子供のころからこんな趣向が好きだったな）と再確認させられた。

つまり「わからないけど面白いもの」が、ぼくは好きなのだ。

わからないものをわかるように解説するには、思考も嗜好も未熟なので尻尾《しっぽ》を巻くけれど、考えてみればこの部分は、かつて数学者を志した〝わたし〟が記述したものではなかったか。数理ミステリの一幕としても、きわめて純度の高い観察による叙述シーンといっていい。

沼は鏡面堂を自己の矜持《きょうじ》と弁じ、藤はなにも語らない。

かくて一夜は明け謎が爆発する。ここにいたる前夜の会話は、してみれば劇の律動を形作る楽譜のパーツであったのか。リーマン予想や相対論の未知なる地平だけが論点ではなく、さらに形而上学的哲学的問答に昇華して考えるべきかもしれない。

わあっ。書いているうちによけいわからなくなってきた。ぼくの宗旨からいえば、「わからなくても面白い」ものは大好きだが、「わからなくて面白くない」ものは最低なのだ。こんな最低の解説を読む暇があったら、読者におかれては本文を一読、再読、三読なさることをおすすめしたい。

本書は書き下ろしです。

|著者|周木 律　某国立大学建築学科卒業。『眼球堂の殺人 ～The Book～』（講談社ノベルス、のち講談社文庫）で第47回メフィスト賞を受賞しデビュー。著書に『LOST 失覚探偵（上中下）』（講談社タイガ）、『アールダーの方舟』（新潮社）、「猫又お双と消えた令嬢」シリーズ、『暴走』、『災厄』（角川文庫）、『不死症《アンデッド》』、『幻屍症《インビジブル》』（実業之日本社文庫）などがある。

〔〝堂〟シリーズ既刊〕
『眼球堂の殺人 ～The Book～』
『双孔堂の殺人 ～Double Torus～』
『五覚堂の殺人 ～Burning Ship～』
『伽藍堂の殺人 ～Banach-Tarski Paradox～』
『教会堂の殺人 ～Game Theory～』
『鏡面堂の殺人 ～Theory of Relativity～』
（以下、続刊。いずれも講談社）

鏡面堂《きょうめんどう》の殺人《さつじん》 ～Theory of Relativity《セオリー オブ リラティビティ》～
周木《しゅうき》 律《りつ》

講談社文庫
定価はカバーに
表示してあります

2018年12月14日第１刷発行

発行者――渡瀬昌彦
発行所――株式会社 講談社
東京都文京区音羽2-12-21　〒112-8001
電話 出版（03）5395-3510
販売（03）5395-5817
業務（03）5395-3615
Printed in Japan

デザイン―菊地信義
本文データ制作―講談社デジタル製作
印刷―――信毎書籍印刷株式会社
製本―――加藤製本株式会社

ISBN978-4-06-513959-2

講談社文庫刊行の辞

二十一世紀の到来を目睫に望みながら、われわれはいま、人類史上かつて例を見ない巨大な転換期をむかえようとしている。

世界も、日本も、激動の予兆に対する期待とおののきを内に蔵して、未知の時代に歩み入ろうとしている。このときにあたり、創業の人野間清治の「ナショナル・エデュケイター」への志を現代に甦らせようと意図して、われわれはここに古今の文芸作品はいうまでもなく、ひろく人文・社会・自然の諸科学から東西の名著を網羅する、新しい綜合文庫の発刊を決意した。

激動の転換期はまた断絶の時代である。われわれは戦後二十五年間の出版文化のありかたへの深い反省をこめて、この断絶の時代にあえて人間的な持続を求めようとする。いたずらに浮薄な商業主義のあだ花を追い求めることなく、長期にわたって良書に生命をあたえようとつとめるところにしか、今後の出版文化の真の繁栄はあり得ないと信じるからである。

同時にわれわれはこの綜合文庫の刊行を通じて、人文・社会・自然の諸科学が、結局人間の学にほかならないことを立証しようと願っている。かつて知識とは、「汝自身を知る」ことにつきていた。現代社会の瑣末な情報の氾濫のなかから、力強い知識の源泉を掘り起し、技術文明のただなかに、生きた人間の姿を復活させること。それこそわれわれの切なる希求である。

われわれは権威に盲従せず、俗流に媚びることなく、渾然一体となって日本の「草の根」をかたちづくる若く新しい世代の人々に、心をこめてこの新しい綜合文庫をおくり届けたい。それは知識の泉であるとともに感受性のふるさとであり、もっとも有機的に組織され、社会に開かれた万人のための大学をめざしている。大方の支援と協力を衷心より切望してやまない。

一九七一年七月

野間省一